神劍舞雙 신권무쌍

강태훈 新武俠 판타지 소설

FANTASTIC ORIENTAL HEROES

신권무쌍1

강태훈 新무협 판타지 소설

초판 1쇄 찍은 날 § 2010년 1월 18일
초판 1쇄 펴낸 날 § 2010년 1월 25일

지은이 § 강태훈
펴낸이 § 서경석

편집장 § 문혜영
편집책임 § 정서진

펴낸곳 § 도서출판 청어람
등록번호 § 제1081-1-89호
등록일자 § 1999. 5. 31
어람번호 § 제2-1871호

주소 § 경기도 부천시 원미구 심곡2동 163-2 서경B/D 3F (우) 420-822
전화 § 032-656-4452 팩스 § 032-656-4453
http://www.chungeoram.com
E-mail § eoram99@chollian.net

ISBN 978-89-251-2057-7 04810
ISBN 978-89-251-2056-0 (세트)

1

신권무쌍

강태훈 新무협 판타지 소설
FANTASTIC ORIENTAL HEROES

청어람

目次

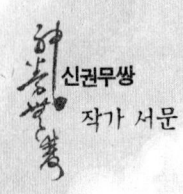

신권무쌍
작가 서문

　전작인 마도신기를 완결 지은 지 벌써 2년을 훌쩍 넘기고 3년을 향해 달려가고 있습니다.

　군 생활 하는 동안 열심히 글을 끄적여 보기도 하고 구상도 하고 책도 읽었습니다만 감이 떨어지는 건 어쩔 수 없었던 것 같습니다.

　전역하고 석 달 동안 감을 찾는데 정말 어려움을 많이 겪었습니다. 여러 선배님들의 도움을 받아가면서, 그간 읽지 못했던 책을 읽어 가면서 열심히 노력한 끝에 결실을 맺어 이 글을 내놓을 수 있게 되었습니다.

　전작보다 더 재미있어야 한다는 부담감에 시달리면서도 부족한 자신감을 애써 높여가며 쓴 글입니다.

　독자 여러분들이 읽으시면서 어떻게 느끼실지 정말 궁금하기도 하고 한편으로는 두렵기도 합니다만, 지난 석 달 동안의 노력이 결코 헛되지 않았다는 확신으로 이렇게 또 하나의 이야기를 여러분들에게 들려 드립니다.

　제가 강호에 출도한 이후로 세 번째 이야기입니다.

미숙한 점이 많지만 아직 신인 때를 벗지 못한, 부족한 글쟁이가 내놓은 산물임을 이해하시고 너그럽게 봐 주시기 바랍니다.

이번 글을 출간하면서 저는 또 다른 이야기, 네 번째, 다섯 번째 이야기를 여러분들에게 보여드릴 수 있도록 열심히 노력하겠습니다.

2010년이 밝았습니다.

길조가 많이 들어오는 백호의 해라고 합니다.

모든 분들이 올 한 해를 보내시면서 즐거운 일이 가득했으면 좋겠습니다.

저는 아직 어리지만 웃으며 사는 게 가장 행복한 거라고 생각 하거든요.

자, 그러면 시작하겠습니다!

2010년 새해 벽두에 창작공간에서 강태훈 배상

Ps. 둔저님의 자료에서 많은 도움을 받았습니다. 아쉽게 세상을 떠난 그의 명복과 다른 세상에서의 행복을 빕니다.

第一章

빛 갚으러 왔소

신권무쌍

"이번 일이 잘 마무리되어 다행입니다. 중원에서 열 손가락에 꼽힌다는 금가장이 도와준다니 저희도 한시름 놓았습니다. 정말 감사합니다."

"아닙니다. 덕분에 저희 금가장도 세력을 더 키울 수 있는 기반을 마련했으니 저희가 고마워해야지요."

"별말씀을."

두 명의 청년과 한 명의 여인이 객점 안에서 도란도란 대화를 나누고 있었다.

선이 굵은 것이 남자답게 생긴 두 청년은 깔끔한 청색 경장을 차려입고 있었다.

그 옆에 있는 여인은 분홍 빛깔의 화사한 경장을 입고 머리를 길게 늘어뜨린 모습이었다. 오뚝한 콧날에 큰 눈, 그리고 맑은 눈망울을 가진 그녀는 매우 아름다운 얼굴을 가지고 있었다.

세 사람이 대화를 나누며 식사를 하고 있을 때 한쪽에서 시끄러운 소리가 들렸다.

세 사람의 시선이 자연스럽게 그쪽으로 옮겨갔다.

"그러니까, 지금 돈도 없이 밥을 먹었다는 거냐?"

"돈은 있소."

어린 소년의 말에 객점 주인이 어이없다는 표정으로 고사리 같은 손을 내려다보았다.

일 문짜리 동전 두 개가 올려 있었다.

"네가 먹은 음식 값은 족히 열다섯 문은 된다. 고작 이 동전 두 개로 어떻게 할 셈이냐?"

"지금 생각 중이오."

"허참, 너 이 녀석! 혹시 상습범 아니냐? 그렇지? 상습범이야! 아무래도 안 되겠구나! 네 녀석을 관아로 끌고 가서 볼기짝을 쳐줘야겠다! 어린놈이 못된 것만 배워가지고! 가자!"

객점 주인이 소년의 팔목을 잡아끌었다. 하지만 안 가겠다고 버티고 선 소년의 힘에 객점 주인은 놀란 표정을 지었다.

드르륵!

"영아야?"

"잠시만요."

금영령이 자리에서 일어나 그리로 다가가서는 객점 주인에게 말했다.

"아직 어린애한테 너무 심한 것 아닌가요?"

"아, 아가씨. 그게… 이 녀석이……."

"알아요. 들어서 대충 알고는 있어요. 그래도 아직 열 살도 안 된 어린애 같은데 조용히 어르고 타일러서 보내면 되는 거 아닌가요? 그런데 상습범으로 몰아요?"

그녀의 말에 객점 주인은 어쩔 줄 몰라 하며 대답도 못하고 있었다.

"열다섯 문이라고 했죠?"

"예."

"세상에, 고작 열다섯 문 때문에 어린아이를 이렇게 대하는 게 말이 돼요? 아무리 정 없는 세상이라지만 이건 너무하네요."

금영령이 자신의 전낭에서 돈을 꺼내며 중얼거리듯 말했다. 객점 주인도 무안했는지 살짝 얼굴이 붉어져 있었다.

"자요, 거스름돈은 됐어요."

금영령이 객점 주인에게 은자 한 냥을 건네며 말했다. 객점 주인은 황송하다는 듯 두 손으로 은자 한 냥을 받아 재빨리 자신의 주머니 속에 집어넣었다.

"얘, 부모님은 어디 있니?"

금영령이 쪼그려 앉아 소년과 눈높이를 맞추며 물었지만 소년은 묵묵부답이었다.

"밥은 많이 먹었어?"

이번에도 역시. 뭔가 불만이 가득한 표정을 짓고 있는 소년의 모습이 마냥 귀엽게 보였는지 그녀가 미소를 지었다.

화사하게 내리쬐는 햇살처럼 아름답게 빛나는 그녀의 미소에도 소년은 여전히 불편한 표정이었다.

"자, 이리 와. 좀 더 먹어."

금영령이 소년의 팔을 잡아끌었지만 이번에도 버티고 서 있었다.

"어머, 어린애 힘이 뭐가 이렇게 세니? 너, 보기랑 다르구나?"

금영령이 놀란 얼굴로 말했다.

"창피한 모양인데 걱정하지 마. 자, 저기 아저씨들 보이지? 저기에 맛있는 음식이 많이 있어. 그러니까 같이 가자."

금영령이 아저씨라 칭한 청년들의 얼굴이 순간적으로 똥 씹은 표정이 되었다가 원래대로 돌아왔다.

"자, 어서."

그러자 처음에는 안 가겠다고 버티던 소년이 그녀를 따라 발걸음을 뗐다.

'훗. 역시 아이들은 별수 없다니까.'

아이들을 어르고 달래는 데에는 먹을 것만큼 좋은 것이 없었다. 울던 아이들도 맛있는 것을 준다고 하면 눈물을 뚝 그치고 언제 울었냐는 듯 해맑게 웃는다.

말투부터 뭔가 조금은 특별해 보이는 소년이었지만 역시 아이는 아이라는 생각에 그녀가 보일 듯 말 듯 미소를 지었다.

"자, 먹어."

소년을 식탁으로 데려온 금영령이 음식을 가리키며 말했다. 소년은 주저하지 않고 젓가락을 들어 음식을 입에 가져갔다.

금영령은 식사를 마저 할 생각은 하지 못하고 소년의 먹는 모습만 빤히 바라보고 있었다.

그녀의 시선을 느꼈는지 소년이 젓가락을 내려놓고 그녀를 바라보았다.

"밥 먹는 사람을 빤히 바라보는 것은 실례 아니오?"

"어? 어, 그러네."

금영령이 시선을 돌렸다. 그러자 이번에는 그녀의 오라버니인 금자천이 말문을 열었다.

"꼬마야, 그런 말투는 도대체 누구에게 배운 것이냐?"

"말투? 내 말투가 어떤데 그러시오?"

오히려 되묻는 소년을 보며 금자천이 당연한 것 아니냐는 듯 다시 물었다.

"나이 어린 꼬마가 그런 말투를 쓰는 것이 이상하지 않다는 말이냐?"

"나이 어린 꼬마? 내 한 가지 묻겠소. 당신은 몇 살이오?"

금자천은 찌푸린 얼굴로 답했다.

"올해 스물이다."

"스물? 그럼 나와 동갑이군. 나이 스물이면 어른이라 할 만하니 내 말투는 전혀 이상할 것 없소."

소년의 말에 세 사람은 황당한 얼굴로 서로를 쳐다보았다.

"거짓말은 나쁜 버릇이다."

"거짓말 아니오."

태연한 소년의 말을 세 사람은 믿어야 할지 말아야 할지 도무지 감이 오질 않았다.

"거짓말이 분명합니다. 어른에게 거짓말을 하다니 못된 것만 배웠구나."

금자천의 옆에 앉아 있던 청년의 말에 소년이 슬쩍 그를 바라보았다.

그리고는 이내 음식을 입에 가져가며 말했다.

"믿기 싫으면 믿지 마시오. 나도 못 믿는 사람들에게 더 이상 말하기 싫소."

소년의 대꾸에 세 사람은 어이없다는 표정을 지었다.

"귀엽네."

이내 미소를 머금은 금영령이 작은 목소리로 말했으나 바로 옆에 앉아 있는 소년이 그 말을 듣지 못했을 리 없었다.

탁!

갑자기 소년이 젓가락을 내려놓았다.

"사내에게 귀엽다는 말은 하는 게 아니오."

"미, 미안."

여인이 당황하여 말했다. 그러나 소년은 입맛이 떨어졌는지 자리에서 일어났다.

"잘 먹었소. 당신들, 어디 사는 사람들이오?"

"금가장."

"이 빚은 꼭 갚겠소."

그렇게 말한 소년이 객점을 빠져나갔다. 그가 나간 자리에 앉아 있는 세 사람은 잠시 동안 멍한 표정을 지었다.

촌각의 시간이 흐르고 정신을 차린 금영령이 아쉬운 듯 중 얼거렸다.

"이름도 못 물어봤네. 재밌는 아이였는데."

함께 만났던 사내를 돌려보내고 금영령과 금자천은 금가장 으로 돌아가고 있었다.

금가장으로 향하는 동안 두 사람의 화두는 단연 객점에서 만났던 소년이었다.

"아까 그 애가 한 말, 사실일까요?"

"거짓말이겠지."

"그렇겠죠? 하긴… 스무 살 먹은 사람이 열 살짜리 꼬마 아 이의 몸이라니."

"차라리 백 살 넘은 고수가 반로환동했다는 말이 더 설득력 있겠구나."

금자천의 말에 금영령이 고개를 끄덕였다.

그 소년의 말을 거짓말이라 믿고 있으면서도 그들은 크게 기분이 나쁘지는 않았다. 속았다고 하여도 재미있는 경험을 했다고 생각했다.

"그나저나, 천하상단하고는 어떻게 할 생각이냐?"

"그 일이라면 벌써 말했잖아요. 절대 그럴 마음 없어요."

금영령이 단호한 어투로 답하자 금자천이 작게 한숨을 쉬며 말했다.

"네 마음은 안다. 나도 절대 그런 놈에게 너를 시집보내고 싶은 마음은 없다. 하지만 천하상단이 워낙 드센 곳이라 어떤 일이 벌어질지 모르겠구나."

"금가장이 그런 곳에 당할 거라는 생각은 전혀 해본 적이 없네요."

"물론 그렇겠지만, 요즘 천하상단이 녹림과 긴밀한 관계를 맺고 있다는 소문이다."

금자천의 말에 금영령의 안색이 어두워졌다.

"너무 걱정 마라. 나도 너를 그런 개망나니에게 보내고 싶지는 않으니까. 아버지와 상의해서 어떻게든 해보마."

고개를 끄덕이기는 했지만 마음이 편하지는 않았는지 여전히 그녀의 안색은 어두웠다.

두 사람이 금가장에 도착하고 얼마 지나지 않아, 한 명의 청년과 두 명의 중년인이 금가장 앞에 나타났다.

"하하하! 여기가 내 색시 될 사람이 사는 곳인가?"

청년이 금가장 앞에서 큰소리를 쳤다. 청년의 뒤에 서 있는 두 사람은 검을 차고 있는 것으로 보아 무림인인 것 같았다.

"문 열어라! 천하상단의 엄주명이 왔다! 금영령을 데리러

왔다!'

백주에 그런 소리를 하면 부끄러울 법도 하건만 엄주명은 아무렇지도 않게 소리를 지르고 있었다.

끼이이익!

그때 금가장의 문이 열리며 금자천이 모습을 드러냈다.

"예의를 모르는 사람이군."

"어이쿠! 형님 나오셨습니까?"

"누가 그대의 형님인가!"

금자천의 호통에 엄주명의 얼굴이 굳어졌다. 그리고는 본색을 드러내기 시작했다.

"형님 대접 해줄 때 그냥 '감사합니다' 하고 받는 게 좋을 거야."

"흥! 네깟 놈에게 내줄 동생 없으니 그만 물러가라!"

"천하상단과 사돈 관계가 되면 금가장에게도 좋은 일일 텐데?"

"천하상단에 일방적으로 좋은 것이겠지."

실제로 천하상단은 중원 전체를 아우르는 거대한 상단으로 산서지방의 상권을 장악하기 위해 금가장을 호시탐탐 노리고 있는 상황이었다.

"그 말… 후회 안 할 자신 있나?"

엄주명이 자신의 뒤에 서 있는 사람들을 바라보았고, 두 사람이 앞으로 나섰다.

"일월쌍검(日月雙劍). 이름은 들어봤겠지?"

금자천의 얼굴이 흑빛이 되었다. 일월쌍검이라면 이곳 산서성에서도 다섯 손가락 안에 드는 무인이었다. 절정까지는 아니었지만 일류 급은 능히 될 법한 고수들이었다.

"됐어요."

"오~! 금 소저."

　엄주명의 얼굴이 밝아졌다. 금가장 안쪽에서 보고 있던 금영령이 직접 나선 것이었다.

"오랜만이오."

"오랜만이긴 하지만 다시 안 봤어도 될 얼굴이네요."

"그런 섭섭한 말씀을. 우리는 부부가 될 사이 아니오?"

　엄주명의 말에 금영령의 표정이 딱딱하게 굳어졌다.

"부부가 될 사이라고 누가 그러던가요?"

"굳이 말하지 않아도 알지 않소?"

"모르겠네요. 한 가지 확실한 것은 저는 전혀 그럴 마음이 없다는 거예요."

"금 소저."

　엄주명이 진지한 어투로 그녀를 불렀다. 그러나 금영령은 그에게 눈길조차 주고 있지 않았다.

"이런 말 하기는 싫지만 계속 그러면 강제로라도 끌고 가겠소."

"흥! 누가 겁날 줄 아나요?"

　금영령은 당당했다. 만약 그런 일이 벌어진다면 자결이라도 할 생각이었다.

"겁낼 이유는 없소. 미래의 낭군님 곁으로 오는 것이니까. 부탁드리오."

엄주명의 말에 일월쌍검이 나섰다. 천천히 그녀에게 다가가는데 그 앞을 금자천이 막아섰다.

그러자 일월쌍검 중 월검(月劍)이 엄주명을 바라보며 물었다.

"이자는 죽여도 되오?"

섬뜩한 말이었다. 금자천도 금영령도 긴장한 기색이었다.

"무슨 망발이냐!"

금가장에서 무인 두 명이 뛰어나왔다. 금가장의 호위무사들을 책임지고 있는 섭일평과 채홍이었다.

섭일평과 채홍이 일월쌍검의 앞을 막아서고 다른 금가장 무인 십여 명이 금자천과 금영령 앞을 보호하고 나섰다.

"상인 가문의 무인들이라 그런지 잔챙이들밖에 없는 모양이군."

"일월쌍검이 언제부터 우리를 잔챙이라 불렀는지 모르겠구나!"

섭일평의 목소리에는 자신감이 넘치고 있었다. 자신 혼자서 일월쌍검 두 사람을 상대하는 것은 힘들지 모르겠지만 채홍과 함께라면 충분히 상대할 수 있다고 생각하고 있었다.

"잔챙이를 잔챙이라 부르지. 당연한 것 아닌가?"

"간이 배 밖으로 나온 놈들이구나."

채홍이 자신의 검을 뽑으며 말했다. 섭일평도 검을 뽑았고 일월쌍검 역시 검을 쥐었다.

네 사람 사이에 팽팽한 긴장감이 흘렀다.

언제라도 뒤섞일 것 같은 분위기가 잠시 동안 이어졌다.

"너희가 그런 말을 할 자격이 있는지 봐야겠다."

일월쌍검이 먼저 움직이기 시작했다. 섭일평과 채홍은 침을 한번 삼켰다.

기세에서 지지 않기 위해 강하게 말했지만 두 사람의 합격은 그 어떤 고수의 공격보다 무섭다는 것을 익히 알고 있었다.

쉬릭! 쉬익!

일검(日劍)과 월검(月劍)의 공격이 교묘하게 섞이며 섭일평과 채홍을 압박해 들어갔다.

두 사람은 뒤로 물러서며 그들의 공격에 맞섰다.

차차창! 챙! 챙!

섭일평과 채홍, 그리고 일월쌍검의 검이 순식간에 교차하며 요란한 소리를 만들어내었다.

일월쌍검의 합격도 대단했지만 그것을 막아낸 섭일평과 채홍의 호흡도 만만치 않았다.

오랜 시간 동안 함께해 오면서 자연스레 몸에 밴 것이었다.

하지만 거기서 끝이 아니었다.

쉬익! 츠파파팟!

일월쌍검의 공격이 빠르고 날카롭게 변화하며 한곳을 노리고 날아들었다.

섭일평과 채홍은 예상하지 못한 기괴한 변화에 순간적으로 대처가 늦었다.

부욱! 촤악!

"큭!"

섭일평의 옆구리에 피가 튀었다. 상처는 깊지 않았지만 문제는 거기에 있지 않았다.

섭일평과 채홍 사이에 공간이 생겨 버렸다. 일월쌍검의 공격은 바로 이점을 노린 것이었다.

촤촤착! 채쟁!

그 이후부터 일월쌍검의 날카로운 공격이 계속되었다.

어떤 때는 빠르게, 어떤 때는 조금 느리지만 강하게.

둘은 노련하게 싸움의 흐름을 자신들이 유리한 방향으로 끌어가고 있었다.

섭일평과 채홍의 부족한 부분이 여기서 드러나고 있었다.

이들의 싸움을 지켜보는 엄주명과 금가장의 희비가 갈리고 있었다.

엄주명의 입가에는 참을 수 없는 기쁨에서 나오는 미소가, 금자천을 비롯한 금가장 사람들의 얼굴에는 걱정과 두려움이 역력하게 드러났다.

부들부들.

금영령은 떨고 있었다.

자신이, 그리고 금가장이 이런 치욕을 겪어야 한다는 사실이 한스러웠기 때문이다.

일월쌍검이 검을 멈췄다. 그리고 엄주명이 다시 입을 열었다.

"금 소저, 나도 사람이오. 더 이상 피를 보기 싫으니 같이 갑시다."

엄주명의 말에 금영령은 주먹을 꽉 쥐었다.

어떻게 해야 할까. 가문을 위해서 나를 희생해야 하나?

"나는……."

금영령이 입을 열었다. 엄주명이 기대감을 가지고 그녀의 매혹적인 입술을 바라보고 있었다.

"가지 않겠어요."

엄주명의 얼굴이 사납게 구겨졌다. 그리고 동시에 일월쌍검이 다시 움직이기 시작했다.

섭일평과 채홍이 최선을 다하고 있었지만 점점 밀리고 있는 것이 확연하게 보였다.

그러는 사이 금자천과 금영령은 뒷걸음질 치고 있었다.

"어딜!"

그것을 본 월검이 섭일평과 채홍을 뛰어넘어 그녀에게 날아갔다.

두 사람이 그를 막아보려 하였지만 일검의 교묘한 수법에 월검을 놓치고 말았다.

"꺄악!"

금영령이 놀라 소리쳤다. 금자천이 손을 뻗었지만 월검의 다른 손은 놀고 있지 않았다.

파팟!

순식간에 금자천의 마혈을 제압한 월검은 천천히 금영령에게 다가갔다.

그때,

스륵!

월검이 뒤로 물러섰다. 그리고 금영령과 월검 사이에 한 인영이 나타났다.

"너는?"

"빚 갚으러 왔소."

객점에서 본 소년이었다.

"이건 또 뭐야? 아이야, 부모님 걱정하실라. 어서 집에 가거라. 어른들 일에 아이들은 끼어드는 것이 아니란다."

월검이 타이르듯 소년에게 말했다. 그러자 소년이 주먹을 몇 번 쥐었다 폈다 하더니 입을 열었다.

"내가 싫어하는 부류 중 하나가 뭔지 아시오? 바로 여자한테 함부로 하는 사람들이오."

"뭐?"

기가 차서 말이 안 나왔다.

어디서 이상한 소리를 듣고 온 영웅 놀이를 좋아하는 꼬마 같았다.

"아이야, 어른들 일에 끼어드는 아이는 봐줄 필요가 없단다. 계속 여기 있으면 이 아저씨가 볼기짝을 두들겨 줄 테다!"

소년은 두 주먹을 꽉 쥐고 월검을 노려보았다.

'읍!'

월검의 두 눈이 부릅떠졌다. 어린아이의 눈에서 심상치 않은 무언가를 읽은 것이다.

'뭔가 느낌이 이상하다.'

지금까지 월검의 감은 틀린 적이 없었다.

그 덕분에 일월쌍검은 자신들에게 안 좋은 일들을 잘 피해 갈 수 있었고, 적당한 명성도 얻었다.

물론 악명이었지만.

"가겠소."

"꼬마야!"

소년이 월검을 향해 달려들었다. 금영령이 소년을 붙잡으려는 듯 소리쳤다.

[다시 한 번 말하지만 나는 꼬마가 아니오. 그리고 내 이름은 무호성이오.]

그녀의 귓가에 한줄기 전음이 날아드는 순간 무호성이 월검에게 달려들고 있었다.

"꺄악!"

월검의 검이 무호성에게 닿기 직전, 금영령이 소리를 지르며 눈을 가렸다.

차마 눈 뜨고 볼 수가 없었다.

퍽!

"크윽!"

하지만 정작 공격을 당한 사람은 월검이었다. 그는 믿을 수 없다는 표정으로 무호성을 바라보고 있었다.

"작은 고추가 매운 법이지."

스윽.

무호성의 신형이 사라지자 월검이 감각적으로 자신의 오른쪽을 향해 검을 휘둘렀다.

쒜에엑!

빠르고 날카로운 일격이었지만 그의 검은 원하는 바를 이루지 못했다.

무호성의 한쪽 팔이 월검의 팔을 위로 쳐올렸고, 그 틈을 타앞으로 한 발을 내디딘 상태였다.

"이런 말도 안 되는!"

씨익!

무호성이 미소를 지었다. 그리고 곧 엄청난 내력이 담긴 주먹을 그의 복부에 꽂아 넣었다.

"푸우우!"

월검의 입에서 피가 분수처럼 쏟아져 나왔고 그 피가 고스란히 무호성에게로 쏟아졌다.

"젠장, 한 벌밖에 없는 옷인데."

무호성이 자신의 옷에 묻은 피를 보며 중얼거렸다. 월검은 적지 않은 내상을 입었는지 창백한 얼굴로 쓰러져 있었다.

"아……!"

무호성의 목소리를 들은 금영령이 눈을 가린 손을 떼었다. 쓰러져 있는 월검을 확인한 그녀가 다시 한 번 믿을 수 없다는 표정을 지었다.

"네 이놈!"

월검이 쓰러진 것을 보며 일검이 무호성에게 달려들었다.

그의 검이 지척까지 다가왔음에도 무호성은 여전히 태연한 표정이었다.

스윽!

일검의 검이 정확히 무호성의 심장을 찌르려는 그때, 그의 신형이 다시 한 번 사라졌다.

"몸집 작은 게 도움이 될 때도 있군."

일검이 목소리가 들린 뒤쪽으로 검을 찔렀다. 그러나 무호성의 대응은 완벽했다.

빙그르르!

검을 피해 제자리에서 몸을 회전시킨 무호성이 일검의 겨드랑이 근처에 주먹을 꽂았다.

빠각!

뼈가 부러지는 소리가 들렸고, 일검은 숨조차 쉬기 힘든 엄청난 고통에 잠시 주춤거렸다.

"그렇게 동작이 크면 나 같이 작은 사람은 빠져나가기가 쉽거든."

충고 아닌 충고를 한 무호성이 그대로 앞으로 달려나가며 내력이 실린 주먹으로 전신을 난타하기 시작했다.

퍼퍼퍼퍽!

갈비뼈에서 오는 고통 때문에 제대로 대비를 하지 못한 일검은 무호성의 공격을 고스란히 받을 수밖에 없었다.

"끄아아악!"

월검이 쓰러지고 이번에는 일검이 쓰러졌다. 이를 지켜보고 있던 엄주명의 안색이 흑빛이 되었다.

"이, 이럴 수가!"

엄주명이 놀라 뒷걸음질을 치기 시작했다.

설마하니 조그마한 꼬마아이가 일월쌍검을 이길 것이라고는 생각하지 못했다.

"거기 서!"

무호성의 외침에 엄주명이 그 자리에서 멈춰 섰다. 두려운 듯 몸을 떨고 있었다.

"이 두 사람, 데려가시오."

"시, 시체를 치우란 말이냐?"

"안 죽었으니까 데려가시오."

무호성의 공격이 강하기는 했지만 그 정도에 목숨까지 잃을 정도로 약한 일월쌍검은 아니었다. 다만 꽤 오랜 시간 요양을 해야 할 정도의 부상이었다.

"호, 혼자서 어떻게 데려간단 말이냐!"

그때 금자천이 나섰다.

마음 같아서는 엄주명에게 둘 다 데려가라고 하고 싶었지만 그가 어서 이곳에서 사라져 주는 것을 더 원했다.

"우리가 치울 테니 어서 썩 꺼져라!"

그러자 엄주명이 기다렸다는 듯 줄행랑을 쳤다.

엄주명이 도망가는 것을 한번 쏘아본 금자천은 바닥에 쓰러져 있는 일월쌍검을 바라보았다.

방금 전까지만 해도 섭일평과 채홍을 쉽게 몰아붙이던 그들이 어린아이에게 당해 쓰러져 있는 모습을 직접 눈으로 확인을 했음에도 쉽게 믿을 수가 없었다.

"이들을 근처 어디 의원에 던져 주고 오게."

섭일평과 채홍에게 지시를 내리고는 땀을 식히고 있는 무호성에게 다가갔다.

"큰 신세를 졌구나."

"밥값을 했을 뿐이오."

"은자 한 냥에 비하면 비싸게 갚은 셈이지."

그의 말에 무호성은 별다른 대꾸를 하지 않았다.

"안으로 들어가자. 도움을 주었는데 그냥 보낼 수는 없지."

"됐소. 어차피 빚 갚으러 온 것이었고, 갚았으니 난 내 갈 길 가겠소."

"그냥 인연이 닿았으니 좀 쉬다 가라는 뜻일 뿐이야."

금자천이 그렇게까지 말을 하자 계속 거절할 수도 없어 무호성은 마지못해 고개를 끄덕였다.

"그럼 들어가지."

금자천이 무호성과 함께 금가장으로 들어갔다. 금영령 역시 안도의 한숨을 쉬며 그들을 따라 금가장으로 들어갔다.

*　　　*　　　*

금영령의 아버지인 금찬영은 무호성을 신기한 눈으로 바라보고 있었다.

　당연한 것이, 고작 열 살 정도로 보이는 아이가 엄청난 무공과 나이에 어울리지 않는 말투를 사용하고 있었기 때문이다.

　"우리 영아를 도와줘서 고맙구나. 어린 나이에 무공이 대단하다고 하던데."

　"밥값을 했을 뿐입니다."

　"밥값?"

　금찬영이 무슨 말인지 몰라 금자천을 바라보았다.

　"제가 밥 한 끼 샀어요."

　금자천이 어떤 식으로 이야기할지 몰라 금영령이 선수를 쳤다.

　"어떤 일이 있었는지는 모르겠지만 다행이구나. 별일 없어서."

　금찬영이 인자한 미소를 지었다.

　"그런데 어디를 가는 길이냐? 어린 나이에 먼 곳까지 가는 것이 힘들 텐데."

　"강소성으로 가는 길입니다."

　"강소성?"

　"예. 사부님의 심부름이 있어 그리로 가고 있습니다."

　"급한 일이냐? 물론 사부님의 심부름이라면 급한 일이기는 하겠지만. 네 사부도 한번 보고 싶구나. 이렇게 어린아이를 그

먼 곳까지 홀로 보내다니."

"정확히는 모르겠습니다. 그저 서찰 하나 전하라는 것이어서."

"그럼 이곳에서 쉬어 가거라. 어차피 곧 안휘성으로 가야 할 일이 있어 그곳으로 가야 하니 그때 강소성 근처까지 데려다주마."

무호성은 잠시 머뭇거렸다. 어떻게 해야 하나 고민하던 차에 자신을 떠나보내며 사부가 했던 말이 떠올랐다.

"그때는 오로지 네 마음이 시키는 대로 따라가거라."

이내 마음을 굳힌 무호성이 미소를 지으며 말했다.
"잘 부탁드립니다."

삼 일의 시간이 지났다.

금가장에서는 안휘성으로 가기 위한 준비에 분주했다. 무슨 일로 가는 것인지 알 수 없었지만 굉장히 많은 것을 준비하는 것으로 보아 큰일이 있는 것 같았다.

무호성이 지내는 별채는 혼자 생활하기에 굉장히 큰 곳이었다. 작은 정원도 딸려 있었고, 넓이가 꽤 되는 공터도 있었다.

하지만 그렇게 큰 별채에서 무호성 혼자 지내는 것은 아니었다.

아직도 무호성을 아이라고 생각하는 금가장 사람들 때문에 중년 여인 한 명이 무호성과 함께 지내고 있었다.

그녀는 무호성을 어린아이라고 생각하고 있었지만 무호성으로서는 여간 신경 쓰이는 것이 아니었다.

"여기 있었네?"

무호성이 공터에 혼자 서 있는데 금영령이 다가왔다. 무호성이 인상을 찌푸렸다.

지금 막 무공 수련을 하려던 찰나였기 때문이다.

"뭐 하고 있었어? 이런 곳에서 혼자."

"그냥 무공 수련을 할까 생각 중이었소."

"아, 그래? 미안. 전해줄 말이 있어서. 안휘성으로는 내일 떠날 거야."

"그렇소?"

무호성이 심드렁하게 대답했다. 어차피 언제 떠나든 자신과는 상관없는 일이었다.

"아가씨 오셨어요?"

무호성과 함께 생활하는 중년 여인이 걸어왔다.

"네. 얘는 어때요? 잘 지내고 있죠?"

"말도 마세요."

금영령의 물음에 중년 여인이 고개를 저으며 말을 하기 시작했다. 쌓인 것이 많았는지 쉬지 않고 계속되는 그녀의 말에 무호성이 인상을 찌푸렸다.

'뭘, 그런 것을 가지고.'

"이해해요. 이 아이가 워낙 특이한 아이라서."

그러면서 금영령이 무호성의 머리를 쓰다듬었다. 그러자 무호성의 얼굴이 더욱더 찌푸려졌다.

"내일 떠날 거니까 준비시켜 주세요."

"그럴게요. 자, 가자."

중년 여인이 무호성의 손을 잡으려 하였다.

하지만 무호성은 그 손을 무시한 채 혼자 자신의 방으로 발걸음을 옮겼다.

*   *   *

엄주명은 벌벌 떨고 있었다.

그가 세상에서 가장 무서워하는 사람 앞에 있었기 때문이다.

"누가 네 녀석 보고 그런 짓을 하라고 했느냐!"

"죄, 죄송합니다."

"일월쌍검을 데려간 것은 그렇다 치자. 그런데 왜 혼자 돌아온 것이냐? 죽었느냐?"

"아, 아닙니다."

"그런데?"

엄주명의 아버지이자 천하상단의 주인인 엄사벽은 많이 화가 난 듯 보였다.

"원하는 바도 이루지 못하고, 수하들은 버리고 오고! 도대체 네놈은 어떻게 된 놈이냐!"

"죄송합니다! 잘못했습니다!"

그의 호통에 엄주명이 바닥에 납작 엎드려 손이 발이 되도록 빌었다.

그런 모습이 엄사벽은 더 보기 싫었다.

"꼴도 보기 싫다! 썩 꺼져라!"

그러자 엄주명이 일어나 쭈뼛거리며 밖으로 나갔다.

"도대체가 저래서 어떻게 천하상단의 주인이 된단 말인지."

벌써부터 후계가 걱정되는지 엄사벽이 머리를 매만졌다.

"그나저나 금가장 놈들이 배가 밖으로 나왔군."

엄주명에게는 왜 그런 짓을 했느냐며 호통을 쳤지만 사실은 알고 있었던 일이다. 그리고 일월쌍검을 데려갔으니 틀림없이 금영령을 데려올 것이라 생각했다.

"조력자가 있었던가?"

그렇지 않고서야 일월쌍검이 당했을 리가 없다. 금가장에는 일월쌍검을 능가하는 무인들이 없었기 때문에.

그때였다.

스윽!

"헙!"

갑자기 엄사벽의 앞에 한 인영이 나타났다. 그에 놀란 엄사벽이 헛바람을 들이켰다.

"실패인가?"

검은 무복에 복면을 한 사내가 낮은 목소리로 물었다.

"그, 그렇습니다. 하지만 곧 원하는 결과를 얻을 수 있을 겁니다."

"시간이 많지 않다. 빠른 시일 내에 반드시 그것을 회수해야
한다."

"알겠습니다."

휙!

검은 그림자가 나타날 때와 마찬가지로 바람처럼 사라졌다.
엄사벽은 안도의 한숨을 쉬며 가슴을 쓸어내렸다.

그러더니 곧 살벌한 표정을 지으며 중얼거렸다.

"이런 방법은 안 쓰려고 했건만……."

엄사벽의 두 눈이 사악한 빛을 뿜어내고 있었다.

*   *   *

다음날 아침. 무호성과 금자천, 금영령은 안휘성으로 가기
위해 마차에 올랐다. 금가장의 명성답게 마차는 휘황찬란했
다.

하지만 그것을 보고도 별 감흥이 없는지 무호성은 별다른
표정을 짓지 않았다.

"멋지지?"

금영령이 자부심 넘치는 목소리로 물었다. 무호성은 고개만
끄덕일 뿐 별다른 말이 없었다.

반면에 금영령은 굉장히 들떠 보였다.

그렇게 금자천과 금영령, 무호성이 마차에 올랐고, 채홍을

비롯한 호위무사 열 명이 뒤를 따랐다.

마차가 출발하고 잠시 후 무호성이 금영령에게 물었다.

"그런데 안휘성에는 무슨 일로 가는 것이오?"

"남궁세가에 가는 거야. 소가주의 생일이거든."

"생일?"

"어. 남궁가주인 남궁여호 대협의 아들인 남궁찬의 생일이야. 이번에는 잔치를 꽤 크게 할 모양인가 봐."

"남궁세가는 얼마나 크오?"

"남궁세가? 어떻게 설명을 해야 될까. 정확한 크기를 말할 수는 없지만 금가장보다 커."

"정말이오?"

금영령의 말에 무호성의 입이 절로 벌어졌다. 자신이 본 금가장은 지금까지 봐온 곳들 중에 가장 큰 곳이었다.

그런데 그런 금가장보다 크다고 하니 놀라는 것이 당연했다.

"풉!"

"왜 웃소?"

"놀라는 표정이 귀여워서. 동생 삼고 싶네. 너, 내 동생 할래?"

"난 나보다 어린 사람 동생이나 하는 미친놈이 아니오."

"호호호!"

무호성의 말에 금영령이 입을 가리고 웃었다. 조그마한 아이가 그런 말을 하니 너무 웃겼기 때문이다.

"아, 나도 한 가지 궁금한 게 있어."

"물어보시오."

"그 무공, 처음 보는 건데, 어떤 무공이야?"

금영령의 질문에 금자천 역시 궁금하다는 듯 관심을 가졌다.

"붕천뇌우격이라는 무공이오."

"붕천뇌우격? 처음 들어보는데……. 그럼 사문은 어디야?"

사문을 묻는 그녀의 말에 무호성은 인상을 찌푸렸다. 자신도 사부와 지낸 십 년 동안 사문의 이름을 듣지 못했기 때문이다.

"그러고 보니 사문 이름은 들은 적이 없는데……."

"뭐? 그런 경우가 있어?"

금영령이 이해할 수 없다는 듯 말했다. 금자천도 도통 이해가 가질 않는다는 표정이었다.

"그럼 사부님은 누구셔?"

"사부님 존함은 월천(月天)이오."

무호성의 대답에 이번에도 금영령과 금자천은 모르겠다는 듯 고개를 저었다.

월천이 세상을 등진 지도 벌써 오십 년 전이니 어떻게 보면 당연했다.

"모르는 게 많네. 정말 사제 간 맞아?"

금영령의 물음에 무호성은 곰곰이 생각해 보았다. 무공을 배우고 그 외 많은 것들을 배웠으니 사제 간은 맞지만 정작 사부에 대해서 아는 것이 많지는 않았다.

'나중에 돌아가면 물어봐야겠어.'

그렇게 생각하던 무호성의 얼굴이 딱딱하게 굳었다. 그것을 보고 금영령은 혹시나 자신의 질문에 마음이 상해서 그런 것은 아닌가 하는 생각에 살짝 긴장했다.

"마차를 세워야 할 것 같소."

"왜?"

마차는 잘 달리고 있었다.

"음?"

그때, 마차가 점점 속도를 늦추고 있었다. 방금 전 무호성의 말과 맞아떨어지는 상황에 금자천이 밖을 내다보았다.

"무슨 일인가?"

"산적인 것 같습니다. 알아서 처리하겠습니다."

채홍의 말에 금자천이 알겠다는 듯 고개를 끄덕였다. 이런 경우는 상업을 하다 보면 흔히 겪는 일들 중 하나였다.

"산적?"

무호성이 인상을 찌푸리며 물었다. 그러자 금자천이 고개를 끄덕이며 다시 입을 열었다.

"너무 걱정 말아라. 어차피 저런 산적들이야 돈 몇 푼 쥐어주면 물러나기 마련이니."

금자천의 말처럼 채홍의 명으로 호위 한 명이 전낭을 들고 산적들이 있는 곳으로 다가가고 있었다.

"누가 이깟 돈이 필요하대?"

바깥에서 산적의 목소리가 들렸다. 내용으로 보아 뭔가 잘 못되어 가고 있는 것 같았다.

"어떻게 된 일인가?"

"산적들이 돈을 거부하고 있습니다."

금자천이 인상을 찌푸렸다.

"일부러 마차를 노린 모양이군."

무호성이 중얼거렸다. 그에 고개를 한 번 끄덕인 금자천이 다시 채홍에게 물었다.

"수는 대충 얼마나 되나?"

"스무 명은 되는 것 같습니다. 게다가 하나같이 범상치 않은 것이 녹림이 아닐까 생각됩니다."

"음… 많군. 게다가 녹림이라니."

금자천의 얼굴이 더 어두워졌다.

"스무 명 더 있소. 나타나지 않았을 뿐이지."

금영령이 놀란 표정을 지었다. 어떻게 보이지도 않는 사람들의 숫자를 헤아릴 수 있단 말인가?

"정말이야? 거짓말하는 거 아니지?"

"그거, 버릇이오? 남을 못 믿는 거?"

무호성의 말이 사실인 듯하자 금자천의 얼굴이 잿빛이 되었다.

"녹림도 마흔 명이라……."

그때였다.

"그 안에 여자가 타고 있다는 것 다 알고 왔다! 순순히 여자

만 내놓고 꺼져라!'

산적의 목소리에 금영령의 얼굴이 시커멓게 변했다. 그들은
자신을 노리고 있었다.

"천하상단."

산적의 말에 금자천은 떠오르는 곳이 있었다. 바로 엄주명
의 천하상단이었다.

최근 녹림과 긴밀한 관계를 유지하고 있다고 하여 신경이
쓰였는데 이런 방법을 사용할 줄은 생각지 못했다.

"치졸한 놈들."

금자천이 이를 갈았다. 하지만 지금 당장 뾰족한 수가 생각
나지 않아 어찌할 바를 모르고 있었다.

"어? 어디 가?"

"볼일이 좀 있어서."

"뭐라고?"

무호성이 돌연 자리에서 일어나 마차에서 내렸다.

"설마?"

금영령은 혹시나 하는 생각에 마차에서 따라 내렸다. 역시
나 무호성은 산적들에게 똑바로 걸어가고 있었다.

"애야!"

[괜히 짐만 되니 마차에 오르시오.]

무호성의 전음이 들려왔다. 하지만 금영령은 혹시라도 그가
다치기라도 할까 봐 그럴 수가 없었다. 물론 자신이 지켜본다
고 해서 나아질 것은 없지만.

"호위들은 마차를 지켜라!"

채홍이 소리쳤다. 그러자 십여 명의 호위무사들이 마차를 둘러쌌다.

"여자를 내놓으라고 했지, 쥐꼬리 똥만 한 애새끼를 내놓으라 하지 않았다!"

녹림도의 우두머리인 듯한 자가 자신의 앞으로 다가온 무호성은 신경도 쓰지 않고 소리쳤다.

"거참, 말 한번 더럽게 하네. 당신, 산적 맞소?"

"음? 그렇다! 녹림의 비룡채에서 나왔다!"

"채주요?"

"채주님께서 이런 일에 나설 필요는 없지."

"아쉽군."

무호성이 중얼거렸다. 비룡채에서 나온 척광은 자신의 눈앞에 서 있는 작은 꼬마가 괜히 신경에 거슬렸다.

어린놈이 자신 앞에 스스로 나와 서 있는 것도 그렇고, 말투도 그렇고, 여러 가지가 이상했다. 결정적으로 그의 본능이 위험 신호를 보내고 있었다.

"너, 뭐 하는 놈이냐?"

"산적이라면 이를 가는 사람이오."

"뭐? 지금 말장난하자는 것이냐?"

척광도 무호성의 말을 믿지 못하고 있었다. 무호성은 그런 척광의 말을 무시했다.

"꼬마야, 괜히 여기 있다가는 죽는 수가 있다."

"죽는 건 당신들이겠지."

"뭐라? 하하하하하!"

척광은 박장대소를 터뜨렸다. 그의 뒤에 서 있는 녹림도 스무 명의 반응 역시 다를 바가 없었다.

당연한 반응이었다.

"나머지 스무 명도 나오라고 하시지?"

"뭐?"

척광의 얼굴에서 웃음기가 사라졌다. 녹림도가 마음먹고 숲에 숨으면 어지간한 사람들은 찾지 못한다. 아니, 눈으로는 찾을 수 없다.

그런데 이 꼬마 녀석은 찾아냈다. 기(氣)를 읽은 것이다.

'무공을 익혔다? 그것도 상승의 무공을?'

척광은 긴장감을 풀지 않았다.

"나와라!"

척광의 외침에 숲 이곳저곳에서 녹림도들이 모습을 드러냈다. 도합 사십 명이나 되는 인원이 척광과 무호성, 그리고 채홍을 비롯한 호위무사들이 보호하고 있는 마차까지 넓은 범위를 둘러싸고 있었다.

"네놈이 꽤나 그럴싸한 무공을 익힌 모양이구나. 하지만 저년은 꼭 데려가야겠다. 물론 나머지는 죽겠지만."

척광의 말에 무호성이 미소를 지었다. 시리도록 차가운 미소였다.

"이래서 산적 놈들은 다 죽어야 돼."

그 말과 동시에 무호성의 신형이 흐릿해졌다. 눈 한 번 깜짝한 사이에 무호성이 사라지자 척광은 본능적으로 자신의 도를 휘두르며 몸을 틀었다.

부웅!

무호성이 잠깐 나타났다 사라진 자리로 그의 도가 지나갔다.

꽝!

"크악!"

그리고 '어디 있지?' 라고 생각하는 순간 자신의 옆구리에 극심한 통증이 밀려왔다.

어느새 무호성이 자신의 옆에 서서 시퍼런 두 눈으로 그를 노려보고 있었다.

파라락!

무호성의 장삼이 터질 듯 부풀어 올랐다. 긴 머리카락이 바람에 흩날리듯 펄럭거렸다.

그리고 척광이 어떻게 손을 쓰기도 전에 무호성의 주먹이 연달아 그의 몸을 두들겼다.

"크윽!"

척광이 통증을 참으며 뒤로 몸을 뺐다. 그리고는 자신의 도를 무호성을 향해 뿌렸다. 순식간에 다섯 곳을 베어 들어가는 공격이었다.

까가가가강!

하지만 무호성의 주먹질에 그의 공격은 모조리 막히고 말왔다.

'큭!'

손을 타고 손목으로 전해지는 통증이 장난 아니었다.

'이러다가 죽겠구나!'

척광의 눈빛이 심하게 흔들리고 있었다.

"말도 안 돼."

금영령이 놀라움을 감추지 못했다.

말도 안 되는 건 무호성이 일월쌍검을 상대했던 그때부터였다.

척광은 무호성의 상대가 되지 못했다. 단 몇 수 만에 척광은 무릎을 꿇었다. 코와 입으로 피를 토하면서.

그다음부터는 더 가관이었다.

무호성은 자신들을 둘러싸고 있는 녹림도를 쓸어버리고 있었다.

손속에 사정을 두지 않았다.

차가운 눈빛으로 그들의 목숨을 하나씩 거둬갔다.

추풍낙엽처럼 쓰러지던 산적들은 불과 한 식경 만에 모두 바닥에 쓰러져 있었다.

"후우."

무호성이 한숨을 쉬었다. 그리고는 마차 쪽을 바라보았다. 아무 일 없냐는 뜻이었다.

잠시 멍하게 무호성을 바라보고 있던 채홍이 퍼뜩 정신을 차리고는 고개를 끄덕여 보았다.

'어찌 사람이 저럴 수 있단 말인가?'

아무리 그들이 약하다고는 하지만 사십 명이나 되는 산적을 단숨에 쓰러뜨린 무호성을 보고 놀라지 않을 수가 없었다.

'무슨 사연이 있는 것인가?'

게다가 일월쌍검을 상대했을 때보다 손속이 훨씬 더 잔인했다.

"괜찮으냐?"

금자천이 다가와 물었다. 금영령 역시 같은 표정으로 마차에서 내려 무호성에게 다가왔다.

"괜찮소."

무호성이 무미건조한 목소리로 대답했다.

"주변을 정리해라!"

채홍이 호위무사들에게 소리쳤다. 그에 호위들이 일사불란하게 움직이며 녹림도들을 몰아내기 시작했다.

무호성은 멍하니 금가장 호위들이 하는 일만 바라보고 있을 뿐이었다.

"다 정리가 되었습니다."

"그럼 출발하지."

녹림도들의 시체를 한곳에 모아 대충 수습을 끝낸 채홍의 말에 금자천이 먼저 마차에 올랐다. 그리고 그 뒤를 따라 금영령이 오르려 하였다.

"안 타?"

"가오."

무호성이 금영령을 따라 마차에 올랐다. 그리고 잠시 후 마차는 아무 일도 없었다는 듯 그곳을 떠났다.

第二章
남궁세가

신권무쌍

산적과의 일이 있은 이후로 무호성의 분위기는 무거워져 있었다. 함께 마차를 타고 가는 금영령과 금자천조차도 그 때문에 입을 다물고 있었다.

간혹 금영령이 괜찮느냐고 물었지만 무호성에게서 들려온 대답은 그저 괜찮다는 짧은 말뿐이었다.

그렇게 며칠이 지나고 저 멀리 남궁세가의 모습이 보이기 시작했다.

"저 멀리 보이는 곳이 남궁세가야."

금영령의 목소리는 밝았다. 그때의 충격으로 한동안 말도 잘 하지 않았지만 며칠이 지나자 원래대로 돌아와 있었다.

금영령의 말에 무호성의 시선이 창밖으로 향했다. 꽤 멀리

떨어져 있는 것 같은데도 건물들의 모습을 확인할 수 있을 정도로 거대한 곳이었다.

'확실히 굉장히 크군.'

무호성은 금영령이 했던 이야기를 떠올렸다. 금가장보다 더 큰 곳이라는 말을.

"역시 사람들이 점점 많아지네요."

금영령의 말대로 남궁세가로 이어지는 관도에는 점점 사람들이 많아지고 있었다.

남궁세가 주변에 거대한 상권이 형성되어 있는 것도 하나의 이유였지만 가장 큰 이유는 남궁찬의 생일잔치 때문이었다.

"괜찮아?"

"귀에 딱지 앉겠네."

"안 괜찮아 보이니까 하는 말이야."

금영령의 걱정은 진심이었다. 그날 이후로 무호성은 말도 걸기 힘들 정도로 분위기가 달라져 있었다.

'남궁세가에 가면 좀 나아질까?'

금영령은 남궁세가에서 있을 잔치를 떠올렸다. 수많은 사람들이 모여 웃고 떠들면서 분위기를 낼 것이다.

그런 분위기에 휩쓸리면 무호성의 기분도 나아지지 않을까 하는 생각이었다.

"궁금한 것이 있어."

"아, 뭔데?"

오랜만에 무호성이 먼저 말을 걸었기에 금영령은 호기심 어린 목소리로 물었다.

"지난번과 같은 일, 자주 있는 일이야?"

"지난번 일? 아, 녹림 말이야?"

금영령의 말에 무호성이 고개를 끄덕였다. 그 때문에 그녀는 지금까지 무호성의 분위기가 안 좋았던 것이 그때의 일 때문이라고 확신할 수 있었다.

"자주 있는 일이지. 그때는 평소와는 목적이 조금 달랐지만."

"그럼 그런 산적들이 마을을 약탈하는 일도 자주 있나?"

"뭐, 자세히는 모르겠지만 마을은 거의 대부분 근처 문파나 무관의 보호를 받으며 생계를 꾸려가고 있지. 산적들이 마을을 쉽게 약탈하기는 어려울 거야."

금자천의 말에 무호성이 고개를 끄덕였다.

'그 흔한 무관도 없었던가.'

무호성은 기억을 더듬어보았다. 하지만 이내 고개를 저었다. 무언가 제대로 기억이 나지 않는지 살짝 인상을 찌푸렸다.

"그런데 너!"

금영령이 무호성의 상념을 깨웠다.

"왜?"

"왜? 너 왜 반말해?"

"나보다 나이도 어리니 놔도 될 것 같아서 놨지."

"어디 쪼그만 게!"

금영령의 호통에도 무호성은 꿈쩍도 하지 않았다. 오히려 서늘한 눈빛으로 그녀를 노려보았다.

움찔!

순간 그녀가 움찔했다. 그러면서 산적들과 싸우던 그의 모습이 머릿속을 스쳐 갔다.

"이, 이번 한 번만 봐준다!"

그렇게 소리친 그녀가 뾰로통한 표정으로 창밖을 바라보았다.

'귀엽네.'

뾰로통한 표정의 그녀를 보며 무호성이 작게 미소를 지었다.

"도련님, 마을에 잠시 들렀다가 가지요."

"그렇게 하게. 어차피 잔치는 내일이니 오늘은 마을에서 묵는 것도 괜찮겠지."

"알겠습니다."

금자천의 말을 전해 들은 마부가 마을 쪽으로 방향을 잡아 갔다.

마을은 생각보다 컸다.

남궁세가 근처에 있는 마을이라 그런지 사람도 굉장히 많았고 규모 역시 굉장했다.

오가는 사람들이 많았기에 시끄러운 것은 당연했고, 활기찬 기운이 절로 몸속으로 스며드는 것 같았다.

"일단은 쉴 곳부터 잡는 것이 좋겠구나. 채홍, 부탁하네."

"알겠습니다."

금자천의 말에 채홍이 앞장서 걸으며 괜찮은 객점을 찾기 시작했다. 사람들이 많아 방이 비어 있는 객점을 찾기가 어려웠다.

　"저기가 마지막 객점이네요. 만약 저기에도 방이 없으면 오늘은 노숙?"

　금영령이 믿을 수 없다는 표정으로 말했다. 금자천은 별다른 내색을 하고 있지는 않았지만 노숙을 하는 것은 싫었다.

　"일단 들어가서 알아보겠습니다."

　채홍이 먼저 객점 안으로 들어갔다. 금영령은 초조한 기색을 감추지 못했다.

　"방이 있다고 합니다!"

　"들어가요!"

　이번에는 금영령이 빠른 걸음으로 앞장서 객점 안으로 들어갔다.

　"그런데 방이 하나밖에 없다고 합니다."

　채홍이 난감한 표정으로 말했다. 솔직히 자신을 비롯한 호위들이야 아무 곳에서나 잠을 자도 될 일이었다.

　문제는 금영령과 금자천, 무호성이었다. 금자천과 금영령 두 사람은 어색하기는 해도 남매지간이니 크게 문제될 것은 없었지만 무호성을 어떻게 하느냐가 문제였다.

　"난 마차에서 자면 돼."

　어색한 분위기를 감지한 무호성이 말했다. 금영령이 포기할 수는 없었기에 어떻게 보면 당연한 수순이었다.

"괜찮겠어?"

금영령이 미안한 표정으로 물었다.

"괜찮아. 노숙도 하는데 마차면 감지덕지지."

무호성이 대수롭지 않다는 듯 말했다.

"미안해."

금영령의 말에 무호성이 살짝 미소를 지었다. 그리고는 마차가 있는 객점 밖으로 향했다.

"조금 있다가 식사 때 봐!"

금영령이 뒤에다가 소리쳤다. 무호성은 별다른 대꾸 없이 마차 안으로 들어갔다.

식사 때가 되어 무호성은 마차에서 나와 일행과 합류했다. 자신들만 씻고 편하게 자는 것이 마음에 걸렸는지 주문한 음식이 꽤 많아 보였다.

"먹어."

마치 자신이 만들고 차린 것처럼 얘기하는 금영령을 보며 금자천이 미소를 지었다.

무호성이 음식을 입에 가져갔다. 그렇게 몇 번 먹었을까. 무호성이 젓가락을 내려놓고 물었다.

"저 사람들, 아는 사람들이야?"

무호성의 시선이 닿은 곳에 남녀 두 쌍이 앉아 자신들을 보고 있었다.

채홍 역시 그들의 시선을 느꼈는지 그들을 똑바로 쳐다보왔다.

"황보가 사람들이군. 아, 모용가 사람도 있고. 별로 마주치고 싶지 않은 사람들인데……."

금자천이 그들을 알아보고 중얼거렸다. 그러면서 시선을 피하는 것이 무언가 있는 것 같았다.

그러는 와중에 그들 중 한 사람이 자리에서 일어나 무호성 일행 쪽으로 다가왔다.

"오랜만이네요."

"오랜만이오, 모용 소저."

금자천이 마지못해 아는 척을 했다. 그들에게 다가온 사람은 모용가의 여식인 모용혜미였다.

예쁜 얼굴을 가지고 있었지만 독사만큼이나 날카로운 성격을 가지고 있기로 유명했다.

"그런데 무슨 일인가요?"

"그냥, 오랜만에 만났는데 함께 이야기나 나눌까 해서요. 그런데 이 꼬마는 누구죠?"

모용혜미의 말에 무호성의 얼굴이 다시 한 번 붉어졌다. 지난번 금영령이 같은 말을 했을 때와 똑같은 반응이었다. 하지만 그것을 모용혜미는 부끄러워 그러는 것이라 생각했다.

"꼬마야, 이름이 뭐니?"

"무호성."

"어머? 말이 짧네?"

무호성의 대답에 모용혜미가 놀란 듯한 표정을 짓더니 이내 미소를 지었다.

"재미있는 아이네. 몇 살이니? 열 살? 열한 살?"

"스무 살."

스무 살이라는 대답에 모용혜미는 자신이 잘못 들은 것이라 생각하고 다시 물었다.

"이 누나가 잘못 들었네. 몇 살이라고 했지?"

"스무 살이라고."

모용혜미가 놀란 표정을 지었다. 하지만 그것도 잠시, 그녀는 무호성이 자신을 놀리는 것이라고 생각했다.

"거짓말을 아무렇지도 않게 하는구나. 거짓말을 하는 것은 나쁜 짓이란다. 그리고 어른한테는 존댓말을 써야지."

"이 여자는 나이가 몇이오?"

"나랑 동갑이야."

금영령의 말에 무호성이 그녀를 바라보며 말했다.

"그럼 어른한테는 존댓말을 써야지. 안 그래?"

무호성의 대꾸에 모용혜미의 얼굴이 시뻘겋게 달아올랐다. 그녀는 독기 오른 눈으로 무호성을 노려보았다.

하지만 무호성은 크게 신경 쓰지 않은 채 식사에만 열중할 뿐이었다.

두 사람의 신경전 속에서 금자천과 금영령은 어찌해야 할 바를 모르고 있었다.

"그만 하시오, 모용 소저. 어린아이 아니오. 애가 무슨 잘못이오? 자식 교육 잘못 시킨 부모 탓이지."

그러자 그녀와 함께 있던 황보강이 다가와 말렸다. 그의 말이 맞다고 생각했는지 모용혜미가 두 눈의 독기를 풀었다.

'맞아. 내가 애하고 무슨 짓인지.'

"아무래도 대화는 나중으로 미뤄야 할 것 같군요. 내일 봬요."

그렇게 말하고 돌아가려는 찰나, 무호성의 입이 다시 열렸다.

"너, 다시 한 번 말해봐."

"뭐?'

황보강이 어이없다는 표정으로 돌아섰다. 그러자 무호성이 화난 표정으로 그를 쏘아보고 있었다.

"꼬마 녀석이 겁대가리를 상실한 모양이구나."

"황보 소협, 제가 대신 사과드리겠습니다. 화 푸시지요."

금자천이 황보강을 말리고 나섰다. 큰일이 벌어질 것만 같았기 때문이다.

물론 무호성의 무공이 강하다고는 하지만 오대세가 중의 한 곳인 황보가를 건드려서 좋을 일은 없었다.

게다가 황보강은 정파 후기지수 중 다섯 손가락 안에 꼽히는 고수였다.

"네 부모님도 자식 교육 잘못 시킨 건 똑같은 것 같은데?"

무호성의 눈에 비친 황보강은 힘만 믿고 설치는 망나니에 불과했다.

"어린놈이 못하는 말이 없구나. 감히 나 황보강에게 그런 말을 하다니. 믿는 구석이라도 있는 게냐?"

조곤조곤 말을 하고 있었지만 황보강이 폭발 직전이라는 것은 그 자리에 있는 모두가 알 수 있었다.

모용혜미를 비롯하여 황보강과 자리를 함께하고 있던 사람들은 흥미롭게 이 장면을 바라보고 있었다.

"그만 해."

금영령이 무호성을 나무랐다. 마치 누나가 어린 동생을 챙기는 듯한 모습이었다.

하지만 무호성은 그 말을 무시하고 자리에서 일어났다.

황보강이 덩치가 꽤 있었기에 무호성의 키는 그의 가슴팍 정도밖에 되지 않았다.

"다른 사람의 부모를 욕하는 건 잘못된 일이다. 황보가라면 명문가인데 그곳에서 그런 식으로 가르쳤나?"

무호성의 말에 황보강은 아무런 말도 하지 못하고 씩씩거리기만 하고 있었다.

실제로 그의 할아버지이자 권왕이라 불리는 황보장천은 황보강의 평소 행태를 굉장히 못마땅하게 생각하고 있었다.

"그만 하세요. 보기에 안 좋아요."

이번에는 모용혜미가 황보강을 말리고 나섰다. 자신의 생각에도 어린 꼬마와 이런 식의 말싸움을 하고 있는 것이 우습다는 생각이 들었는지 황보강이 뒤로 한 발 물러섰다.

"꼬마야, 다시 볼 날이 있을지는 모르겠지만 그 입, 조심하면서 사는 것이 좋을 것이다."

"당신이나."

끝까지 지지 않는 무호성을 한 번 노려본 황보강이 자신의
자리로 돌아갔다.

"휴~ 심장 떨려서 더 이상 못 있겠네요. 너, 그런 성격 좀
고쳐야겠다."

황보강이 물러서는 것을 본 금영령이 조용히 말했다. 금자
천 역시 동감이라는 듯 작게 한숨을 쉬었다.

"명문가의 자식들은 전부 저래?"

"그런 사람도 있고 안 그런 사람도 있고. 천차만별이지."

금자천이 혹여 황보강 일행이 들을까 봐 조용하게 얘기했
다.

"이번에 생일이라는 남궁가의 자식은 어때?"

"나쁜 아이는 아니야. 아직 좀 어려서 막되게 구는 면이 좀
있긴 하지만."

무호성은 생각했다. 남궁세가에 엄청나게 많은 사람들이 모
이면 그중 저런 사람은 몇 명이나 될까?

"힘들겠군."

무호성이 중얼거렸다.

다음날 아침.

무호성과 그 일행은 남궁세가로 출발하기 위해 일찌감치 서
둘렀다. 남궁세가에 일찍 도착하기 위함이었지만 사실은 어제
의 일 때문이었다.

모용혜미와 황보강을 비롯한 그들 일행과 마주쳐서 좋을 것이 없다는 판단에서였다.

금가장도 큰 가문이기는 했지만 그렇다고 오대세가에 비할 바는 아니었다.

"준비 다 됐지?"

"나야 준비할 것도 없으니까. 그나저나, 왜 이리 서두르는 거야?"

"늦으면 골치 아프거든."

금영령이 말을 아꼈다. 하지만 무호성은 어느 정도 눈치를 채고 있었다.

"어제 그 사람들 때문이야?"

"아니야."

말은 그렇게 했지만 그녀의 표정에는 '맞다'라고 쓰여 있었다.

"그 사람들이 무서워?"

"뭐, 무섭다기보다는… 똥이 무서워서 피하나?"

그렇게 말을 하는 금영령이었지만 쓸쓸한 것은 어쩔 수 없었다. 약육강식의 무림에서 상인 가문이 살아가는 것은 이렇게나 어려운 일이었다.

"어차피 그곳에 가면 만날 사람들 아닌가?"

"그래도."

어느 정도 시인을 한 금영령이 분주하게 짐을 꾸리기 시작했다.

그 때, 이층에서 금자천이 내려오며 물었다.

"다 됐느냐?"

"네, 다 됐어요. 오라버니는요?"

"다 됐다. 이제 가자꾸나."

"네."

금자천과 금영령이 먼저 객점을 나섰다. 무호성은 잠시 이층을 한 번 바라보았다. 어제의 그들은 아직 자고 있을 것이다.

쓸쓸한 표정을 지은 무호성이 금자천과 금영령의 뒤를 따라나섰다.

일찍 나섰음에도 남궁세가의 정문 앞은 문전성시를 이루고 있었다.

남궁세가의 위세가 대단하다는 것을 반증하는 것이었다.

"이것 봐. 조금만 더 늦었으면 저 사람들처럼 기다리고 있어야 했을걸?"

남궁세가의 정문으로 들어서며 금영령이 말했다. 무호성은 아직까지 줄을 서서 입장을 기다리는 사람들을 바라보며 고개를 끄덕였다.

정문 안쪽의 남궁세가는 밖에서 보았던 것보다 더 대단했다. 시선을 돌린 무호성의 표정에는 그런 것이 고스란히 드러나 있었다.

"놀랐지?"

"응."

무호성은 솔직히 대답했다. 그 정도로 남궁세가의 규모는
엄청났다.

'들어가는 돈도 만만치 않겠는데?'

무호성의 생각이었다. 금가장의 경우에는 원래 상인 가문이
기에 그렇다 쳐도 무림세가인 남궁가의 경우에는 그 많은 돈
을 어떻게 충당하는지 궁금해졌다.

그 질문을 하려던 무호성은 벌렸던 입을 다물 수밖에 없었
다.

그들에게 다가오는 사람들의 모습이 보였기 때문이다.

'남궁가 사람인가?'

"언니!"

"영이 왔구나! 잘 왔어. 천 오라버니도 오랜만이에요."

"그래, 오랜만이구나."

금자천, 금영령과 반갑게 인사를 나누는 여인은 바로 남궁
찬의 누나인 남궁소소였다.

남궁가주인 남궁여호의 여식으로 아직 스물이 안 된 나이였
지만 그 미모가 널리 알려져 있었다.

청색 경장에 화려하지 않은 장신구를 하고 있었지만 그 아
름다움을 충분히 뽐내고 있었다.

"어머, 그런데 이 꼬마는 누구야? 귀엽게 생겼네."

"아, 인사해. 무호성이라고 해."

"처음 뵙겠소."

무호성의 인사에 남궁소소가 놀란 표정으로 금영령을 바라
보았다.

　　"원래 이래."

　　그녀의 대답에 미소를 지은 남궁소소가 무호성과 눈높이를
맞추기 위해 허리를 구부렸다.

　　"남궁세가에 온 걸 환영해. 몇 살이니?"

　　"스무 살이오."

　　남궁소소가 또 한 번 금영령을 바라보았다. 그에 금영령은
고개를 저었다.

　　"재미있는 아이구나."

　　남궁소소가 다시 허리를 펴고 섰다. 방금 전까지 자신의 코
끝을 간질이던 분 냄새가 사라지자 무호성이 살짝 아쉬운 표
정을 지었다.

　　"오는 데 별일 없었지?"

　　"뭐, 있었다고 해야 하나?"

　　그러면서 금영령이 무호성을 바라보았다. 남궁소소는 그것
이 무슨 의미인지 몰라 두 사람만 번갈아 가면서 볼 뿐이었다.

　　그 모습에 금자천이 화제를 바꾸었다.

　　"찬이의 선물을 가져왔다. 가주님 것도 있고."

　　"어머, 고마워요. 그런데 제 것은 없어요?"

　　"네 생일도 아니지 않느냐?"

　　"숙녀에게 선물 공세도 할 줄 알아야 한다고요."

　　남궁소소가 짓궂게 답했다. 금자천은 살짝 당황했지만 하루

이틀 일도 아니었기에 그러려니 하고 넘어갔다.

"아무튼 고마워요. 일단 숙소에 가서 쉬고 계세요. 잔치는 곧 시작할 거예요."

"그러마."

"꼬마도 안녕."

남궁소소가 무호성에게 손을 흔들며 멀어져 갔다. 완전히 자신을 꼬마로 대하는 그녀의 태도에 무호성이 살짝 인상을 찌푸렸다.

잔치는 무호성 일행이 도착하고 한 시진 후에 시작되었다. 그럼에도 아직 들어오지 못하고 밖에서 기다리는 사람들이 굉장히 많았다.

잔치에 참석한 많은 사람들이 모인 곳에 남궁가주인 남궁여호가 남궁찬과 함께 모습을 드러냈다.

약간은 날카롭게 생긴 인상의 남궁여호는 부친인 검왕 남궁도백의 뒤를 이어 남궁가의 가주가 된 사람으로 제왕검법을 대성하여 그 실력이 결코 검왕에 뒤지지 않는다고 알려져 있었다.

검왕 남궁도백의 손자이자 새롭게 검왕의 자리에 오를 것으로 생각되는 남궁여호의 아들인 남궁찬 역시 기대를 한 몸에 받는 후기지수였다.

아직 나이가 어려 그 성취가 높지는 않았지만 후기지수 중 첫 손가락에 꼽히는 무당의 일공(日供)에 뒤지지 않는다는 평이 대부분이었다.

짝짝짝!

많은 사람들이 그들의 모습에 환호와 박수를 쳐주었다.

"이렇게 못난 아들의 생일을 축하해 주기 위해 먼 곳까지 찾아와 주셔서 정말 감사합니다! 오늘은 마음껏 드시고 즐기시기 바랍니다!"

"와아아!"

남궁여호의 짧은 인사에 사람들이 다시 한 번 환호와 박수를 보냈다. 하지만 그것도 잠시, 정문 쪽에서 소란이 일었다.

사람들의 시선이 모두 그쪽으로 향해 있었다.

"무슨 일이지?"

금자천의 말이 끝나기가 무섭게 거구의 한 사내가 모습을 드러냈다.

딱 보기에도 성격이 거칠게 생겼으며 우락부락하게 솟아 오른 근육은 그가 외가기공을 익혔음을 능히 짐작케 했다.

거대한 몸집에서 풍기는 기도가 상당했기에 그곳에 모인 사람들 중 반절 이상은 긴장하고 있었다.

"그대는 누구인가?"

남궁여호가 차분한 어조로 물었다. 하지만 그의 몸에서도 무시무시한 기도가 풍겨져 나오고 있었다.

"나? 비룡채주 염락수다."

거구의 사내가 자신의 정체를 밝혔다. 그러자 장내가 술렁거렸다.

절정고수의 반열에는 오르지 못했지만 염락수는 일류고수 중 첫손가락에 꼽히고 있는 자였다.

"내 아들의 생일을 축하해 주러 온 것은 아닐 테고, 무슨 일 인가?"

"금가장에서 온 자들을 찾고 있다."

자신들을 찾는다는 말에 금자천과 금영령 등 금가장에서 온 사람들의 표정이 딱딱하게 굳었다.

일전의 그 일 때문에 찾는 것이 분명했다.

"그들은 왜 찾는가?"

"알 것 없다! 나와라!"

염락수의 외침에 금자천과 금영령은 어떻게 해야 할지 몰라 안절부절못하고 있었다. 단 한 사람, 무호성만이 침착함을 유지하고 있었다.

"무슨 일인지는 모르겠지만 남궁가에 온 손님이라면 응당 우리가 챙겨야 할 것이니 마음대로 하지는 못할 것이오."

남궁여호의 말에 염락수의 얼굴이 일그러졌다. 그의 부리부리한 두 눈이 수많은 사람들 사이를 누비며 금가장 일행을 찾고 있었다.

"감히 산적 따위가 여기가 어디라고 행패를 부리느냐!"

호기롭게 외친 사람은 바로 모용가주인 모용광(慕容光)의 동생인 모용추(慕容推)였다.

실력은 형인 모용광에게 한참 못 미쳤지만 자신이 모용세가의 사람이라는 자부심 하나로 똘똘 뭉친 사람이었다.

불의를 보면 참지 못하는 성격이었지만 실력이 그런 성격을 뒷받침하지 못하여 일을 그르치는 경우가 허다했다.

하지만 모용세가의 위세 때문에 누구 하나 직접적으로 얘기하는 사람은 없었다.

"음? 모용가인가? 당신들과는 상관없는 일이니 가만히 앉아 있는 것이 좋을 것이다! 나는 그들만 데리고 나가면 된다!"

모용추의 얼굴이 붉어졌다. 모욕을 당했다 생각한 것이다. 상대가 자신을 무시하는 것이 아니라면 그런 식으로 말할 수 없었다.

당장 염락수에게 달려들지 않은 것은 그 자리에 남궁여호가 있기 때문이었다.

"이래서 산적 놈들은 안 된다니까."

"얘!"

무호성의 갑작스런 말에 금영령이 화들짝 놀라 제지하려 하였다. 하지만 이미 늦은 일이었다.

"금가장이 아니라 나한테 볼일이 있는 거겠지."

무호성이 가볍게 신형을 띄워 염락수 앞에 내려섰다. 염락수의 키가 무호성의 세 배는 되어 보였다.

수많은 사람들이 그를 어이없게 바라보았지만 남궁여호의 두 눈에서는 이채가 발하고 있었다.

"하하하하하! 금가장이 이제 막장으로 가는 모양이구나! 이렇게 어린놈을 앞세우다니. 하하하하!"

염락수가 큰 소리로 웃었다. 그러더니 갑자기 사나운 표정을 지으며 말했다.

"모두 다 죽여 버리겠다."

"이놈!"

결국 모용추가 참지 못하고 염락수를 향해 달려들었다. 염락수도 자신의 애병인 염왕도(閻王刀)를 꺼내 들었다.

모용추의 검과 염락수의 염왕도가 충돌하려는 순간, 그 사이로 불쑥 솟아오르는 손이 있었다.

바로 무호성의 손이었다.

쉬리릭!

무호성의 장삼이 펄럭이며 검과 도를 비껴내었다. 그러면서 교묘하게 두 사람의 공격을 무위로 돌렸다.

"후, 힘들었다."

그렇게 중얼거리는 무호성을 모든 사람들이 놀란 눈으로 바라보았다.

특히나 바로 앞에서 일어났던 일인 만큼 모용추와 염락수의 놀라움은 다른 사람들의 그것보다 훨씬 더했다.

'뭐지, 이 꼬마는?'

염락수는 자신의 눈을 믿을 수가 없었다. 모용추 역시 마찬가지였다.

전력을 다한 공격이 아니었다 해도 이렇게 어린 꼬마가 막을 수 있을 것은 아니었다.

"산적, 비룡채의 일은 나와 해결해야 할 일이잖아?"

무호성의 말에 염락수가 정신을 차렸다.

'이 꼬마가 도대체……'

"꼬마, 죽고 싶은 모양이구나."

염락수는 방금 전에 벌어졌던 일은 눈앞의 꼬마가 한 일이 아니라고 치부해 버렸다.

이 자리에 있는 고수 중 누군가가 손을 쓴 것이라고 생각하고 있는 것이다.

"지난번 그놈에게도 말했지만 죽는 건 내가 아니라 당신이야. 난 산적들이 정말 싫거든."

염락수는 기가 막혔다. 무호성의 말이 사실인지 아닌지 확신을 할 수가 없었다.

하지만 한 가지 분명한 것은 눈앞에 있는 꼬마가 자신의 신경을 긁고 있다는 것이었다.

사람들은 기가 막힌 이 상황에서 나서지 못하고 지켜보고만 있을 뿐이었다.

방금 전까지 염락수에게 검을 들이댔던 모용추도 민망하게 검을 들고 두 사람을 지켜보고 있었다.

"일단 네놈부터 죽여야 속이 풀리겠다!"

부웅!

염락수의 염왕도가 무호성을 반으로 쪼개려는 듯 아래로 내려쳐졌다.

스슥!

무호성의 신형이 가볍게 그의 염왕도를 피해냈다. 그리고는 예전과 마찬가지로 장삼이 부풀어 오르고 머리카락이 흩날렸다.

'윽!'

기세가 완전히 달랐다. 눈앞에 있던 꼬마는 어디론가 사라지고 지금은 한 사람의 고수가, 그것도 거대한 고수 한 명이 자신의 앞에 서 있었다.

"죽여⋯⋯."

그렇게 중얼거린 무호성이 움직이기 시작했다.

무호성이 빠르게 접근했다. 덩치가 큰 염락수는 무호성의 속도를 따라오지 못했다.

퍼퍼퍽!

순식간에 염락수의 몸에 세 번의 공격이 가해졌다. 그에 염락수의 신형이 뒤로 조금 밀렸다.

'큰일 날 뻔했다!'

염락수는 강한 외공과 약간의 내공을 바탕으로 일류고수 반열에 오른 자였다.

지금의 공격도 강한 외공이 아니었다면 내장이 진탕되었을 정도로 강한 공격이었다.

'외공인가?'

무호성이 속으로 생각했다. 아직까지 외공을 익힌 사람과 싸워본 적은 없었지만 걱정은 되지 않았다.

'깨부수면 그만!'

무호성이 내력을 더욱더 끌어올렸다. 그리고 신위는 더 빠르고 간결하면서도 위력적으로 변했다.

하지만 염락수는 결코 호락호락한 상대가 아니었다.

비룡채의 채주였고, 일류고수였다.

비록 무호성이 익힌 무공이 절정의 무공이었지만 아직은 그 수준이 낮았다.

쩔그렁!

염락수가 염왕도를 던져 버렸다. 작고 빠른 무호성을 상대하는 데 오히려 거치적거렸기 때문이다.

또한 무호성을 작은 꼬마가 아닌 무인으로 인정한다는 의미이기도 했다.

"무기를 버리다니!"

누군가가 소리쳤다. 하지만 이들의 싸움을 흥미롭게 지켜보고 있던 남궁여호는 고개를 저었다.

'진정한 위력이 나오겠지.'

부웅!

염락수의 주먹이 자신에게 쇄도해 들어오는 무호성에게로 정확히 날아갔다.

앞으로 달려들던 무호성은 주춤하며 몸을 뺄 수밖에 없었다.

'......!'

다음 순간, 무호성의 눈앞에 거대한 발이 다가와 있는 것이 보였다.

퍼억!

'큭!'

염락수의 발길질을 간신히 막아내기는 했지만 무호성은 뒤쪽으로 날아갈 수밖에 없었다.

체격 차이에서 오는 어쩔 수 없는 결과였다.

무호성의 압박에서 벗어난 염락수가 반격을 위해 재빠르게 움직이기 시작했다.

거대한 몸집을 가지고 있으면서도 염락수의 움직임은 기민했다. 그런 움직임에 무호성은 제약을 받기 시작했다.

퍼억!

또 한 번 염락수의 주먹에 맞은 무호성이 휘청거렸다. 중요한 것은 이번에는 날아가지 않았다는 점이다.

'역시……'

염락수의 약점은 지구력에 있다는 것을 무호성은 알 수 있었다. 빠르게 움직이는 자신을 잡기 위해 무리를 하고 있는 것이다.

무호성의 눈빛이 빛났다. 그리고는 내력을 더욱더 끌어올렸다.

퍼퍼퍽!

무호성의 공격과 염락수의 공격이 서로 부딪치며 듣기 싫은 소리를 만들어내었다.

하지만 두 사람은 쉽게 물러서지 않았다.

무호성은 지금까지 익혀온 자신의 모든 것을 쏟아내기 시작했다.

염락수 역시 자신이 가진 무공을 쏟아내기 시작했다. 두 사람의 신형이 얽혔으며, 제대로 보기 어려울 정도로 어지러운 움직임들이었다.

"크흑!"

"쿨럭!"

그러던 두 사람이 동시에 떨어져 나왔다. 염락수는 무릎을 꿇었고, 무호성은 입으로 피를 쏟아내고 있었다.

완벽한 동수.

두 사람은 승패를 결정짓지 못했다.

'제길! 이놈의 몸뚱어리!'

무호성은 화가 났다. 비겼다는 사실이 중요한 것이 아니었다. 상대가 산적이라는 사실에 화가 난 것이다.

염락수 역시 무호성과 비슷한 생각을 하고 있었다.

고수였지만 확연한 체격 차를 자신이 유리한 쪽으로 끌어가지 못했다.

장내는 고요했다. 한바탕 폭풍이 몰아치고 맑아진 날씨처럼.

"비룡채주는 이만 돌아가시는 것이 어떻겠소?"

지켜보고 있던 남궁여호가 말했다. 염락수가 거칠게 숨을 쉬며 몸을 똑바로 일으켰다. 무호성 역시 그러했다.

"이번에는 물러가지. 하지만 비룡채 형제들의 목숨 값은 다시 받으러 오겠다."

"언제든지."

무호성은 물러서지 않았다. 무호성의 얼굴에는 분한 기색이 역력했다.

"흥!"

염락수가 남궁세가를 벗어났다. 그가 완전히 남궁세가를 떠날 때까지 서 있던 무호성은 그대로 쓰러졌다.

*　　　　*　　　　*

금영령은 걱정스런 표정으로 깨어나지 못하는 무호성을 내려다보고 있었다.

"얘가 왜 이러지?"

쓰러지기는 했지만 겉으로 보기에 아무렇지도 않았기에 이렇게까지 일어나지 못하는 무호성를 보며 의아한 생각이 든 그녀였다.

끼이익.

문이 열리고 금자천과 남궁여호가 들어왔다. 침상 곁에 앉아 있던 금영령이 자리에서 일어났다.

"아직이냐?"

"네. 왜 이러는지 도통 모르겠네요."

그녀의 말에 금자천 역시 살짝 인상을 찌푸렸다.

"잔치는 어떻게 됐어요?"

"아직 한창이다."

"괜히 저희 때문에 망친 건 아닌지 모르겠어요."

금영령이 미안한 표정으로 남궁여호에게 말했다. 그러자 그가 고개를 저었다.

"아니다. 어차피 염락수 정도에 눈 하나 꿈쩍할 사람들도 아니었으니. 오히려 이야깃거리가 생겨 좋아하는 눈치더구나."

그가 정신을 차리지 못하고 있는 무호성을 바라보며 말했다.

"다행이네요."

금영령이 작게 한숨을 쉬며 대답했다. 그러더니 곧 남궁여호를 올려다보며 물었다.

"혹시 가주님은 이 아이가 왜 이러는지 모르시나요?"

"어디 보자꾸나."

그렇게 말한 남궁여호가 무호성의 팔목을 잡고 미약하게 진기를 흘렸다.

"음……."

그가 난감한 표정을 지었다. 무호성의 몸이 그의 진기를 거부한 것이었다.

"이것 참."

남궁여호가 고개를 저으며 말했다.

"왜 그러시나요?"

"확인해 볼 길이 없구나. 어떤 무공을 익히고 있는지는 모르겠지만 내 기운을 거부하고 있어."

남궁여호의 말이 무슨 말인지 알아듣지 못한 금자천과 금영령은 같은 생각을 하고 있었다.

'무공 좀 배워둘걸.'

그렇게 살짝 인상을 찌푸리고 있을 때 어떤 목소리가 들려왔다.

"당연히 거부하겠지. 괜히 신공이라 불리는 게 아니니까."

"아버님."

남궁여호가 창밖의 나무 위에 앉아 있는 남궁도백을 바라보았다.

세수 팔십을 바라보는 나이였지만 남궁도백의 얼굴에는 주름이 거의 없었다. 성성한 백발만이 그의 나이를 어느 정도 짐작케 할 뿐이었다.

"그 녀석이 익힌 심법은 파천화진공이다. 네 녀석도 들어봤겠지? 월천이라는 이름을."

남궁여호가 놀란 표정으로 그와 무호성을 번갈아 바라보았다.

"정말 그분의 전인입니까?"

"그럼 내가 허투루 하는 소리 같더냐? 거참, 본 지가 십 년이 지났는데도 저 녀석은 조금도 안 컸구나. 나이 스물에 저런 몸집이라니. 그나저나 저렇게 허약해서 어떻게 할꼬. 흘흘."

남궁도백이 재미있다는 표정으로 무호성을 바라보았다. 그가 은연중에 무호성의 나이를 밝혔지만 아무도 믿는 사람이 없었다.

"그런데 그 월천이라는 분이 대단하신 분인가요?"

금영령이 물었다. 남궁여호가 고개를 끄덕이며 설명하기 시작했다.

"오십 년 전 혈교가 천마신교와 손을 잡고 중원을 차지하기 위해 피의 전쟁을 일으킨 적이 있었다. 정도 무림은 오래도록 지속된 평화 속에서 방심하고 있었기에 속수무책으로 당할 수밖에 없었지. 그때 나타난 분이 이 아이의 사부인 월천 대협이시다."

"그분이 전쟁을 끝낸 건가요?"

"그래, 그랬지. 설마 이 아이가 그분의 전인일 줄이야."

남궁여호는 무호성이 새삼 다르게 보였다. 그저 무공 조금 익힌 어린 아이로 보았건만 그것이 아니었다.

"그 녀석은 가만히 놔둬라. 숨소리나 맥박 소리를 들어보니 기혈이 들끓고 있는 것은 아닌 모양이니, 알아서 깨어날 거다."

남궁도백이 대수롭지 않다는 듯 말하고는 사라졌다. 세간에서 검왕(劍王)이라 칭송받을 정도의 고수였지만 평소에는 그런 모습을 찾아보기 어려운 그였다.

"뭐, 아버님께서 저렇게 말씀하시니 일단은 기다려 보자꾸나. 기혈에 손상이 없다면 정신적인 부분에 문제가 있을 터. 그건 시간이 해결해 줄 것이다."

그렇게 말한 남궁여호가 먼저 방을 나섰다.

"알다가도 모를 아이구나."

"설마 그 말이 진짜일까요?"

"무슨 말?"

"나이요."

"믿을 게 따로 있지. 아무튼 이 아이 덕분에 모용 소저 일행이 우리 눈치를 보더구나."

금자천의 말에 금영령의 입가에 미소가 번졌다. 생각만 해도 통쾌했다.

"여러모로 고마운 아이네요."

금영령이 무호성을 내려다보았다. 그는 고른 숨소리를 내며 무의식 속에서 헤매고 있었다.

*　　　*　　　*

작은 마을.

삼십여 가구가 옹기종기 모여 즐거운 나날들을 보내고 있었다.

마을 사람들은 유대감이 강해 서로를 가족처럼 생각하고 언제나 각별하게 여겼다.

곡식은 풍족했고 인심이 후덕했으니 걱정거리가 없었다.

사람들은 그곳을 무릉도원이라고 불렀다.

그러던 어느 날, 무릉도원에 화마가 닥쳐왔다.

무엇이 마음에 들지 않았을까?

하늘은 그들에게 재앙을 내리고 말았다.

"남김없이 쓸어버려라! 남자들은 죽이고 여자들은 데려간다!"

"와아아!"

"아악!"

"으아아악!"

마을을 침범한 산적들은 마을의 남자들을 도륙했고, 여자들에게는 치욕을 선사했다.

마을의 모든 집은 불타올랐고, 힘없는 노인들과 아이들은 비명을 지르고 눈물을 흘리며 이리저리 도망 다녔다.

"성아! 혜아를 데리고 도망쳐라! 으윽!"

아버지의 마지막 목소리.

그리고 처참한 비명 소리와 울음소리.

죽음의 공포는 오히려 차가운 이성을 가져다주었고, 동생을 살려야 한다는 일념하에 뛰고 또 뛰었다.

하지만 하늘은 작은 불씨가 남는 것도 용납하지 않았다.

"오빠!"

꼭 붙잡고 있던 손을 놓치고 불타오르는 건물들 사이에 쓰러져 눈물과 콧물로 범벅이 된 얼굴을 하고 자신을 찾던 아이.

화르르륵!

그 불쌍한 아이를 무심하게도 화마가 삼켜 버렸다.

"혜아야! 혜아야!"

여동생의 모습을 다시는 볼 수 없었다.

다시는…….

* * *

"혜아야……."

"어?"

무호성의 상태를 보기 위해 방으로 들어오던 그녀가 그의 목소리를 듣고는 침상 곁으로 뛰어왔다.

"분명 들었는데?"

방으로 들어서면서 들은 것은 분명 무호성의 목소리였다. 소리는 작았지만 그녀의 귀에는 또렷하게 들렸다.

무호성이 곧 깨어날지도 모른다는 기대감에 잠시 동안 그를 바라보고 있던 금영령은 이내 실망감을 감추지 못했다.

"아직인가 보네."

그렇게 중얼거린 그녀가 무호성의 머리를 한 번 쓰다듬어 준 뒤 다시 밖으로 나갔다.

무호성이 쓰러지고 닷새가 지났다.

잔치가 끝나고 남궁세가를 방문했던 사람들 모두가 떠났지만 금가장 일행은 여전히 남아 있었다.

원래 세가와 친분이 있었기에 좀 더 머문 것도 하나의 이유이겠지만 가장 큰 이유는 무호성이었다.

아직까지 정신을 차리지 못하고 있는데 그냥 떠날 수가 없었기 때문이다.

화창한 아침.

금영령은 남궁소소와 함께 정원을 거닐고 있었다. 화사하게 핀 꽃들이 그녀들에게 손짓하고 있었지만 정작 관심은 다른 곳에 있었다.

"언제쯤 깨어날까?"

"걱정하는 거 보니까 특별한 사람인가 봐?"

"특별하긴 무슨. 나는 어린애 취향이 아니네요."

남궁소소의 말에 금영령이 짐짓 진지한 표정으로 대답했다.

"왜, 그래도 귀엽게 생긴 게 나중에 크면 멋있을 것 같은데. 나이도 아홉 살 정도밖에 차이 안 나잖아?"

"언니, 오히려 언니가 더 관심 있는 거 아니야? 난 관심 없으니까 잘 해봐."

금영령의 말에 남궁소소는 그저 미소만 지었다.

"어? 진짜인가 보네?"

"나도 어린애 취향이 아니라서 말이지. 호호."

그녀의 말에 금영령도 미소를 지었다.

"그런데 어떻게 만난 거야? 처음에 저렇게 어린애를 데려왔을 때 깜짝 놀랐어. 숨겨둔 애가 있는 줄 알았지 뭐야?"

"언니!"

"알았어, 알았다구. 그렇게 소리 지를 것까지는 없잖아?"

그녀의 대꾸에 작게 한숨을 쉰 금영령이 무호성을 처음 만났을 때를 떠올리며 말문을 열었다.

"처음 본 건 금가장 근처에 있는 객점 앞에서였어."

그렇게 시작한 금영령의 이야기는 무호성이 금가장을 도와주고 이곳까지 동행하는 것까지 이어졌다.

"정말? 대단하네, 어린아이가. 강소성이면 여기서 가깝긴

한데. 어린아이 몸으로는 힘들 거야. 아무리 무공을 익히고 있다고 해도."

"그렇겠지?"

금영령의 물음에 남궁소소가 고개를 끄덕였다.

"일단은 정신을 차려야 강소성에 가든 말든 할 텐데. 아직도 저러고 있으니."

"너무 걱정하지 마. 곧 깨어나겠지."

그녀의 말에 금영령이 고개를 끄덕였다.

남궁소소와 금영령이 자신에 대한 대화를 나누고 있다는 것을 알았는지 무호성은 깨어날 조짐을 보이고 있었다.

겉으로 보기에는 크게 달라진 것이 없었지만 그의 내부에서는 확연한 변화가 있었다.

일단 진기의 흐름이 달라져 있었다.

자신의 주인이 힘들어하고 있다는 사실을 알고 있는지 그의 육체뿐만 아니라 마음까지도 어루만져 주고 있었다.

그런 노력이 어느 정도 효과가 있었는지 무호성은 정신적으로 안정을 찾아가고 있었다.

그리고 또 한 가지.

무호성의 강해지고 싶다는 열망, 그리고 다시는 그런 악몽을 되풀이하고 싶지 않다는 소망.

그것을 느낀 진기는 그의 소원을 이뤄주려는 듯 끊임없이 온몸 구석구석을 누비고 있었다.

무호성이 운기를 하는 것은 아니었지만 파천화진공 스스로가 끊임없이 운기를 하고 있었다.

소주천으로 시작하여 대주천으로.

파천화진공은 끊임없이 운기를 반복하고 있었다.

그러던 진기의 흐름에 다시 한 번 변화가 생겼다.

소주천과 대주천의 경로를 이탈하기 시작한 것이었다. 마치 무언가에 이끌리듯 계속해서 어디론가 진기가 흘러가고 있었다.

그렇게 길을 이탈한 진기가 모인 곳은 무호성의 관절이었다.

우르르 몰려와서 따뜻하고 부드럽게 관절을 어루만져 주던 진기는 어느덧 다른 곳으로 이동하고 있었다.

그렇게 무호성의 몸 전체에 있는 관절을 모두 어루만져 주었다.

그러자 놀라운 일이 벌어지기 시작했다.

월천의 금제로 성장판을 막고 있던 기운이 조금씩 딸려가기 시작했고, 제 기능을 하지 못하던 성장판이 서서히 제 기능을 찾아가고 있었다.

우드득! 우드드득!

무호성의 몸이 변하기 시작했다. 조금씩, 하지만 그러면서도 빠른 속도로 변해갔다.

곧이어 무호성의 몸에서 새하얀 운무가 뻗어 나와 방을 가득 메우기 시작했다.

그의 몸이 보이지 않게 되었을 때에도 방 안에서는 우드득 소리가 계속해서 들려왔다.

금영령은 무호성의 방으로 향하고 있었다.

깨어났을지도 모른다는 기대감과 아직 깨어나지 않았을 것이라는 생각이 공존하고 있었다.

끼이익.

"어? 뭐지?"

문을 연 금영령은 방 안에 가득한 운무를 보고 깜짝 놀랐다.

처음 보는 광경에 잠시 신기한 눈으로 방 안을 바라보던 그녀가 다시 한 번 놀랐다.

방 안을 가득 메웠던 운무가 어느 한곳으로 모이더니 어디론가 빨려들어 가기 시작했다.

그곳은 바로 침상 위에 누워 있는 무호성의 몸이었다.

"누구지?"

운무가 그의 몸속으로 빨려들어 가면서 침상에 누워 있는 사람의 모습이 보이기 시작하자 금영령은 의아한 표정을 지었다.

무호성이 아닌 다른 사람인 것 같았다.

체격 자체가 자신이 알고 있는 작은 무호성과는 달랐다.

"어? 맞는데?"

자신이 제대로 찾아온 것이라는 것을 확인한 그녀가 다시 방 안으로 들어갔다.

여전히 침상 위에는 무호성이 아닌 다른 사람이 누워 있었다.

그녀가 천천히 침상 쪽으로 걸어갔다. 그녀가 침상 곁에 다다랐을 때 운무가 완전히 무호성의 몸속으로 빨려들어 갔다.

몸이 커져 버린 무호성의 상의는 이미 터져서 거의 다 벗겨진 상태였고, 하의 역시 터지기 일보 직전이었다.

"꺄아아!"

침상 위에 있는 무호성을 그가 아닌 다른 사람으로 착각한 그녀가 깜짝 놀라 소리를 질렀다.

잠시 후, 사람들이 몰려오고 남궁도백에 의해 그 사람이 무호성이라는 것이 밝혀지자 금영령의 얼굴은 말 그대로 홍시처럼 붉어져 있었다.

"하하하! 재밌구나, 재밌어!"

사람들과 함께 온 남궁도백이 재밌다는 듯 파안대소를 터뜨렸다. 그에 금영령의 얼굴이 더욱 더 붉어졌다.

"그나저나 놀랍구나. 이런 변화라니."

무호성은 여전히 침상 위에서 눈을 뜨지 않고 있었다. 하지만 그것이 정신을 잃은 것이 아닌, 단순히 잠을 자고 있다는 것은 쉽게 알 수 있었다.

"그러게 말입니다. 저도 깜짝 놀랐습니다."

남궁여호가 고개를 끄덕이며 대답했다. 어제까지의 열 살짜리 꼬마는 온데간데없이 사라지고 지금 침상 위에 누워 있는 것은 열다섯 살은 족히 되어 보이는 남아였다.

"아무리 강호가 상식 밖의 일이 많이 일어나는 곳이라고는 하지만……."

경험과 연륜이라면 이 자리에 있는 사람 중 최고라 할 수 있는 남궁도백도 믿기지 않는다는 표정을 지었다.

'꼬, 꼬마가 아니었어?'

아직도 앳된 얼굴은 남아 있었지만 마냥 어린아이로 치부해 버리기에는 갑작스럽게 너무 커져 버린 무호성이었다.

[이제 나이 차가 더 줄어버린 것 같은데?]

남궁소소의 전음에 금영령의 얼굴이 다시 붉어졌다. 그때 정원에서 했던 대화가 떠올랐던 것이다.

"이제 소란스럽게 하지 말고 나가자꾸나. 잠자는 데 방해가 되면 안 되겠지? 깼을 때 당황하지 않게 여벌의 옷도 하나 가져다 놓고."

"그래야지요. 자, 이제 나가자꾸나."

남궁도백의 말에 고개를 끄덕이며 대답한 남궁여호가 사람들을 데리고 밖으로 나갔다.

지금 이 순간에도 무호성은 평화로운 표정으로 잠에 빠져들어 있었다.

하루가 꼬박 지나고 무호성은 눈을 떴다.

처음 눈을 떴을 때 보인 천장이 너무 낯설어 잠시 동안 눈을 껌뻑이고 있을 뿐 일어날 생각을 하지 못했다.

'얼마나 지난 거지? 그 산적 놈하고 싸웠던 기억까지밖에는

없는데…….'

'일단 일어나자.'

그렇게 생각하고 몸을 일으키던 무호성은 뭔가 이상한 것을 느꼈다.

'몸이 가벼운데?'

다른 사람들은 알아차리지 못했을지 몰라도 분명 내상을 입었다. 입 안에 찼던 비릿한 것은 분명 피였다.

그럼에도 지금은 몸이 굉장히 가뿐했다. 절로 기분도 좋아졌다.

"으차!"

힘차게 몸을 일으켜 침상에서 내려선 무호성은 또 한 번 이상함을 느꼈다.

"어?"

얼마 전까지 자신이 보던 눈높이와 지금의 눈높이가 완전히 달랐다.

타타탁!

무호성은 재빨리 동경 앞에 가서 섰다. 동경 안에 비친 자신의 모습을 본 무호성은 눈을 동그랗게 떴다.

"정말이야?"

그렇게 중얼거리며 무호성은 자신의 몸을 내려다보았다. 팔과 다리는 길어져 있었고, 몸집도 커져 있었다.

"하, 하, 하!"

어색한 웃음을 터뜨린 무호성은 다시 한 번 동경 속 자신의 모습을 보았다.

어색했다. 처음 보는 자신의 모습이 너무나 어색했지만 그래도 기분은 날아갈 듯 기뻤다.

"풀렸다! 첫 번째 금제가 풀렸어! 풀렸다고! 하하하하!"

무호성이 방 안에서 미친 듯이 뛰었다.

"이거 옷부터 갈아입어야 될 것 같은데……"

그렇게 중얼거린 무호성은 난감한 표정을 짓다가 침상 곁에 있는 옷을 보고는 그리로 다가갔다.

"어? 큰 옷인데? 그렇다는 건……"

누군가 왔다 갔고, 자신의 변한 모습을 보고 옷을 가져다 놨다는 뜻이다.

"어쨌든 갈아입자."

염락수와의 싸움으로 무호성은 남궁세가 내에서 나름 유명 인사가 되어 있었다. 하지만 지금은 또 하나의 이유 때문에 더욱 유명세를 타고 있었다.

'갑자기 몸이 커져 버린 꼬마!'

월천의 첫 번째 금제가 풀린 무호성의 몸은 전에 비해 월등히 커져 있었다.

강호에서의 생활에 이력이 난 남궁세가 무인들도 무호성과 같은 경우는 본 적이 없었기에 단연 화제가 되고 있었다.

무호성이 깨어나고 이틀째 되는 날, 남궁가주인 남궁여호가 저녁을 함께하자고 알려왔다.

아직은 어색하기에 조금은 부담이 되었지만 거절할 수가 없어 무호성도 금영령 등과 함께 남궁가주의 거처로 향했다.

식사 준비를 위해 가솔들이 분주하게 움직이고 있었고, 한쪽에서 남궁여호와 남궁도백이 대화를 나누고 있었다.

"안녕하십니까?"

"오, 그래. 왔구나. 흘흘."

남궁도백이 먼저 무호성을 반겼다. 왠지 낯이 익었지만 잘 기억이 나질 않았다.

"녀석, 내가 기억이 나질 않는 모양이구나."

"예?"

"십 년 전까지만 해도 몇 번 본 적이 있는데. 네 사부님은 잘 계시더냐?"

"아!"

그제야 무호성은 남궁도백이 십 년 전에 몇 번 찾아왔던 노인이라는 것을 알 수 있었다.

"사부님은 잘 계십니다. 그간 안녕하셨습니까?"

"그래, 이제야 기억을 하는구나."

남궁도백이 웃으면서 고개를 끄덕였다. 이런 낯선 곳에서 아는 사람을 만나니 한층 마음이 편해지는 무호성이었다.

"그런데 여기는 어쩐 일이십니까?"

"음? 어쩐 일이냐고? 하하하!"

갑자기 남궁도백이 웃음을 터뜨렸다. 뿐만 아니라 남궁여호와 다른 사람들도 웃고 있었다.

"내 집에 내가 있는데 어쩐 일이냐고 물으면 난 뭐라 답해야 하느냐? 하하하! 거참, 재밌는 꼬마일세! 하하하!"

남궁도백이 참지 못하고 계속해서 웃었다. 무호성의 얼굴이 달아올랐다.

"자, 아버님도 그만 하시고 이제 식사나 하시죠. 자, 가서 들자꾸나."

남궁여호의 말에 모두들 식사 준비가 된 쪽으로 향했다. 시원한 저녁 바람을 맞으며 먹는 음식은 그 어느 때보다 맛있었다.

식사 때에도 화두는 단연 무호성이었다.

어떤 때는 무호성이 자신의 이야기를, 어떤 때는 금영령과 금자천이 이야기를 했다.

그들의 이야기를 들으며 사람들은 웃기도 하고 놀라기도 하며 점점 거기에 빠져들었다.

"그래서, 네 사부님의 심부름으로 강소성에 가는 길이다? 허참, 그분도 가혹하군. 이렇게 어린 몸으로 그 먼 곳까지 혼자 가게 만들다니."

"뭐, 무슨 생각이 있으실 겁니다."

"그렇겠지. 아무 생각 없이 그랬다면 정말 문제가 있는 거고. 강소성에 있는 문파면… 그곳이구나. 어딘지 아느냐?"

남궁도백의 물음에 무호성은 고개를 저었다. 사부가 가르쳐 주지도 않았고, 어차피 유일의 문파이니 강소성에 가서 물어봐도 늦지 않을 것이라는 생각을 하고 있었다.

"강소성 유일의 문파는 파천문이다."

"파천문?"

"그래."

파천문이라는 이름을 처음 듣는 무호성은 잘 모르겠다는 표정을 지었다.

'왠지 느낌이 안 좋은데…….'

"파천문은 네 사문이다."

"……!"

파천문이 사문이라는 남궁도백의 말에 무호성은 깜짝 놀랐다. 사부인 월천은 한 번도 그런 얘기를 해준 적이 없었던 것이다.

'사문으로 보내면서도 왜 아무런 말씀이 없으셨을까?'

"궁금하겠지. 왜 월천 대협이 너에게 사문에 대한 이야기를 한 적이 없었는지."

무호성은 고개를 끄덕였다. 하지만 지금으로써는 알 수 있는 것이 하나도 없었다.

"그건 강소성에 가면 자연스럽게 알게 될 거다. 자연스럽게."

남궁도백의 말에 무호성은 왠지 모를 불안감이 한차례 몸을 휩쓸고 지나갔다. 하지만 이내 그런 기분을 지우고 다른 사람들과 기분 좋게 식사를 하기 시작했다.

그 후에 무호성은 이틀 동안 자신의 거처에서 나오지 않았다.

첫 번째 금제가 풀렸다는 것은 파천화진공이 오성을 넘어섰다는 뜻이었고, 그렇다면 어느 정도 자신의 것으로 만들 필요가 있었기 때문이다.

게다가 파천문과 관련된 여러 가지 생각이 꼬리를 물면서 약간의 불안감이 생겼기 때문이기도 했다.

월천이 강소성에 있는 문파가 파천문이고 그곳이 사문이라는 이야기를 해 줬더라면 좀 덜했을지도 몰랐다.

거처 뒤에 있는 공터에서 한바탕 땀을 흘린 무호성의 얼굴에는 만족스런 미소가 번져 있었다.

'봉천뇌우격 전반 사 초식 외에 중반 이 초식까지 펼칠 수 있겠다. 게다가 이제는 파멸진혼장까지. 역시 파천화진공 사성과 오성은 엄청난 차이가 있어.'

무호성은 새삼 파천화진공의 위력을 느끼고 있었다.

"이 정도면 염락수도 충분히 이길 수 있겠어."

그렇게 중얼거리며 무호성이 두 주먹을 불끈 쥐어 보였다. 온몸에서 힘이 샘솟는 것 같았다.

"수련 끝났니?"

무호성이 인상을 찌푸렸다. 금영령이었다. 아직도 자신의 나이를 믿지 못하는 것인지 여전히 하대를 하고 있었다.

"어."

"그렇구나. 이제 우리는 가려고."

금영령의 말에 무호성이 얼굴을 폈다.

"간다고?"

"그래. 이제 가야지. 원래 목적은 찬아 생일잔치에 오는 거였으니까. 잔치도 끝났고, 너도 깨어났고. 너는 어떻게 할 거야?"

"나도 이제 슬슬 떠나야지. 여기서 더 이상 있을 이유가 없잖아?"

"그렇구나."

그렇게 말한 금영령과 무호성은 잠시 동안 아무런 말도 없이 그대로 서 있었다.

"자, 이거 받아."

금영령이 들고 온 짐 보따리를 무호성에게 건넸다.

"이게 뭐야?"

"옷가지 몇 개랑 먹을 거 하고 금창약, 그리고 돈 조금 하고."

"이걸 왜 주는데?"

"강소성까지 가는데 아무것도 없이 그냥 가겠다고? 그러다가 또 지난 번처럼 그런 일 당하려고?"

금영령의 말에 무호성이 짐 보따리를 받아 들었다.

"나머지는 다 가주님이 챙겨주신 거야. 돈은 우리가 조금 넣은 거고. 아, 지금 풀어보지 말고 나중에 풀어봐."

무호성이 짐을 받자마자 열어보려 하자 금영령이 만류했다.

"이제 갈게. 너는 언제 출발할 거야?"

"오늘 하루만 더 수련하고 내일 출발하려고."

"그렇구나. 나중에 일이 다 끝나면 금가장에 한번 들러."

"그렇게 할게."

무호성의 대답을 들은 금영령이 웃으면서 말을 이었다.

"그때는 봐서 어른 대접해 줄게."

"봐서가 아니라 해야 되는 게 맞는 거야."

무호성의 대꾸에 금영령이 미소를 지었다.

"갈게."

"그래. 조심해서 가고."

그런 무호성에게 손을 한 번 흔들어준 금영령이 어느덧 그의 시야에서 사라졌다.

다음날 남궁세가를 떠날 채비를 마친 무호성은 남궁여호의 거처를 찾았다.

"무호성입니다."

"들어오게."

문을 열고 안으로 들어가자 남궁여호가 자신의 애병인 제왕검을 손질하고 있었다.

"떠나려는가?"

"예. 이제 가려고 합니다."

"그렇구먼. 잠깐 앉게."

무호성에게 자리를 권하고 남궁여호는 손질하던 제왕검을 한쪽에 내려놓았다.

"차 한 잔 하겠는가?"

"그렇게 하겠습니다."

남궁여호가 찻잔에 용정차를 따라 권했다. 맑은 향이 올라와 무호성의 코끝을 간질였다.

"짐은 받았는가? 영이 그 아이에게 전해주라 일렀는데."

"예, 받았습니다. 감사합니다."

"고마울 것까지야."

후루룩.

잠시 두 사람은 대화 없이 차를 마셨다. 왠지 분위기가 무거워지는 것 같았다.

"자네와 자네 사부님, 그리고 사문과 관련된 일이기에 다른 말은 하지 않겠네. 하지만 이것 하나만은 얘기해 두지. 조심하게. 결코 쉽지 않은 여정이 될 수도 있어."

무호성은 그가 하고 싶은 이야기가 많다는 것을 알 수 있었다. 하지만 더 이상 물어볼 수가 없었다.

"언제든 놀러 오게. 그때는 자네가 겪은 더 많은 일을 들을 수 있었으면 좋겠군."

"그렇게 하겠습니다."

대답하며 찻잔에 남아 있는 차를 모두 마신 무호성이 자리에서 일어났다.

"그럼 안녕히 계십시오."

"조심하게. 멀리는 안 나가네."

무호성이 남궁여호에게 포권을 한 다음 방을 나섰다. 이제는 가야 할 때였다.

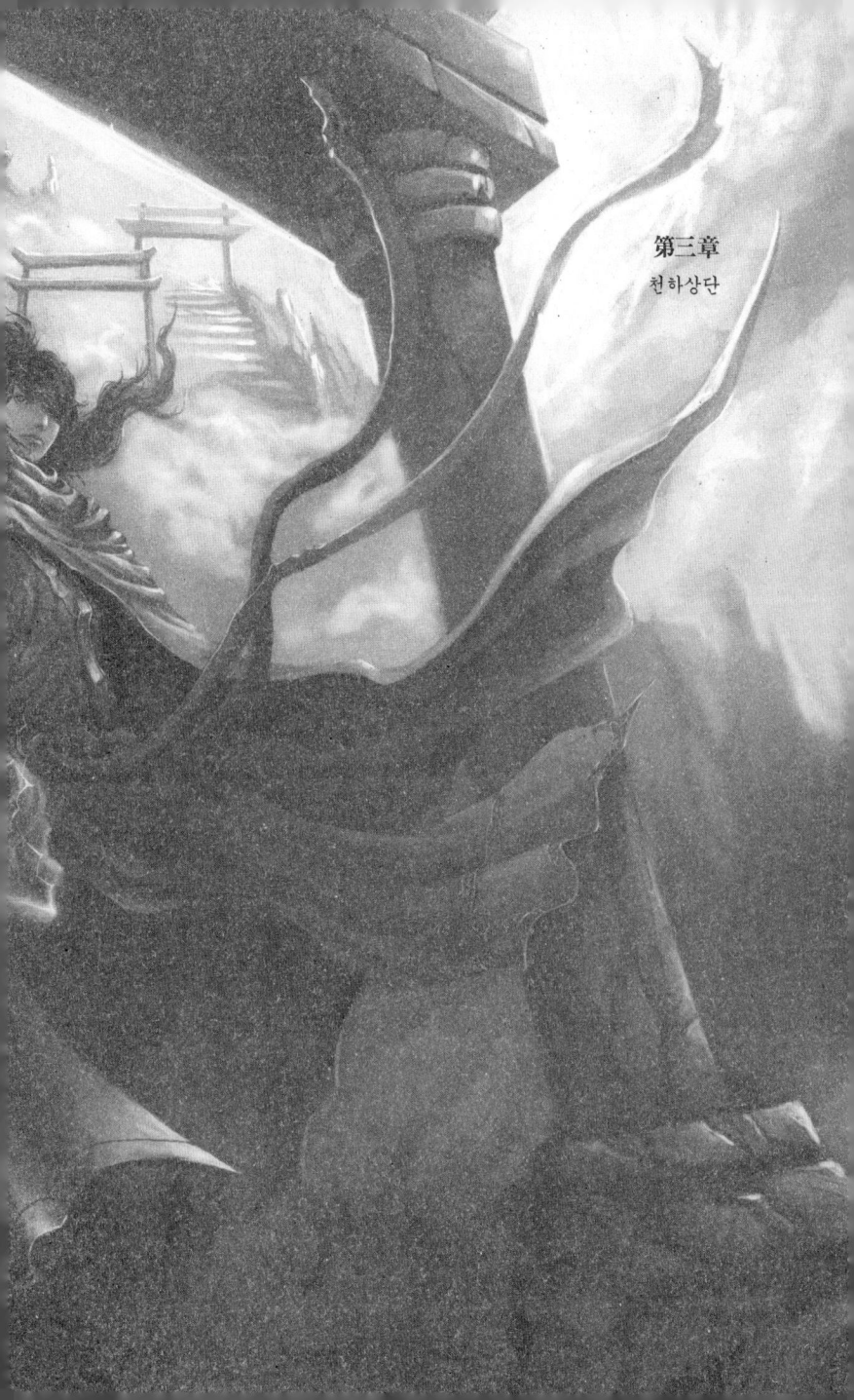

第三章
천하상단

신권무쌍

남궁세가를 나선 무호성은 곧바로 강소성으로 향하지 않았다. 지금 그가 가고 있는 방향은 강소성과는 정반대의 길이었다.

'끝은 봐야지.'

그는 강소성으로 가기 전에 비룡채를 찾아갈 생각이었다. 염락수와 다시 한 번 싸우기 위해서였다.

그때의 싸움이 동수로 끝나 버렸기 때문에 계속 찝찝한 마음을 가지고 있었는데, 이참에 결착을 지으려는 생각이었다.

비룡채가 어디에 있는지는 알지 못했다. 그저 비룡채 산적들과 만났던 곳으로 무작정 걸어가고 있었다.

두 시진을 꼬박 걸었을 때에야 무호성은 그때의 그 장소에

도착할 수 있었다.

비룡채 산적들과의 싸움이 아직도 눈앞에 선했다.

'없나?'

그때 파천화진공이 변화를 일으켰다. 위험 신호를 보내오고 있는 것이었다.

'있군.'

무호성은 가만히 서서 그들이 모습을 드러내길 기다렸다.

부스럭, 부스럭.

그렇게 잠시 기다리자 양옆의 숲에서 인기척이 들렸다. 자연스럽게 무호성의 입꼬리가 올라갔다.

"얘들아, 오늘은 왜 이렇게 사람이 없냐? 우리가 이런 꼬맹이 짐이나 뺏어야겠냐?"

"그러게 말입니다, 형님."

산적 다섯 명이 모습을 드러냈다. 무호성의 감각에는 열 명이 넘는 산적이 있었지만 그 정도도 필요 없다고 생각한 모양이었다.

"하, 그래도 먹고살려면 어쩔 수 없지. 자, 꼬마야, 그냥 순순히 보내 줄 테니까 그 짐만 놓고 가라. 아니다. 다 필요 없고 보따리 안에 돈 있지? 그거만 아저씨들한테 주고 갈 길 가면 된단다."

귀찮다는 듯 말하는 산적을 보며 무호성의 입꼬리가 더 올라갔다.

"허, 거 쪼그만 놈 표정 짓는 싸가지 좀 보게? 어른이 얘기하는데 실실 쪼개기나 하고!"

다른 산적 한 명이 험상궂은 표정으로 윽박을 질렀다. 하지만 무호성은 오히려 더욱 짙은 미소를 지으며 그들을 쏘아보았다.

"눈 안 깔아? 확! 눈깔을 파버릴까 보다!"

"비룡채인가?"

"이런 꼬마도 우릴 아는 걸 보니 비룡채가 악명이 높긴 한 모양이구나!"

몇몇 산적이 흐뭇한 표정을 지었다.

"그렇단 말이지……."

무호성의 입가에 번져 있던 미소가 서서히 사라졌다.

비룡채주 염락수는 오늘도 여느 때와 마찬가지로 놀고먹는 생활에 푹 빠져 있었다.

그의 곁에는 어디서 데려왔는지 모를 여인들이 요염한 표정으로 시중을 들고 있었다.

"으악!"

"살려줘!"

그때 밖에서 들려온 소란에 염락수가 자리에서 벌떡 일어나 밖으로 나갔다.

"무슨 일이냐!"

염락수가 잔뜩 인상을 찌푸린 채로 소리쳤다.

"오랜만이군."

"누구냐!"

염락수는 자신의 앞에 서 있는 사람이 남궁세가에서 싸웠던 무호성이라고는 전혀 생각하지 못하고 있었다.

"예전 얼굴이 조금 남아 있다고 생각했는데, 그것도 아니었나?"

"어디서 굴러먹다 들어온 개뼈다귀인지는 모르겠다만 오늘 이 네놈 제삿날이다!"

염락수가 무시무시한 기운을 일으켰다. 그에 무호성은 미소를 지었다.

'그래, 이거야.'

불과 며칠 전까지만 해도 염락수의 이런 기운은 자신을 긴장하게 만들었다.

하지만 지금은 아니었다. 충분히 이길 수 있겠다는 자신감이 흘러넘치고 있었다.

"아무도 끼어들지 마라!"

염락수의 외침에 산적들이 뒤로 물러나 두 사람이 싸울 수 있는 공간을 만들어주었다.

"산에서 나 비룡채주 염락수에게 덤빈 것이 실수다!"

무호성에게 달려드는 염락수의 손에는 어느새 염왕도가 들려 있었다.

강하고 빠르게 횡으로 휘둘러지는 염왕도를 보며 무호성은 슬쩍 뒤로 한 발 물러섰다.

부웅!

염락수의 도가 크게 허공을 갈랐다. 그러는 사이 무호성은 어느새 간격을 좁히고 있었다.

"이놈!"

부웅!

염락수가 뒤로 물러나 거리를 벌리며 빠르게 회수한 도를 다시 휘둘렀다.

'쳇!'

무호성이 다시 뒤로 몸을 빼내었다. 지금까지 산속에서 싸워본 적이 없었기에 마음먹은 대로 움직이는 것이 어려웠다.

반면 염락수는 너무나도 편안하게 운신하고 있었다.

'그 차이, 없애주겠어.'

그렇게 생각한 무호성이 내력을 한껏 끌어올려 멸화투보를 펼쳤다.

사사삭!

"헛!"

순간 무호성의 신형을 놓쳐 버린 염락수는 강력한 기운이 자신의 등 뒤에서 느껴지자 재빨리 몸을 틀어 피하면서 도를 뿌렸다.

거대한 덩치와는 달리 굉장히 민첩한 움직임이었다.

깡!

"큭!"

무호성이 내력이 담긴 주먹으로 도면을 후려쳤다. 강한 충격에 염락수의 입에서 짧은 신음이 터져 나왔다.

무호성은 그 기회를 놓치지 않았다. 빠른 움직임으로 거리

를 좁히고 붕천뇌우격으로 염락수의 요혈 곳곳을 공격해 들어
갔다.

염락수도 나름 선전하고는 있었지만 무호성의 공격이 하나
씩 몸에 맞을 때마다 신음을 내뱉고 있었다.

'한번 써보자.'

지금까지 쥐어져 있던 무호성의 주먹이 활짝 펴졌다. 그러
더니 손바닥에 응축된 기운이 염락수의 몸으로 날아갔다.

"이건!"

파팡!

어떻게 손을 쓸 겨를도 없이 무호성의 장력이 염락수의 가
슴팍에 사정없이 꽂혔다.

"쿨럭!"

염락수가 뒤로 나자빠지며 피를 토했다. 하지만 무호성은
그가 이렇게 쉽게 쓰러지는 것을 원치 않았다.

'편히는 못 눕는다.'

스슥!

무호성의 신형이 그 자리에서 사라졌다. 그리고 순식간에
염락수의 뒤에서 나타났다.

파앙!

"크악!"

무호성의 쌍장이 이번에는 그의 등을 후려쳤다. 쓰러지던
염락수는 예상하지 못한 충격에 다시 한 번 비명을 질렀다.

그 이후로도 무호성은 계속해서 염락수가 쓰러지지 못하도

록 자리를 이동해 가며 염락수를 가격했다.

쉴 새 없이 몰아치는 무호성의 공격에 염락수는 방비할 생각도 하지 못하고 속수무책으로 당하고만 있었다.

"끄아악!"

염락수가 그대로 바닥에 쓰러졌다. 그의 코와 입은 흘러내린 피로 엉망이 되었고, 온몸 구석구석은 움푹 파여 있었다.

그가 자랑하던 외공이 무너진 것이었다.

"쿨럭! 너, 너는…….."

염락수가 무호성을 기억해 냈다. 모습은 변했어도 무공은 똑똑히 기억하고 있었다.

"이제 기억났어?"

무호성이 그에게 얼굴을 바짝 가져다 대며 물었다. 염락수가 몸을 부들부들 떨었다.

천하의 비룡채 채주가 겁을 먹고 벌벌 떨고 있는 것이었다.

염락수가 그렇게 되자 다른 산적들은 저항할 생각도 못하고 멍하게 서 있었다.

"내가 말했지? 죽는 건 네가 될 거라고."

염락수는 아무런 말도 하지 못하고 있었다. 그저 두 눈만 껌뻑일 뿐이었다.

단순한 말이 이렇게나 섬뜩하게 느껴졌던 때는 그가 살아온 세월 동안 단 한 차례도 없었다.

지금 그의 눈에는 무호성이 지옥의 야차처럼 비춰지고 있었다.

"한 가지 물어보지. 그때 금가장 일행은 왜 노렸지? 아니, 정확히 말하면 금영령은 왜 노렸지?"

"그, 그게……!"

염락수가 말하기를 주저하자 무호성이 주먹을 쥐고 내력을 모았다. 그것을 느낀 염락수가 다급하게 소리쳤다.

"처, 천하상단! 천하상단이 시켰습니다!"

어느새 염락수는 자리에서 일어나 무릎을 꿇고 존대까지 하고 있었다. 그만큼 살아야겠다는 열망이 강했다.

"천하상단이? 너희들하고 천하상단하고는 무슨 관계지?"

"그, 그게… 저……."

쾅!

"흐익!"

무호성이 내력이 담긴 주먹을 염락수 바로 옆의 땅에 후려쳤다. 엄청난 소리와 함께 땅이 움푹 파였다.

"천하상단이 저희에게 돈을 대주고 있습니다!"

"단순히?"

"예, 예! 어느 날 갑자기 찾아와서는 거금을 주면서 우호를 다지자고……."

'음… 뇌물 같은 건가?'

천하상단이나 금가장, 혹은 표국 같은 곳은 먼 곳까지 가는 일이 많기 때문에 산적들과 만날 일이 굉장히 많았다.

그렇기 때문에 혹시라도 일어날지 모를 불상사에 대비해서 뇌물을 먹이는 경우도 종종 있었다.

"그리고 또…….."

"또 뭐지?"

"무공을 익히라고 했습니다."

"무공?"

무호성은 의아한 생각이 들었다. 천하상단은 그저 상단일 뿐 무림 문파가 아니었다.

"혹시 천하상단과 관련된 문파가 있나?"

"천하상단과 강소성의…….."

"파천문?"

"예. 파천문과 연결이 되어 있다고 들었습니다."

무호성이 인상을 찌푸렸다. 천하상단이 파천문과 연결이 되어 있다면 녹림에 흘러들어 간 무공 역시 파천문의 것이 분명했다.

"그 무공 비급, 가지고 있나?"

"없습니다."

"없다고?"

"예. 열흘에 한 번씩 어떤 사람이 직접 와서 알려주고 갑니다."

"그 사람이 왔다 간 지 얼마나 됐지?"

"그러니까… 아마 내일이면 그 사람이 올 겁니다."

"그래?"

무호성이 눈을 반짝였다. 한번 만나봐야 할 필요성이 느껴졌다.

"오늘은 여기서 머물겠다."

"네?!"

염락수가 깜짝 놀란 표정으로 소리쳤다. 그리고는 곧바로 자신의 입을 틀어막았다.

혹시라도 무호성의 심기를 어지럽혀서 또다시 피떡이 되고 싶은 마음은 없었다.

"누굴까?"

그렇게 중얼거린 무호성이 자연스럽게 채주인 염락수의 거처로 걸어 들어가자 염락수가 뒤를 따랐다.

휘리릭!

다음날 사시(巳時) 초가 되자 비룡채에 한 인영이 내려앉았다.

붉은 장삼을 입은 그는 얼굴도 붉은색 복면으로 가리고 있었다. 전체적인 얼굴을 볼 수는 없었지만 눈빛은 굉장히 날카롭고 차가웠다.

또한 키가 크고 호리호리했으며 근육이 잘 단련되어 있었다.

그런 전체적인 모습과 풍기는 기도가 그 사내가 고수라는 것을 말해주고 있었다.

저벅저벅.

그가 천천히 염락수의 거처로 발걸음을 옮겼다. 하지만 어느 정도 다가가더니 뭔가 이상한 것을 느낀 듯 멈춰 섰다.

"왔군."

염락수의 거처에서 나온 사람은 무호성이었다. 운기를 하면서 상대를 기다리다가 강한 기운에 밖으로 나온 것이었다.

'굉장한 고수다. 절정 이상인가?'

풍기는 기도만 보아도 무호성이 이기기 힘든 상대였다. 하지만 그것이 본모습이 아니라는 것 또한 무호성은 잘 알고 있었다.

"당신, 파천문 사람이오?"

무호성의 물음에 상대의 눈빛이 살짝 흔들렸다. 하지만 아주 짧은 순간에 불과했다.

"손님이 와 있었군."

"파천문 사람이냐고 물었소."

"파천문에서 왔지."

애매한 대답이었다. 하지만 무호성은 그것을 파천문 사람이라는 뜻으로 받아들였다.

"사문의 무공을 아무렇게나 퍼뜨려도 되는 거요?"

무호성의 말에 상대는 대답이 없었다. 그에 무호성이 다그쳤다.

"묻고 있지 않소!"

"애송이, 죽고 싶지 않으면 끼어들지 않는 편이 좋을 거다."

상대가 적의를 드러내며 차가운 어조로 말했다. 무호성은 심장이 얼어붙는 것 같은 한기를 느꼈다.

"애송이인지 아닌지 한번 붙어보겠소?"

무호성이 기운을 일으켰다. 그러자 상대의 눈빛이 다시 한 번 흔들렸다.

"파천화진공."

"그렇소. 나 역시 파천문의 무공을 익혔소."

"네가 월천의 제자인가?"

무호성이 인상을 찌푸렸다. 자신의 사부를 아무렇지 않게 월천이라 불렀기 때문이다.

"당신, 파천문 사람이 아닌 것 같은데?"

"월천의 제자라……. 흥미로운 일이 생겼군. 두고 보겠어."

붉은 장삼의 사내는 무호성의 말을 무시하고 알 수 없는 말을 내뱉은 뒤 사라졌다.

"뭐지, 저 사람?"

천하상단과 파천문, 그리고 정체를 알 수 없는 고수. 무호성은 뭔가 일이 복잡하게 흘러가고 있다는 것을 느낄 수 있었다.

'아무래도 천하상단에 한번 가봐야겠어.'

그렇게 생각한 무호성이 염락수를 바라보았다. 갑작스런 시선에 흠칫 놀란 염락수가 더듬거리며 입을 열었다.

"왜, 왜 그러느냐?"

어제는 심하게 당한 충격으로 존대를 하더니 오늘은 정신을 차렸는지 다시금 하대를 하는 그였다.

그러자 무호성이 인상을 찌푸렸다. 그에 염락수는 등줄기를 타고 흘러내리는 식은땀 한 방울을 느낄 수 있었다.

"왜, 왜 그러십니까?"

다시금 자연스럽게 존대가 나왔다.

"오늘부로 비룡채는 해산이다."

"뭐? 아차, 그게 무슨?"

"말 그대로 해산이다. 다시 한 번 이 자리에 모여 산적질하는 것을 보면 먼저 간 동료들처럼 저 세상으로 보내 버릴 테다."

그러자 주변에서 그 말을 듣고 있던 산적들이 하나둘씩 흩어지기 시작했고, 얼마 지나지 않아 비룡채에서는 인기척을 느낄 수 없었다.

"그리고 넌 나와 함께 간다."

"예?!"

염락수는 화들짝 놀랐다. 어차피 자신은 녹림에 소속되어 있는 몸이니 다른 산채에 가서 몸을 의탁하면 될 일이었다.

하지만 동행해야 한다는 무호성의 말에 그 생각은 한순간에 물거품이 되고 말았다.

"가, 갑자기 왜……?"

"천하상단에 가봐야겠다. 길은 알고 있겠지?"

"그렇지만……."

염락수가 머뭇거렸다. 죽어도 무호성과 함께 다니기는 싫었다.

"안내해."

짧게 말한 무호성이 먼저 산을 내려가기 시작했다. 잠시 그 자리에 서 있는 염락수가 거의 울 것 같은 얼굴을 하며 뒤따라 내려갔다.

*   *   *

"저곳이 천하상단입니다."

염락수의 말에 무호성은 고개를 끄덕였다. 대륙을 아우르는
만큼 거대한 규모를 자랑하고 있었다.

'어째 내가 가는 곳은 전부 다 거대하기만 하군.'

그렇게 생각한 무호성이 입을 열었다.

"가자."

"저, 저도 갑니까?"

"당연하지. 아무래도 천하상단의 주인을 만나려면 나 혼자
가는 것보다 당신 얼굴 보여주고 들어가는 게 훨씬 빠르고 쉽
지 않겠어?"

염락수는 거의 울상이 되었다. 조금이라도 빨리 무호성의
손아귀에서 벗어나고 싶다는 생각뿐이었다.

"가자고."

그렇게 말한 무호성이 천하상단 쪽으로 걸어갔다. 염락수는
어쩔 수 없다는 듯 뒤를 따라갔다.

"가서 엄사벽에게 전해라! 염락수가 왔다고 하면 알 거다!"

염락수가 정문에 있는 사람들에게 소리쳤다. 염락수의 험상
궂은 얼굴과 거대한 덩치에서 나오는 기도에 겁을 먹은 그들
이 서둘러 안쪽으로 뛰어들어 갔다.

"역시."

무호성이 흡족한 미소를 지었다. 염락수가 작게 한숨을 쉬었다.

"그런데 엄사벽을 만나서 어떻게 하려고 합니까?"

"물어봐야지."

앞은 다 잘라먹고 대답하는 무호성을 보며 염락수는 알 수 없다는 표정으로 고개를 저었다.

자신은 이곳까지 안내하고 엄사벽을 만나게 해주면 된다는 생각에 신경을 쓰지 않으려 했지만 궁금증이 일어나는 것은 어쩔 수 없었다.

시간이 흘러도 안에서 아무런 기별이 없자 짜증이 난 염락수가 다시 한 번 소리쳤다.

"엄사벽 나오라고 해! 감히 나 염락수를 이렇게 밖에 세워두다니!"

염락수가 씩씩거리고 있을 때, 안쪽에서 한 사람이 헐레벌떡 뛰어나왔다.

"헉! 헉! 죄, 죄송합니다. 천하상단의 서 총관입니다. 어서 안으로 드시지요."

자신을 서 총관이라고 밝힌 중년인이 미안한 표정으로 두 사람을 안으로 안내했다. 그제야 기분을 푼 염락수가 한껏 어깨를 펴고 그를 따라 들어갔다.

그렇게 천하상단 안으로 얼마 들어가지 않아 한 무리의 사람들이 걸어나오는 것이 보였다.

'저 사람이 엄사벽인가?'

가운데 있는 중년인이 천하상단의 주인인 엄사벽인 듯했다. 호남형의 얼굴이었지만 그 눈빛에서 상당히 계산적인 면을 읽어낼 수 있었다.

그의 오른쪽 약간 뒤에 금가장에서 보았던 엄주명도 보였다.

"오랜만입니다. 기다리게 해서 죄송합니다."

엄사벽이 염락수에게 공손하게 말했다. 그러자 염락수가 더욱 몸을 곧게 펴며 말했다.

"천하상단이 본인을 이렇게 생각하는지 몰랐군."

"그런 것은 아닙니다. 다만 요즘에 일이 바빠 다들 정신이 없어서 그런 겁니다. 그런데 비룡채주께서는 무슨 일로?"

엄사벽의 말에 염락수가 무호성을 바라보았다. 무호성이 앞으로 한 발 나서며 입을 열었다.

"당신이 엄사벽이오?"

엄사벽이 인상을 찌푸렸다. 아무리 봐도 자신의 아들 뻘밖에 되지 않는 녀석이 존대를 하지 않았기 때문이다.

"그렇다. 그러는 너는 누구냐?"

"당신 아들에게 물어보면 알 것이오."

갑작스럽게 자신의 이야기가 나오자 화들짝 놀란 엄주명은 그제야 무호성을 자세히 보기 시작했다.

하지만 아무리 봐도 아는 얼굴이 아니었다.

"아는 사람이냐?"

"모르겠습니다."

엄주명의 대답에 무호성의 입꼬리가 올라갔다.

"금가장."

"금가장?"

무호성의 입에서 흘러나온 한마디에 뭔가 생각을 하던 엄주명의 두 눈이 크게 뜨였다.

"설마, 너?"

"이제 알아보겠나?"

엄주명이 다시 한 번 무호성을 찬찬히 뜯어보았다. 많이 달라져 있었지만 예전의 모습이 남아 있었다.

엄주명이 몸을 부들부들 떨었다. 그리고 그의 뒤에 서 있던 일월쌍검은 살기를 풍겼다.

그런 세 사람의 모습을 보고 엄사벽은 무호성이 금가장의 일과 관련이 있다는 것을 눈치챘다.

"이 녀석이냐?"

엄주명이 고개를 끄덕였다. 그러자 엄사벽도 무호성을 노려보았다.

"겁대가리를 상실했구나. 감히 천하상단을 찾아오다니."

엄사벽의 엄포에도 무호성은 태연했다. 옆에 서 있는 염락수만이 무슨 일인지 몰라 두 사람을 번갈아 바라보고 있었다.

"무슨 일인지는 모르겠지만 이분이 묻고 싶은 것이 있다고 했으니 들어가서 얘기하지."

'이분?'

엄사벽은 염락수의 말에서 존칭을 놓치지 않았다. 거기에서 뭔가 심상치 않은 것을 느낀 엄사벽이 얼굴을 폈다.

"일단 들어가지."

그가 몸을 홱 돌렸다. 그리고 무호성과 염락수가 그 뒤를 따라 들어갔다.

엄사벽의 집무실.

상석에는 엄사벽이, 그 맞은편에 무호성과 염락수가 앉았다.

엄사벽의 뒤에 서 있는 일월쌍검이 계속해서 무호성에게 살기를 쏘아 보내고 있었다.

하지만 무호성은 그들은 신경도 쓰지 않고 엄사벽만 바라보고 있었다.

"너희 둘!"

염락수가 일월쌍검을 불렀다. 그러자 그들의 시선이 염락수에게로 옮겨졌다.

"계속 그딴 식으로 해라, 응? 어디서 살기를 풍기고 지랄이야!"

염락수의 호통에 그들이 살기를 거두었다. 염락수는 자신들의 힘으로 이기기 힘든 상대였다. 더구나 녹림이 뒤에 있으니 더 어쩔 수 없었던 것이다.

"그래, 내게 묻고 싶은 것이 있다고?"

"단도직입적으로 묻겠소. 파천문과 무슨 관계요?"

무호성의 질문에 엄사벽의 눈썹이 꿈틀거렸다. 하지만 이내 그런 모습을 지우고 태연하게 대답했다.

"무림 문파와 상단이 무슨 관계겠는가? 동반자일 뿐이지."

"정말 그것뿐이오?"

"무슨 말인가?"

"듣자 하니 천하상단에서 무공을 배우라고 했다던데, 그건 파천문의 무공 아니오?"

무호성의 말에 엄사벽이 염락수를 바라보았다. 무호성이 이렇게 많은 것을 알고 있는 건 염락수 때문임이 분명했다.

'어디까지 알고 있는 거지?'

엄사벽은 혹시나 무호성이 알고 있는 것이 더 있지는 않을까 걱정되었지만 일단은 침착하게 대답했다.

"그것까지는 모른다. 다만 파천문에서 그렇게 전하라고 했을 뿐."

"음……."

엄사벽은 무호성의 반응을 보고 다행히도 그 이상 아는 것이 없는 것 같아 작게 한숨을 내쉬었다.

"혹, 파천문에서 천하상단에도 무공을 가르쳐 주겠다고 했소?"

"그런 적은 없었다."

"사실이오?"

"못 믿겠다는 뜻인가? 천하상단의 주인이 하는 말을?"

엄사벽이 기분 나쁘다는 표정으로 되물었다. 그런 반응으로 보아 사실인 듯했다.

'파천문. 뭘 꾸미고 있는 거지?'

무호성이 내린 결론은 파천문이 여러 곳의 힘을 빌려 뭔가를 꾸미고 있다는 것이었다.

무호성이 골똘히 생각에 잠겼다.

무호성을 알아본 이후로 일월쌍검은 계속해서 그에게 살기를 내뿜고 있었다.

금가장에서의 기억은 씻을 수 없는 치욕이었다.

어린놈에게 호되게 당해 한 달 이상을 병상에 누워 있었다. 아무리 생각해도 자신들이 졌다는 것을 인정할 수 없었다.

채홍, 섭일평과의 싸움으로 힘을 뺐던 것이 패인이라고 생각한 그들은 다시 기회가 된다면 반드시 복수하겠다고 다짐하고 있던 차였다.

'저 어린놈의 새끼.'

'갈아 마셔도 시원치 않을 놈!'

속으로 그렇게 이를 갈고 있었다.

엄사벽과 대화가 끝난 후 무호성은 잠시 생각에 잠겼다.

그 모습을 빤히 바라보고 있던 그때, 일검과 월검의 단전 부근에서 울컥하는 무언가가 샘솟았다.

'죽여라!'

'복수를 해야지!'

누군가가 두 사람의 귀에다 그렇게 속삭이는 것 같았다. 악마의 속삭임은 계속되었고, 단전에서 샘솟고 있는 무언가는 그들에게 자신감을 가져다주었다.

그러면서 점점 살기가 짙어졌다.

"이런 썅! 야! 살기 좀 그만 뿌려대라고! 확! 대갈통을 뽀개 버릴까 보다!"

짜증이 난 염락수가 그들에게 소리쳤다. 하지만 그들의 귀에는 아무것도 들리지 않았다. 신경이 온통 무호성에게로 쏠려 있었기 때문이다.

벌떡!

염락수가 자리에서 일어났다. 그리고는 화가 머리끝까지 난 표정으로 성큼성큼 그들에게 다가갔다.

"야! 내 말 씹으니까 맛있냐? 엉?"

"조심!"

동시에 무호성이 소리쳤다.

스슥.

일검과 월검이 동시에 자리에서 사라졌다. 깜짝 놀란 염락수가 순간적으로 염왕도를 꺼내 휘둘렀다.

부웅!

그의 도는 허공을 갈랐다. 일검과 월검의 목표는 염락수가 아닌 무호성이었다.

'그때와 다르다!'

무호성이 재빠르게 그들의 공격을 피했다.

콰직!

두 사람의 공격에 의해 무호성이 앉아 있던 의자가 그대로 박살이 났다.

"무슨 짓이오!"

엄사벽이 자리에서 일어나 호통을 쳤다. 하지만 그들은 들은 척도 하지 않고 다시 한 번 출수했다.

무호성의 눈빛이 변했다.

그리고 단전에서는 마치 활화산이 끓어오르듯 엄청난 내력이 솟구쳤다.

자신을 노리고 날아드는 검을 한 번 쏘아본 무호성의 주먹이 빠르게 앞으로 뻗어 나갔다.

쾅!

한 점을 노리고 들어온 두 개의 검끝과 무호성의 주먹이 부딪쳤고, 엄청난 소리와 함께 일월쌍검이 뒤로 나자빠졌다.

"헉!"

염락수는 깜짝 놀랐다.

일월쌍검도 일월쌍검이었지만 무호성의 한 수는 자신에게 보였던 것을 뛰어넘는 위력을 지니고 있었다.

뒤로 나자빠졌던 일월쌍검은 순식간에 다시 일어났다.

그리고는 무차별적으로 무호성에게 공격을 퍼붓기 시작했다.

'어떻게 이런 위력이?'

금가장에서 보았던 일월쌍검의 실력은 이 정도가 아니었다. 그들과 만났던 것이 두 달 전이었다는 것을 생각해 보면 엄청난 일이 아닐 수 없었다.

'일단 제압하고 본다!'

일월쌍검의 공격을 피하거나 막아내기만 하던 무호성의 움직임이 변했다.

쉬익!

빠른 움직임으로 상대의 공격을 흘려낸 무호성은 빠르게 내력을 끌어올리며 상대의 허점에 주먹을 내질렀다.

퍼억!

"큭!"

'일단 한 명.'

일검이 옆구리에 무호성의 주먹을 맞고 비틀거리며 몇 걸음 뒤로 물러섰다.

숨 쉬기 힘든 고통에 얼굴을 잔뜩 일그러뜨리더니 이내 그 자리에 주저앉았다.

동료가 쓰러졌음에도 월검은 눈 하나 깜빡하지 않고 무호성을 공격해 들어갔다.

마치 거추장스러운 것을 벗어버렸다는 듯 훨씬 더 날카롭고 빠른 공격이었다.

'이런……'

일검이 쓰러지면 당황하는 기색을 보이며 공격력이 무뎌질 것이라 생각한 무호성이 인상을 찌푸렸다.

둘이 합공을 할 때보다 오히려 지금이 거리를 좁히기 어려웠다.

'그렇지만!'

무호성이 주먹을 펴고 파멸진혼장을 펼치기 시작했다.

파파팡!

순식간에 세 개의 장력이 월검을 향해 쏘아져 나갔다. 그 장력을 향해 월검이 있는 힘껏 검을 휘둘렀고, 무호성은 그 틈을 타 상대의 품속으로 파고들었다.

'두 명.'

파팡!

한 호흡에 두 번의 주먹을 복부에 꽂아 넣은 무호성이 쓰러지는 월검을 바라보며 몸을 바로 세웠다.

그 모습에 염락수는 아무런 말도 하지 못하고 눈만 껌뻑거렸다.

엄사벽 역시 놀라움을 감추지 못하고 세 사람을 바라만 보고 있었다.

"설명해라. 갑자기 왜지?"

무호성이 차가운 목소리로 일월쌍검에게 말했다. 하지만 그들도 알 수 없는 힘이었기에 아무런 대답도 하지 못했다.

"어서 말해라!"

그때였다.

피잉!

짧은 파공성과 함께 일검과 월검의 이마 한가운데에 구멍이 뚫렸다.

구멍을 통해 피가 계속해서 흘러내렸고, 두 사람은 그대로 절명해 버렸다.

"누구냐!"

파아앙!

무호성이 천장 쪽으로 장력을 날렸다. 무호성의 장력이 닿은 곳이 무너져 내렸지만 그곳에는 아무도 없었다.

"젠장!"

무호성이 소리쳤다. 하지만 이제 어쩔 수 없는 상황이 되어 버렸다.

"가주님! 괜찮으십니까?!"

그때 천하상단의 호위들이 집무실로 달려왔다. 그 모습을 보며 엄사벽은 한심하다는 표정을 지었다.

'빨리도 오는군.'

만약 무호성이 이렇게 강하지 않았다면 자신의 목숨도 어떻게 되었을지 모를 상황이었다.

"괜찮다. 시체부터 치워라."

엄사벽의 말에 호위들이 일월쌍검의 시체를 정리하기 시작했다. 그것을 바라보던 엄사벽이 무호성에게 말했다.

"이런 곳에서는 더 이상 대화를 나누기 어렵겠군. 자리를 옮기지."

엄사벽의 말에 고개를 끄덕인 무호성이 그와 함께 밖으로 나갔다. 방금 전의 상황을 떠올리며 몸을 부르르 떤 염락수 역시 곧바로 그들을 따라 밖으로 나갔다.

푸드득!

쉬익!

천하상단에서도 가장 외진 곳에 있는 담벼락 위. 그 위에 앉아 있던 새들이 놀라 날아가고 갑자기 한 사람이 모습을 드러냈다.

며칠 전 무호성이 비룡채에서 보았던 붉은 장삼에 복면을 한 사내였다.

"실패로군. 아쉽지만 어쩔 수 없지. 네 명줄이 얼마나 긴지 보겠다, 월천의 제자."

그렇게 중얼거린 사내의 신형이 다시금 연기처럼 흩어졌다. 그가 있던 담벼락에 다시금 몇 마리의 새가 날아와 평화롭게 휴식을 취하기 시작했다.

세 사람은 자리를 엄사벽의 거처로 옮겼다.

방금 전과 같은 일이 또 일어날 수 있기에 거처 주변에 호위를 배치해 둔 상태였다.

하지만 그런다고 해서 아까와 같은 일을 막을 수 있을지는 미지수였다.

"잠시 소란이 있어 경황이 없겠지만 얘기를 계속해 보도록 하지."

엄사벽이 차분한 어조로 말했다.

"금가장과의 일은 무엇 때문이오?"

"대충 알고 있지 않나? 금가장과 사돈 관계가 되면 천하상단은 대륙 전체를 아우르는 거대한 상권을 가지게 되지. 상단 주인으로서 그 정도 꿈은 당연한 것이 아니겠나?'

"단순히 그런 이유 때문이오?"

무호성의 물음에 엄사벽의 두 눈에 이채가 발했다가 순식간에 사라졌다. 그것을 무호성은 놓치지 않았다.

"무슨 뜻인가?'

"파천문과 천하상단, 그리고 녹림 이 세 곳을 중심으로 벌어지고 있는 일들과 금가장이 무슨 연관이 있느냐는 말이오."

엄사벽이 인상을 찡그렸다. 그럴듯한 말로 둘러쳐 넘어가려고 했지만 무호성은 집요하게 물고 늘어지고 있었다.

"우리는 자세한 것을 알지 못하네. 더 이상 해줄 말도 없고."

무호성이 엄사벽을 빤히 바라보았다. 더 캐내고 싶었지만 이 이상은 말해주지 않을 것 같았다.

"뭐, 파천문에 가보면 알 수 있겠지."

무호성의 말에 엄사벽은 아무런 반응도 보이지 않았다.

"한 가지만 더 묻겠소. 혹, 파천문에서 이상한 낌새가 보이지는 않소?"

"그런 부분은 잘 모르겠군. 어디까지나 문파 개인적인 일이라 관심을 가져본 적도 없고, 크게 눈에 띄게 이상한 점은 발견하지 못했으니까."

천하상단에서는 더 이상 알아낼 것이 없을 것 같았다. 생각이 정리되자 무호성이 자리에서 일어났다.

"알겠소. 그럼 이곳에서는 더 이상 볼일은 없을 것 같으니 가보겠소."

"아까의 일도 있고 하니 이곳에서 쉬었다가 가지."

"아니오. 괜찮소."

무호성이 그냥 나가려고 했다. 하지만 엄사벽이 그를 붙잡았다.

"쉬고 가게. 아까 일에 대한 보상이라 생각하면 되네."

다시 한 번 권하는 그의 말에 무호성이 잠시 뭔가를 생각하더니 이내 고개를 끄덕였다.

"잘 생각했네. 밖으로 나가면 시비가 쉴 곳을 알려줄 걸세."

알았다는 듯 다시금 고개를 끄덕인 무호성이 밖으로 나갔다. 그러자 염락수 역시 뒤따라 나가려 했다.

"염 채주님께서는 잠시 기다려 주시겠습니까?"

"나?"

"예. 여쭤볼 것도 있고 드릴 말씀도 있습니다."

어떻게 할까 잠시 고민하던 염락수가 알겠다는 듯 다시 자리에 앉았다.

"자, 그럼 대화를 시작해 보도록 하지요."

엄사벽의 말에 염락수는 목구멍으로 침을 삼켰다.

시비가 알려준 거처에 온 무호성은 침상에 몸을 뉘였다.

아무리 생각을 해봐도 파천문이 무슨 일을 벌이고 있는지 알 수가 없었다.

'그때의 그 사람과 아까의 그 사람, 같은 사람일까?'

무호성은 자신의 눈앞에서 일월쌍검을 간단히 죽이고 사라진 정체 모를 괴인을 떠올렸다.

모습을 보지는 못했지만 순간적으로 느낀 기운은 비룡채에서 마주쳤던 붉은 장삼의 괴인과 비슷했다.

쾅!

"씨부럴 놈! 감히 나 염락수를 뭘로 보고!"

그때 염락수가 거칠게 문을 열고 들어왔다. 그에 무호성이 잔뜩 인상을 찌푸렸다.

"아, 죄송합니다."

무호성의 표정을 읽은 염락수가 사과했다. 그리고는 바닥에 주저앉으며 구시렁거렸다.

"엄사벽이 뭐라고 하던가?"

"예? 아, 그 금가장 일은 어떻게 된 거냐고……."

"그리고?"

"어떻게 알게 된 사이냐고 묻더군요."

"그랬군."

엄사벽으로서는 이것저것 캐묻는 무호성이 부담일 수밖에 없었다.

찔리는 것이 있는지 없는지는 모르겠지만 어쨌든 찝찝한 것이 분명했다.

"뭔가 있어……."

"저……."

염락수가 무호성에게 조심스럽게 말을 걸었다.

"뭐지?"

"궁금한 것이 있는데, 올해 나이가 어떻게 되십니까?"

"스물."

"캑!"

염락수가 놀란 표정으로 무호성을 바라보았다. 기껏해야 열다섯 살 정도로만 봤기 때문이다.

"어, 엄청 동안이십니다!"

"동안은 무슨. 사부의 금제 때문에 몸뚱어리가 이런 거지. 다 풀리면 정상으로 돌아와."

무호성이 심드렁하게 대답했다. 하지만 염락수는 놀라지 않을 수가 없었다.

'스물이라고 해도 이 정도로 강할 수 있는 건가?'

자신도 꽤 강하다고 자부해 왔지만 무호성의 강함은 그와 비견할 정도가 아니었다.

게다가 남궁세가에서 만난 이후로 시간이 오래 지나지 않았는데 실력 차가 확연하게 벌어져 있었다.

"어떻게 하면 그렇게 강해집니까?"

"음?"

무호성이 염락수를 바라보았다. 정말 궁금해 죽겠다는 표정으로 무호성을 빤히 바라보고 있었다.

"당연한 것 아닌가? 죽어라 수련하면 되지."

"그래도 어린 나이에 그 정도로 강한 건 죽어라 수련해도 안 되는 것 아닙니까?"

"해봤어?"

"네?"

"해봤냐고. 죽을 것같이 힘든 수련을."

무호성의 물음에 염락수는 말문이 막혔다. 그 정도의 수련은 해본 적이 없었다.

그가 살짝 인상을 찌푸렸다.

"아, 그리고 여기까지 데려다 줘서 고마워. 그러니까 내일부터는 갈 길 가도 좋아."

"그래도 됩니까?"

염락수의 얼굴이 펴졌다. 그토록 바라던 일이 이루어지는 순간이었다.

"그래."

짧게 대답하고 무호성은 눈을 감았다. 그리고 그대로 바닥에 드러누운 염락수는 벌써부터 무엇을 할지 생각하고 있었다.

다음날, 무호성은 아침 일찍 일어났다.

평소와 다름없이 일어났음에도 그의 얼굴은 잔뜩 찌푸려져 있었다.

"드르렁! 푸우~ 드르렁! 푸우~"

스스로 일어난 것이 아닌 지금도 들리는 염락수의 코골이 때문이었다.

"거참, 잘도 잔다. 강호인이 맞는 건가?"

염락수가 자는 모습을 보니 이때다 싶어 칼로 찌르면 그대로 죽을 것 같았다.

그 정도로 누가 와서 찌르고 도망가도 모를 정도로 자고 있었다.

'어디 조용한 곳에 가서 운기라도 좀 해야겠군.'

무호성이 침상에서 일어나 밖으로 나갔다. 아직 해가 뜨기 전이라 차가운 공기가 그의 정신을 맑게 해주었다.

'좋군.'

무호성은 거처 뒤쪽으로 걸어갔다. 넓지는 않았지만 그래도 운기를 할 수 있을 정도의 작은 공터가 있었다.

그곳에 가부좌를 틀고 앉은 무호성은 파천화진공을 운용하며 운기에 들어갔다.

한 시진 정도가 지나고 무호성이 눈을 떴다. 피로를 몰아낸 그의 얼굴에서 화색이 돌았다.

"이제 운기도 끝냈으니 가봐야지. 음?"

자리를 털고 일어나 거처 앞쪽으로 돌아오는 무호성의 눈에 하품을 하며 걸어나오는 염락수의 모습이 보였다.

마치 거대한 한 마리의 곰 같았다.

"이제 일어났나?"

"아? 벌써 일어나셨습니까?"

"일어날 수밖에 없었지."

무호성이 염락수를 흘겨보며 말했다. 그러자 그 눈빛의 의미를 이해하지 못한 염락수가 의아한 표정을 지었다.

"언제 떠날 겁니까?"

"지금 떠나려고."

"벌써 가는 겁니까?"

"여기에 더 이상 있을 이유가 없으니까."

생각해 보면 무호성이나 자신이나 이곳에 있을 이유가 없었다.

"그럼, 갑시다."

"그래, 가. 어차피 나와는 이제 끝이니 굳이 말하지 않아도 돼."

"같이 가자 이 말입니다."

"뭐?"

무호성이 어이없다는 듯 그를 바라보았다. 자신이 염락수의 입장이라면 보지도 않고 떠나 버렸을 것이다.

"이유가 뭐지?"

"그냥. 어차피 녹림으로 돌아가 봐야 예전처럼 채주 노릇을 한다는 보장도 없고, 이번처럼 또 쥐어 터지기는 싫단 말입니다. 그럴 바에야 차라리 그냥 여기저기 돌아다니면서 좀 쉬고 싶다는 생각도 들고."

염락수의 대답에 무호성이 한심하다는 표정을 지었다.

"머리가 그렇게 안 돌아가나?"

"뭐요?"

염락수가 인상을 썼다. 화가 난 듯한 그를 무시하며 무호성이 다시 입을 열었다.

"미련하면 눈치라도 있어야지. 어제 일만 봐도 내 옆에 있으면 위험할 거라는 생각이 안 드나?"

"그 정도 눈치는 있습니다."

"그런데?"

"어차피 강호에서 생활하다 보면 언제 죽을지 모르는데 이왕 죽을 거, 여기저기 돌아다니면서 눈요기라도 좀 하고 죽어야 되지 않겠습니까?"

무호성이 한숨을 쉬며 고개를 저었다. 도대체가 사태의 심각성을 모르고 있다는 생각이 들었다.

"그래서 진심으로 따라가겠다고?"

"예. 어젯밤에 곰곰이 생각을 해봤습니다. 녹림으로 돌아가면 채주 노릇을 할 수 있겠는가? 불확실한 일이고. 그럼 여기저기 돌아다니면서 마음 편하게 지내는 것도 괜찮겠다 싶다는 생각이 들었습니다."

무호성이 염락수를 빤히 바라보았다.

"좋아, 그럼 파천문까지만 같이 가지. 가는 도중에, 그리고 가서 어떤 일이 벌어질지 몰라. 설령 당신이 위험해지더라도 난 도와줄 수 없어. 그건 자초한 일이니까 절대 원망하지 마."

"물론입니다."

염락수가 씨익 웃었다. 자신도 있었지만 '설마 진짜 안 도와주겠어?' 하는 생각도 있었다.

"자! 그럼 이제 호칭을 정리해 봐야 하지 않겠습니까?"

"호칭?"

무호성의 말에 염락수가 고개를 끄덕였다. 그러더니 생각해 놓은 것이 있는 듯 바로 입을 열었다.

"제가 대장으로 모시고 대장은 저를 수하처럼 대하는 겁니다."

"뭐?"

"새삼스럽게 뭘 놀랍니까? 어차피 지금도 나이 많은 제가 존대를 하고 있고, 나이 어린 대장이 저한테 하대를 하고 있지 않습니까?"

이미 대장이라고 부르기로 마음을 정했는지 염락수는 스스럼없이 무호성을 대장이라고 부르고 있었다.

말이 안 된다고 생각하면서도 지금까지 하던 말투를 바꾸기는 힘들 것 같아 결국 고개를 끄덕이고 말았다.

"역시! 그럼 전 대장만 믿습니다!"

"뭘 믿어? 아까도 말했지만 난 도와줄 생각 없어."

"예, 예, 알겠습니다. 언제 떠날 겁니까?"

들뜬 모습으로 묻는 염락수를 보며 덩치 큰 아이 같다는 생각을 한 무호성이 고개를 저으며 거처로 돌아갔다.

정확히 반 시진이 지난 후 무호성과 염락수는 천하상단을 나섰다.

무호성의 뒤를 따르면서 무엇이 그리 좋은지 염락수는 연신 웃고 있었다.

"뭐가 그렇게 좋아?"

"그러게 말입니다."

그러면서도 염락수는 웃고만 있었다. 무호성은 이해할 수
없다는 표정을 지으며 빠르게 발걸음을 옮겼다.

第四章
위기

신권무쌍

무호성을 대장으로 삼겠다는 말이 진심이었다는 것을 증명이라도 하듯, 염락수는 강소성으로 향하는 내내 무호성에게 지극 정성이었다.

녹림의 채주 중 한 명으로 있으면서 이렇게까지 한 적이 없을 텐데도 나름 잘하고 있었다.

오히려 무호성이 당황하고 불편할 정도였다.

"염락수."

"네."

"왜 그래?"

염락수가 무호성을 바라보았다. 무호성은 도저히 이해할 수 없다는 표정이었다.

"그냥 제 마음 가는 대로 하는 겁니다."

무호성이 살짝 인상을 찌푸렸다. 변해도 너무 갑작스럽게 변했기에 더 불안했다.

"혹시 죽을병 걸렸어?"

"예?"

"왜, 그런 말이 있잖아. 사람이 안 하던 짓을 하면 죽을 때가 된 거라고. 지금이 딱 그래."

"안 하던 짓이 아닙니다."

염락수의 대답에 무호성이 의외라는 듯 그를 바라보았다.

"사실 비룡채 채주가 된 지는 얼마 되지 않아서……. 그전까지는 녹림맹 맹주 밑에 있었습니다."

"그런데 어떻게 채주가 된 거야?"

"뭐, 인생은 한 방 아닙니까? 하하! 그냥 눈에 뜨일 만한 일을 했고, 그 덕에 공석으로 있던 비룡채 채주 자리에 앉게 됐던 겁니다."

"그랬군."

무호성이 고개를 끄덕였다. 어떻게 보면 다시 그런 생활을 하고 싶지 않아 자신을 따라나선 것일 수도 있겠다는 생각이 들었다.

"이제 하루 정도만 가면 강소성입니다."

"그런데 녹림맹주는 어떤 사람이지?"

무호성의 물음에 염락수의 표정이 딱딱하게 굳었다. 그리고는 무거운 어조로 말하기 시작했다.

"녹림맹주 노위동은 굉장히 영악하고 야망이 큰 사람입니다. 위험한 인물입니다."

"그래?"

"예. 그 덕분에 녹림맹이 어느 정도 세를 불릴 수 있었지만 그 사람은 절대 이 정도에 만족할 사람이 아닙니다."

"하지만 아무리 발버둥 쳐도 녹림이 크는 데는 한계가 있지 않나?"

"그가 어떤 생각을 하고 있는지는 알 수 없습니다. 다만 노위동 그자의 성정으로 봤을 때에는 절대 지금의 녹림에 만족하지 못할 것입니다."

염락수의 말에 고개를 끄덕이던 무호성이 다시 물었다.

"그런데 염락수 당신 같은 사람을 노위동이 어떻게 생각할까?"

"글쎄요. 아마 배신자 취급하지 않겠습니까?"

"음, 그럼 배신자는 어떻게 처리하지?"

"뭐 있겠습니까? 죽이는 거지."

염락수의 말에 무호성의 표정이 딱딱하게 굳어졌다. 그리고는 발걸음을 멈추고 말했다.

"시작된 것 같은데?"

"예."

염락수도 알고 있었다는 듯 대답했다. 곧이어 무호성과 염락수의 앞에 세 명의 사내가 나타났다.

"저놈들, 뭐야?"

"목령채와 와룡채, 귀왕채의 채주입니다."

"음……."

'실력은 대등한가?'

갑자기 나타난 세 명의 채주와 염락수의 실력을 비교해 보니 엇비슷한 수준이었다. 하지만 문제는 머릿수였다.

"염락수! 잘도 배신했더구나!"

목령채 채주인 호한림의 말에 염락수는 아무런 대꾸도 하지 않았다. 자신이 저들의 입장이라도 그렇게 생각하는 것이 당연했다.

"그래서?"

"그래서는 무슨. 당연한 것 아닌가?"

이번에 나선 사람은 귀왕채주인 원무구였다. 잔인하기로 따지면 녹림에서 최고라 불리는 사람이었다.

"쉽게 죽어줄 것이라 생각했나?"

"쉽게 죽지 않으면? 설마 그 옆에 있는 꼬마 녀석 믿고 그러는 건 아니겠지?"

와룡채주 옥종익의 말에 나머지 두 채주가 웃음을 터뜨렸다.

"어떻게 할 거야?"

"어쩌겠습니까? 싸우는 거지."

"죽을 수도 있어."

"각오한 일입니다."

그렇게 말한 염락수가 앞으로 한 걸음 내디디며 염왕도를 꺼내 들었다. 그와 함께 무시무시한 기도를 뿜으며 소리쳤다.

"야, 이 씨부럴 놈들아! 뭔 잡소리가 그렇게 많아! 덤벼! 네 깟 놈들 하나도 겁 안 나니까!"

염락수의 엄포에도 세 사람은 눈 하나 깜짝하지 않았다. 그들은 이미 염락수의 실력을 익히 알고 있었다.

"어디 그 정도로 허풍을 떨 실력이 되었는지 한번 봐야겠다."

먼저 나선 이는 원무구였다. 염락수가 살짝 인상을 찌푸렸다. 가장 까다로운 상대였기 때문이다.

[전에도 말했지만 도와주지 않을 거야.]

무호성의 전음이 귓가에 들려왔다. 야속한 생각이 들기는 했지만 '설마' 하는 생각도 들었다.

"와라!"

염락수가 염왕도를 들어 올리며 소리쳤다. 그러자 원무구가 품속에서 단검 두 개를 꺼내 들었다.

"그 살들, 전부 다 발라주마."

원무구가 두 개의 단검을 어지럽게 돌리며 말했다.

'외공을 믿어보는 수밖에.'

염락수가 지금 상황에서 믿을 수 있는 것은 외공밖에 없었다.

쉬익!

원무구가 먼저 움직였다. 호리호리한 몸에서 나오는 속도는 분명 염락수보다 우위에 있었다.

스슥.

그의 움직임을 예측하고 염락수가 발을 움직였다.

핏!

'음……'

대응이 늦은 것은 아니었지만 원무구가 약간 빨랐다. 그의 손 위에서 현란하게 돌던 단검이 염락수의 얼굴에 생채기를 내었다.

"맛보기야."

그렇게 중얼거린 원무구가 차가운 눈빛으로 그를 한 번 노려보았다. 그리고는 또다시 빠른 움직임으로 염락수에게 다가갔다.

염락수는 최대한의 집중력으로 그의 움직임을 관찰했다. 어느 정도 그의 움직임이 눈에 익자 염락수 역시 침착해졌다.

제대로 휘둘러지지 못하던 염왕도가 점차 원무구의 간담을 서늘하게 만들기 시작했다.

깡!

"윽!"

"흐흐흐. 내가 언제까지고 당할 줄 알았냐?"

염왕도와의 충돌로 찌릿한 통증이 전해져 오는 손목을 만지며 원무구가 믿을 수 없다는 듯 그를 바라보았다.

"이제 죽는 건 네놈이다."

염락수가 사악하게 웃었다. 하지만 그 역시도 지금의 결과를 만들어내기까지 적잖은 상처를 입은 상태였다.

체력도 많이 떨어져 있었기에 쉽게 원무구를 상대하기에는 어려움이 있었다.

그것을 알아차린 원무구가 미소를 지으며 말했다.

"할 수 있으면."

순식간에 원무구가 거리를 벌리며 씨익 웃었다. 그리고 다음 순간, 그의 단검에 이상한 변화가 생겼다.

지이잉!

염락수가 깜짝 놀란 표정을 지었다. 뒤에서 가만히 지켜보고 있던 무호성도 믿기지 않는 듯했다.

원무구의 양손에 있던 짤막한 단검이 어느새 기다란 검이 되어 있었다.

그 쌍검을 아래로 늘어뜨린 채 원무구가 염락수를 바라보며 웃고 있었다.

"놀랐나?"

"어, 어떻게?"

"네게도 가지 않았나?"

그 말에 염락수는 원무구가 정체 모를 사람에게서 무공을 배운 것이라 확신했다.

"아주 흥미로운 것을 주더군."

그와 함께 원무구의 기도가 바뀌었다. 지금까지와는 전혀 다른, 그리고 더 강해진 기도에 염락수가 몸을 부들부들 떨었다.

"넌 네 복을 스스로 찬 거야."

빠득!

염락수가 이를 갈았다. 설마 하니 이 정도일 줄은 꿈에도 생각하지 못했었다.

'이렇게 죽겠구나!'

그렇게 생각하며 그는 염왕도를 쥔 손에 힘을 주었다.

[정신 바짝 차려. 안 그러면 죽어.]

무호성의 전음이 들려왔다. 염락수는 미소를 지었다. 마치 자신이 이길 수 있을 것이라고 생각하는 것 같았다.

그때 원무구의 신형이 사라지듯 흩어졌다.

까강!

'윽!'

하마터면 원무구의 신형을 쫓지 못할 뻔했던 염락수는 가슴을 쓸어내렸다.

하지만 안심하기는 일렀다. 원무구의 움직임이 변하기 시작한 것이었다.

까가가가가강!

원무구의 쌍검과 염왕도가 어지럽게 교차했다. 원무구는 여유롭게 공격하고 있었고, 염락수는 막아내는 데 급급할 뿐이었다.

그렇게 시간이 지나갈수록 염락수의 얼굴에 지친 기색이 더해져 갔다.

'젠장! 이래서는……'

꼼짝없이 죽겠다는 생각을 하고 있을 때, 다시금 귓가에 무호성의 전음이 들려왔다.

[왜 그러고 있어? 잘 보라고.]

그 말에 염락수가 원무구의 안색을 살폈다. 아까와는 달리 심하게 구겨진 얼굴을 하고 있었다.

'설마?'

염락수는 쌍검을 사용하는 데 많은 양의 내력이 필요하고 그 때문에 원무구가 힘들어하고 있다고 생각다.

염락수가 힘을 냈다. 그리고는 있는 힘껏 염왕도를 휘두르며 앞으로 나갔다.

"큭!"

원무구의 입에서 처음으로 신음이 터져 나왔다.

염락수는 자신의 생각이 맞았음을 깨닫고는 더욱더 그를 몰아쳐 갔다.

까가가강!

순식간에 전세가 염락수 쪽으로 기울고 있었다. 분명 무공은 원무구 쪽이 강했지만 기세는 염락수가 훨씬 앞서고 있었다.

까앙!

"크흑!"

결국 계속된 공격에 원무구가 쌍검을 놓쳤다. 그때를 놓치지 않고 염락수가 마무리를 지으려 하였다.

까앙!

"그렇게는 안 되지."

염락수의 염왕도를 막은 것은 옥종익이었다. 그는 손에 쇠로 만든 장갑 같은 것을 착용하고 있었다.

"그 꼴이 될 줄 알았지. 네놈에게 멸살쌍검(滅殺雙劍)은 어울리지 않아."

옥종익의 말에 원무구가 잔뜩 인상을 찌푸린 채 자리에서 일어났다. 그리고는 단검으로 변해 바닥에 떨어져 있는 쌍검 쪽으로 천천히 걸어갔다.

"네놈에게도 있나?"

"뭐? 저런 거?"

옥종익이 멸살쌍검을 턱짓으로 가리키며 물었다. 염락수가 고개를 끄덕였다.

"있지. 저것보다 더 좋은 것이."

그렇게 말하며 옥종익이 자신의 양손을 들어 보였다. 다음 순간, 그의 손을 감싸고 있던 장갑이 점차 변하기 시작했다.

'환장할 노릇이군.'

그렇게 변한 장갑은 그의 양쪽 팔목에 팔찌처럼 차여 있었다.

"혈뢰환(血雷環)이라 하지."

이름처럼 그의 손목에 채워진 환은 핏빛을 띠고 있었다. 염락수가 침을 삼켰다.

"자, 그럼 사형 집행을 시작해 볼까?"

기력을 회복한 원무구가 다시금 멸살쌍검을 들고 다가왔다.

염락수가 무호성을 바라보았다.

여전히 그는 움직일 생각이 없어 보였다. 하지만 조금도 원망은 하지 않았다.

언젠가는 이런 일이 있을 것이라 생각했기 때문이다.

그 시기가 이렇게 빠를 줄은 몰랐지만.

염락수가 눈을 감았다. 체념한 듯했다.

[왜 포기해?]

또다시 귓가를 울리는 전음. 하지만 염락수는 더 이상 어떻게 할 수 없다고 생각하고 있었다.

[기습도 어디까지나 전략이야. 그리고 기습은 상대가 방심하고 있을 때가 가장 효과적이지.]

무호성의 전음에 염락수는 슬쩍 눈을 돌려 원무구와 옥종익을 바라보았다.

그들은 염락수를 두고 어떻게 죽일 것인지에 대해 얘기하고 있었다.

지금 상황을 굉장히 즐거워하고 있는 듯 보였다.

'그래! 난 염락수다!'

속으로 그렇게 중얼거린 염락수가 기회를 노리며 천천히 염왕도를 쥔 손에 힘을 주었다.

서서히 염락수의 팔뚝에 힘줄이 솟는 것을 목령채주 호한림이 보았다.

"이봐!"

"뭐?"

"왜?"

호한림의 외침에 원무구와 옥종익이 그를 쳐다보았다. 그 기회를 염락수는 놓치지 않았다.

"하압!"

"크윽!"

"아악!"

경고를 하기 위함이었지만 졸지에 염락수를 도와준 꼴이 되어버렸다.

가까운 거리에서 혼신의 힘을 다해 휘둘렀기에 두 사람이 염왕도를 피하기에는 무리가 있었다.

결국 상체와 하체가 반으로 나뉜 채 두 사람은 저승길에 오르고 말았다.

"이, 이런!"

호한림이 당황한 표정을 지었다. 한 수에 두 사람을 죽인 염락수가 자신을 노려보았기 때문이다.

옥종익과 원무구의 피를 뒤집어쓴 염락수는 말 그대로 지옥의 야차 같았다.

"제길, 이럴 줄 알았다니까."

방금 전까지의 당황하던 표정을 없앤 호한림이 귀찮다는 듯 자신의 도를 꺼내 들었다.

묵빛의 도.

염락수는 그 도 역시 멸살쌍검과 혈뢰환처럼 무언가 비밀이 숨겨져 있을 것이라 확신했다.

"이건 묵혈도(墨血刀)다. 뭔지는 알겠지?"

호한림이 묵혈도를 이리저리 휘두르며 염락수에게 걸어갔
다.

염락수는 계속해서 그를 노려보고 있었다. 하지만 그것이
다였다.

다리는 후들후들 떨리고 있었고, 염왕도를 쥐고 있는 것조
차도 힘들었다.

호한림의 기운이 바뀌었다. 그리고 묵혈도 역시 변하기 시
작했다.

묵빛의 도신이 점차 흐려지더니 이내 사라졌다.

"신기하지? 처음에는 나도 놀랐다니까."

그렇게 중얼거린 호한림이 미소를 지었다. 하지만 그의 눈
은 전혀 웃지 않고 염락수를 쏘아보고 있었다.

"이대로 맹주에게 돌아가면 나 역시도 목숨을 장담 못하지.
적어도 네놈 모가지는 가져가야겠다."

호한림의 말에 염락수가 침을 삼켰다. 두 사람은 어떻게 처
치했지만 문제는 호한림이었다.

호한림은 채주들 중에서도 머리를 잘 굴리는 사람이었다.
순간적인 기지와 판단이 굉장히 뛰어난 자였다.

"이제 더 이상 서 있을 힘도 없어 보이는데, 그냥 죽어."

그렇게 염락수가 어떻게 해야 할지 머리를 굴리고 있을 때,
무호성의 목소리가 들렸다.

"이제 좀 쉬어. 그만하면 됐어."

"하지만."

"말 했었지? 난 산적이라면 이를 가는 사람이라고. 그래서 도와주는 거니까 너무 고마워할 필요 없어."

그렇게 대꾸한 무호성이 염락수를 지나쳐 호한림의 앞에 섰다. 그 작은 뒷모습이 굉장히 든든하게 느껴졌다.

도와주지 않는다고 해놓고서는 계속 전음으로 자신을 도왔다는 것을 알고 있기에 조금 기분이 좋기도 했다.

"하하하하!"

호한림이 미친 듯이 웃었다. 도저히 이대로 싸울 수 있을 것이라는 생각이 들지 않을 때까지 웃던 호한림이 염락수에게 물었다.

"설마, 지금 이 꼬마가 나를 상대하러 나온 건 아니겠지? 제발 아니라고 말해줘. 하하하하!"

호한림의 말에 염락수가 미소를 지었다.

"미안하군. 네놈 부탁은 못 들어주겠다. 저분, 굉장히 강하거든. 너 같은 놈은 한 방에 훅 갈걸?"

염락수의 말에 호한림의 표정이 순식간에 차가워졌다.

"말세야, 말세. 지금은 네놈들 장난에 맞춰줄 기분이 아니니 둘 다 죽여주마."

호한림이 그렇게 말하는 사이, 무호성이 먼저 움직였다. 계속해서 그의 말을 듣고 있자니 짜증이 났던 것이다.

퍼펑!

"욱!"

순식간에 거리를 좁혀온 무호성이 그의 복부에 주먹을 꽂아 넣었다.

내력이 듬뿍 담긴 그의 주먹은 그대로 호한림의 단전을 깨부숴 버렸다.

"끄으, 끄으."

호한림이 그대로 배를 부여잡고 입에 거품을 물었다. 더 이상 기가 주입되지 않게 되자 묵혈도가 원래의 모습으로 돌아왔다.

"사내자식이 주둥아리가 왜 이렇게 가벼워?"

그렇게 말을 한 무호성이 몸을 돌려 염락수가 있는 쪽으로 걸어갔다.

방금 전의 공격을 제대로 보지 못한 그는 멍한 표정을 짓고 있었다.

'젠장. 도대체 얼마나 강한 거야?'

강하다는 것은 알고 있었지만 자신은 겨우 한 명을 상대로도 쩔쩔맸는데 이렇게 쉽고 간단하게 처리하니 억울한 생각도 들었다.

"죽이든 살리든 네 맘대로 해."

무호성의 말에 염락수가 호한림을 바라보았다. 통증 때문에 얼굴은 잔뜩 찌푸려져 있었고, 단전이 파괴되어 찾아온 공허함 때문인지 입을 바보처럼 벌리고 있었다.

게다가 어린놈에게 당했다는 충격까지 더해져 그는 지금 제대로 된 사고를 하지 못하는 상태였다.

그래도 얼마 전까지 같은 채주였기에 측은한 마음이 들었지만 염락수는 이내 고개를 저으며 마음을 다잡았다.

그리고는 천천히 호한림에게 걸어갔다.

"거봐. 내가 한 방에 훅 갈 거라고 했지?"

염락수의 말에도 호한림은 대꾸도 하지 않았다. 그 모습에 혀를 찬 염락수가 염왕도를 들어 올렸다.

"다시 태어나면 절대로 녹림 같은 데는 들어가지 마라. 특히 노위동 밑에는."

부웅!

퍼억!

염락수가 염왕도의 도면으로 그의 얼굴을 내려쳤다. 그에 호한림의 얼굴은 그대로 으깨져 형태를 알아볼 수 없게 되었다.

"잔인한 놈일세."

그것을 보며 중얼거린 무호성은 멸살쌍검과 혈뢰환, 그리고 묵혈도를 회수했다.

"이런 물건들을 준 녀석들은 도대체 뭐 하는 놈들이지?"

"처음에는 강호라는 곳이 워낙 신비로운 사람들이 많은 곳이라 그냥 넘어갔는데 지금은 궁금해지는군요."

"너는 이런 것 없어?"

그렇게 물으며 무호성의 시선이 염왕도에 닿았다. 그러자 염락수가 염왕도를 들어 보이며 말했다.

"아, 이건 그냥 싸구려 돕니다. 그냥 제가 무시무시한 이름을 가져다 붙인 겁니다. 저도 뭔가 받기는 했는데… 어디다 뒀

더라?'

비룡채에서 내려올 때 짐을 챙겨 내려온 것이 아니었기에 현재 염락수의 수중에는 그것이 없었다.

"큰일이네. 내가 보기에 이 물건들, 굉장히 위험해 보여. 차라리 가지고 있었으면 더 나았을 텐데."

무호성의 말에 염락수 역시 심각한 표정이 되었다. 지금 당장 그곳에 다녀오기에는 강소성이 바로 코앞이었다.

"일단은 파천문 일을 빨리 마무리 짓고 한번 가봐야겠어."

무호성이 혈뢰환과 단검 모양으로 변해 버린 멸살쌍검을 자신의 짐 꾸러미 속에 집어넣었다. 그런 다음 묵혈도를 집어 들었다.

"이건 어쩐다?'

혈뢰환이나 멸살쌍검 같은 경우에는 부피가 작았기에 봇짐 속에 넣으면 그만이었지만 묵혈도는 아니었다.

잠시 고민을 하던 무호성이 봇짐 속에서 갈아입은 헌 옷을 꺼냈다. 그리고는 길게 찢기 시작했다.

"뭐 하십니까?"

"이거로라도 감게."

빨면 깨끗해질 옷이었지만 지금은 어쩔 수가 없었다. 옷을 찢어 기다란 천을 만든 무호성이 그것을 묵혈도에 칭칭 감았다.

"자!"

무호성이 천으로 감은 묵혈도를 염락수에게 건넸다.

"이걸 왜 저한테 주십니까?"

"내가 들고 다니기에는 좀 크거든."

무호성의 키가 커지기는 했지만 아직까지 도를 들고 다니기에는 버거운 감이 있었다.

염락수가 어쩔 수 없다는 표정으로 묵혈도를 받아 들었다. 방금 전의 일 때문인지 기분이 썩 좋지는 않았다.

"자, 가자고. 서둘러야겠어."

무호성이 발길을 재촉했다. 염락수가 죽어 있는 채주들의 시체를 힐끗 보고는 서둘러 무호성의 뒤를 따랐다.

강소성이 코앞이었건만 두 사람의 발걸음은 생각보다 느렸다.

염락수 때문이었는데, 채주들과의 싸움에서 입은 상처가 생각보다 심했던 까닭이다.

그때 당시에는 흥분 상태였기에 크게 느끼지 못했지만 시간이 지나고 저녁때가 되자 조금씩 통증이 밀려오기 시작했고, 결국 두 사람은 노숙을 할 수밖에 없었다.

"자, 이거."

무호성이 봇짐에서 금창약을 꺼내 염락수에게 건네주었다.

"고맙습니다."

염락수가 금창약을 건네받아 곳곳에 난 상처에 골고루 발랐다. 그렇게 반절 정도 쓰고 나서야 그가 다시 무호성에게 금창약을 돌려주었다.

"오! 그런데 이 약, 좋은 약 같습니다? 느낌부터 확 다르군요. 어디서 구하셨습니까?"

"남궁세가에서 준 거야."

"역시! 명문세가의 약은 뭔가 달라도 다릅니다. 하하!"

"약이 다 똑같지, 뭐."

무호성의 대꾸에 염락수가 모르는 소리라는 듯 말했다.

"명문세가나 문파들은 전부 뛰어난 효능을 지닌 약을 만듭니다. 일반 동네 의원에서 쓰는 약과는 다릅니다. 아마 이것도 그럴 겁니다."

"그래?"

무호성이 자신의 손에 있는 금창약을 바라보았다. 남궁(南宮)이라는 금박 글씨가 눈에 들어왔다.

사실 남궁세가에서 한 것이라고는 아무것도 없었다.

오히려 남궁찬의 생일잔치를 망치기까지 했으니 그들이 안 좋게 본다고 해도 할 말이 없는 처지였다.

그럼에도 이렇게까지 신경을 써준 것이 정말 고마웠다.

인연이라는 것은 참 오묘한 것이라는 생각이 들었다.

그렇게 무호성이 잠시 동안 생각에 잠겨 있는 사이, 염락수가 나뭇가지를 모아 불을 피웠다.

탁! 탁!

나무 타는 소리가 마냥 가라앉은 분위기 속에 울려 퍼지고 있었다.

"대장."

"왜?"

"그런데 왜 그렇게 산적들을 싫어하십니까?"

계속해서 머릿속을 맴돌던 궁금한 것들 중 하나였다. 염락수의 질문에 무호성이 잠시 모닥불을 바라보았다.

"그럴 일이 있어."

짧게 대답하고 입을 다무는 무호성을 보며 염락수는 더 이상 캐물을 수가 없었다.

"자자. 그래야 내일도 일찍 출발하지."

그렇게 말하며 무호성이 웅크린 채로 누웠다. 그것을 보던 염락수가 작게 한숨을 쉬며 그 곁에 누웠다.

"혜아야⋯⋯."

염락수는 신음 소리 같은 목소리에 잠에서 깨었다. 비몽사몽한 눈으로 주변을 두리번거리던 그의 귀에 다시 목소리가 들렸다.

'음?'

목소리는 무호성의 것이었다. 염락수가 좀 더 가까이 다가가 무호성을 바라보았다.

잠들어 있는 무호성을 얼굴을 본 염락수는 깜짝 놀랐다. 그의 눈가에서 달빛을 받아 반짝거리고 있는 것은 분명 눈물이었다.

"혜아야⋯⋯."

무호성의 입에서 또다시 누군가의 이름이 흘러나왔다.

'누굴까?'

자신이 아는 무호성과 연이 닿아 있는 여자들의 이름을 떠올려 봤지만 '혜' 자가 들어가는 이름은 없었다.

누군지는 알 수 없었지만 굉장히 그리워하는 것 같았다. 무호성을 바라보는 염락수의 눈빛이 흔들렸다.

그렇게 강한 사람이 지금은 한없이 여리게만 보였다. 절로 측은한 마음이 들었다.

'대장도 사람이구나.'

그렇게 생각한 염락수는 측은한 마음을 뒤로하고 다시 잠자리에 들었다.

무호성과 염락수는 꼬박 하루를 걸어서야 강소성에 들어설 수 있었다.

딱히 달라진 건 없었지만 왠지 모르게 긴장이 되었다.

사문에 처음으로 간다는 기대감과 어떤 일이 벌어질지 모른다는 불안감이 그의 마음속에 공존하고 있었다.

"걱정되십니까?"

"약간은."

무호성이 순순히 인정하자 염락수는 약간 의외라는 표정을 지었다.

그것을 보았는지 무호성이 말을 이었다.

"비룡채에 찾아왔던 그자도 그렇고, 천하상단에서 일월쌍검을 죽이고 돌아간 놈까지 전부 내 수준이 아니었어. 지금 내 실력으로는 계란으로 바위 치기야. 만약 그놈들이 파천문과 관련이 있다면 강소성에 들어온 것 자체가 위험할 수 있어. 강소성은 파천문의 영역이니까."

무호성의 말에 염락수가 고개를 끄덕였다. 그러다가 문득 든 생각이 있었다.

'나는 짐만 되는 게 아닐까?'

무호성의 실력으로 볼 때 어떻게 해서든 혼자서는 달아날 수 있을 것 같았다.

하지만 거기에 자신이 껴 있다면 이야기가 달라진다.

"하아⋯⋯."

염락수가 한숨을 쉬었다.

"한숨 쉴 것 없어. 어차피 나 혼자서도 쉽게 도망칠 수는 없어. 자칫 죽을 수도 있고."

무호성이 염락수의 마음을 읽기라도 한 듯이 말했다. 하지만 걱정이 되는 건 어쩔 수가 없었다.

"일단 시간이 늦었으니 객점이라도 잡아야겠습니다. 비도 올 것 같은데."

염락수가 하늘을 올려다보았다. 검은 구름이 점차 하늘을 뒤덮고 있어 높고 푸르던 하늘은 더 이상 보이지 않았다.

온통 회색빛만 가득할 뿐이었다.

"아, 저기 객점이 있습니다."

마을 중심가에서 객점을 발견한 염락수가 빠른 걸음으로 다가갔고, 무호성이 천천히 그 뒤를 따랐다.

염락수가 객점 안으로 들어서려 할 때, 그가 있는 쪽으로 무언가가 날아왔다.

점소이로 보이는 아이였다.

"어이쿠!"

갑작스럽게 날아오는 아이를 급하게 받아 든 염락수가 두 눈을 부라리며 소리쳤다.

"이런 쌍! 어떤 놈이야!"

염락수는 아이를 조심스럽게 안아 들며 객점 안으로 걸어 들어갔다.

객점 안은 난장판이었다. 거구의 장한 네 명이 객점 안을 쑥대밭으로 만들어놓고 있었고, 손님들은 입구 쪽에 있는 그들 때문에 겁에 질려 밖으로 나오지도 못하고 구석에 몰려 있었다.

"넌 또 뭐야!"

객점 주인을 잡고 한바탕 드잡이를 하던 장한 한 명이 염락수를 보고 소리쳤다.

염락수가 안고 들어온 아이를 바닥에 내려놓았다.

그러고 나서 잔뜩 화가 난 두 사람이 서로를 노려보았다. 비슷한 덩치의 두 사내가 잔뜩 인상을 찌푸리고 대치하고 있는 모습은 분위기를 더욱 흉흉하게 만들었다.

"나 비룡채주 염락수다."

"비룡채? 녹림? 흥! 감히 녹림 채주 따위가 어디서 큰소리냐! 우리는 파천문의 어르신들이다!"

장한의 말에 염락수가 뒤따라 들어온 무호성을 바라보았다. 역시나 표정이 심상치 않게 변해 있었다.

"내 앞에 꿇려."

무호성의 말에 염락수가 곧장 신형을 움직였다. 일단 첫 번째 목표는 바로 앞에 있는 자였다.

퍼억!

염락수의 주먹이 섬전처럼 그의 얼굴에 꽂혔고, 상대는 찍소리도 하지 못하고 쓰러져 버렸다.

그러자 무호성이 더 인상을 찌푸렸다.

"이런, 힘 조절을 잘못했네. 나머지 세 놈은 꼭 꿇려놓겠습니다."

그렇게 말한 염락수가 나머지 세 명에게 다가갔다. 그 세 명역시 염락수에게 다가왔다.

객점 주인은 이러지도 저러지도 못하고 이 상황을 지켜보고 있었다. 하지만 마음속으로는 염락수가 이기기를 간절히 바라고 있었다.

빠악! 빠악! 빠악!

상대가 손을 쓰기 전에 염락수가 먼저 공격을 가했고, 그의 주먹에 맞은 장한들 모두가 바닥에 무릎을 꿇었다.

"상대를 봐가면서 까불어야지."

염락수가 그렇게 중얼거리며 장한들을 무호성 앞쪽으로 던지기 시작했다. 덩치들이 꽤 있었는데도 염락수는 마치 작은 돌멩이 던지듯 가볍게 던지고 있었다.

무호성 앞으로 날려온 네 명의 장한은 제대로 정신을 차리지 못하고 있었다. 하지만 무호성은 그들을 봐줄 생각이 없었다.

"너희들, 정말 파천문 맞아? 너무 약한데? 이래서야 강소성에서 최고라고 지껄이고 다니기 창피하지 않아?"

무호성의 물음에 장한들은 아무런 대답도 하지 못했다. 그렇게 머뭇거리고 있는 그들을 보며 무호성이 다시 말했다.

"별로 말할 마음이 없는 것 같은데?"

"좋은 말로 할 때 불어라."

염락수가 으르렁거리듯 말했다. 그러자 그들이 입을 열기 시작했다.

"저, 저희는 파천문이 아니라 파천문 밑에 있는 흑심방의 방도들입니다."

"흑심방?"

"뒷골목 패거리들입니다."

객점 주인이 덧붙여 말했다. 그에 어이없다는 표정을 지은 염락수가 그들의 뒤통수를 한 대씩 후려쳤다.

"그러면서 파천문은 얼어 죽을."

염락수에게 뒤통수를 맞은 장한들은 이제는 염락수가 아닌 무호성의 눈치를 보고 있었다.

염락수가 무호성의 말을 따른다는 건 어느 정도 눈치가 있으면 다 알 수 있는 일이었다.

"흑심방이라……. 너희들이 이러고 있는 걸 파천문도 아나?"

그들은 말을 하지 못했다. 그러자 염락수가 또다시 손을 들어 올렸다.

"그만. 알고 있다는 뜻이군. 파천문이 시킨 짓인가?"

"그, 그건 아닙니다!"

사실인 것 같았다.

'시킨 건 아니더라도 묵과한다?'

사부의 문파가 이런 곳이라는 생각은 절대 할 수가 없었다. 그렇다면 파천문이 점차 타락해 가고 있다는 뜻이었다.

"흑심방은 어디 있지?"

"가, 가까운 곳에……."

그들의 말을 들은 무호성이 염락수를 바라보았다.

"오늘은 객점이 아니라 흑심방에서 잔다."

"알겠습니다. 저놈 들쳐 업고 안내해!"

염락수의 말에 장한들이 아직까지 기절해 있는 동료를 들쳐 업고는 서둘러 객점 밖으로 나갔다.

그 뒤를 염락수와 무호성이 따라 나갔다.

객점 안에 남아 있는 사람들은 지금의 상황이 어떻게 돌아가는 것인지 몰라 어리둥절한 표정만 지을 뿐이었다.

객점 밖 하늘은 점점 더 흐려지고 있었다.

흑심방과 좀 거리가 떨어져 있었지만 그들이 안에서 무엇을 하는지 능히 알 수가 있었다.

왁자지껄 떠드는 소리가 삼 장 밖까지 흘러나오고 있었다.

가까이 다가갈수록 커지는 소리에 무호성과 염락수가 인상을 찌푸렸다.

"너희들, 여기서 기다리고 목숨 부지할래, 아니면 들어가서 괜히 개죽음 당할래?"

염락수의 말에 세 사람은 생각할 것도 없이 그러겠다는 듯 고개를 끄덕였다.

"잘 생각했어."

그렇게 말한 염락수가 무호성과 함께 흑심방으로 향했다.

쾅!

"어떤 새끼야!"

염락수가 거칠게 문을 열고 안으로 들어서자 누군가가 소리쳤다.

그들의 눈에 염락수와 무호성의 모습이 보이자 장내는 잠시 침묵에 휩싸였다.

"야, 이 거지 발싸개 같은 놈들아!"

염락수가 다짜고짜 욕을 내뱉었다. 그러자 그곳에 모여 있는 사십 명가량의 흑심방 방도들의 미간이 찌푸려졌다.

"넌 뭐 하는 개새끼냐!"

사십의 방도들 사이에서 투박하게 생긴 한 사내가 자리에서 일어났다.

덩치가 큰 것은 아니었지만 키가 컸고, 얼굴에 있는 기다란 흉터에서 결코 약한 사람이 아니라는 것을 느낄 수 있었다.

그가 바로 흑심방 방주 노굉이었다.

"뭐긴, 네놈들 벌하러 온 저승사자다."

"하하하! 요즘 저승사자들은 애새끼도 데리고 다니나?"

"하하하!"

그의 말에 흑심방도들이 큰 소리로 웃었다. 그것을 본 염락수가 힐끗 무호성을 바라보았다.

딱딱하게 굳은 표정, 차가운 눈빛.

염락수는 무호성이 화가 났다는 사실을 알 수 있었다.

"너희들은 죽었다. 우리 대장이 화나면 무섭거든."

그렇게 말하며 염락수가 무호성의 뒤에 섰다. 지금까지 염락수에 가려 눈에 띄지 않았던 무호성이 앞으로 나서자 숨 쉬기 어려울 정도의 강력한 기운이 폭사되어 나갔다.

"헙!"

방도들의 얼굴이 새하얗게 변하기 시작했다.

"너, 넌 누구냐!"

"흑심방 방주인가?"

"그, 그렇다!"

당황해하는 노꾕의 표정을 보며 무호성이 차가운 미소를 지었다.

"내가 지금부터 물어볼 것이 있는데, 대답해 주겠소?"

"내, 내가 왜 네놈 질문에 순순히 대답해야 하느냐!"

'저놈 저거, 후회할 짓 하는구나.'

염락수가 노꾕을 보며 한심하다는 듯 고개를 저었다.

"거리가 너무 멀어서 제대로 못 들었는데, 좀 더 가까이 가야겠어."

그렇게 중얼거린 무호성이 앞으로 걸어갔다.

"이익! 뭣들 하느냐! 쳐라! 절대로 다가오지 못하게 해라!"

그러자 사십의 방도들이 일제히 무호성에게 달려들었다. 그럼에도 무호성은 태연하게 앞으로 걸어가고 있었다.

"어, 어!"

염락수는 지금 자신의 눈을 의심하고 있었다. 무호성의 걸음은 조금도 흐트러지지 않은 상태였다.

그러는 와중에 자신을 향해 달려드는 상대에게 주먹을 휘두르고 있었다.

무호성의 주먹은 어김없이 상대에게 꽂혔고, 상대는 제대로 된 공격 한번 해보지 못하고 나뒹굴었다.

일격필살!

추풍낙엽!

지금의 상황에 딱 어울리는 말이었다.

"히익!"

노굉이 기겁을 하며 뒤로 물러났다. 더 이상 뒤로 물러날 곳이 없게 되었을 때에 무호성은 이미 그의 앞에 서 있었다.

아주 태연한 얼굴로.

"너, 넌 누구냐!"

"그건 알 것 없고. 너희들, 파천문을 사칭하고 다니던데."

무호성의 말에 노굉의 얼굴이 딱딱하게 굳었다.

"파, 파천문에서 오신 분들입니까?"

무호성은 대답하지 않았다. 그런 반응이 오히려 노굉의 머릿속을 혼란스럽게 만들고 있었다.

"죄송합니다! 죄송합니다!"

노굉이 엎드려서 손이 발이 되도록 빌었다. 고개도 들지 않고 바닥에 이마를 찧어가며 연신 죄송하다는 말만 되풀이하고 있었다.

"그건 됐고, 파천문이 너희들이 하는 짓을 가만히 두고 본다지?"

"그, 그렇습니다. 솔직히 말씀드리면 파천문 역시 저희들과 비슷합니다. 다만 상대하는 대상이 다를 뿐입니다."

"대상이라면?"

"좀 더 큰 상단이나 상회, 관을 상대합니다."

"관까지?"

"그, 그렇다고 들었습니다."

무호성이 잠시 생각에 잠겼다. 그러더니 노굉을 내려다보며 다시 입을 열었다.

"파천문에 대해서 아는 것이 있으면 다 말해라."

"더, 더 이상은……."

노굉이 떨리는 목소리로 대답했다. 그러더니 슬쩍 고개를 들어 무호성을 바라보았다.

"그런데 파천문에서 오신 것이 아닙니까?"

퍽!

그 질문을 끝으로 노굉은 정신을 잃고 말았다.

정신을 차린 노굉은 심한 두통에 잔뜩 인상을 찌푸린 채 일어났다. 정신을 차려보니 벌써 해가 중천이었다.

'꿈? 그래, 꿈이었을 거야.'

참으로 지독한 꿈이 아닐 수 없었다. 사십이나 되는 방도들이 어떤 꼬마에게 당하는 꿈. 거기에 자신은 무릎까지 꿇고 빌고 있었다.

"그래, 개꿈이었을 거야, 개꿈."

"꿈꿨냐?"

'헉!'

꿈이라고 생각했는데 난데없이 들려온 목소리에 노굉은 심장이 멎는 줄 알았다.

"뭘 그리 놀라냐?"

염락수가 노굉을 보며 심드렁하게 물었다. 눈을 깜빡이며 잠시 그를 쳐다보던 노굉이 빠르게 무릎을 꿇고 앉았다.

"한 가지 부탁 좀 하자."

"이를 말입니까? 무엇이든 말씀하십시오."

"파천문이랑 연락되지? 될 거 아냐. 안 된다는 소리는 하지 말고."

"되, 됩니다."

노굉이 불안한 듯 대답했다. 염락수가 만족스런 표정으로 말을 이었다.

"그래? 그럼 기별 좀 넣어라."

"뭐, 뭐라고?"

노굉의 말에 염락수가 답답하다는 듯 눈을 부라렸다.

"너희들이 평소에 연락할 때 써먹는 용건 같은 거 있을 거 아냐! 쌍! 더러운 성격 나오게 만드네!"

"예, 예! 알겠습니다!"

노굉이 고개를 푹 숙이며 소리쳤다.

"근처 객점 알지? 어제 네 수하들이 깽판 쳤던 객점. 거기에 있을 테니까 그리로 와라. 알겠냐?"

"예, 걱정 마십시오!"

염락수는 바들바들 떨면서 말하는 노굉을 뒤로하고 흑심방을 나섰다. 그가 완전히 사라질 때까지도 노굉은 엎드린 그 자리에서 일어설 줄을 몰랐다.

염락수가 객점 안으로 들어가자 무호성이 식사를 하고 있었다. 그가 도착할 거라 미리 예상했는지 음식은 그의 것까지 준비되어 있었다.

"왔어? 얘기는 잘 했고?"

"예, 조만간 이곳으로 연락이 올 겁니다."

염락수가 무호성의 맞은편에 앉으며 대답했다. 그리고는 주변을 둘러보며 조용히 입을 열었다.

"그런데 대장, 그 몸, 어떻게 안 되는 겁니까? 사람들이 신기하게 쳐다보니 부담스럽습니다."

그러자 무호성이 그를 힐끔 쳐다보며 말했다.

"열다섯 어린아이가 뭐가 그리 신기하다고. 나보다는 오히려 보통 사람보다 훨씬 더 덩치가 큰 게 신기하지 않을까?"

"그런가?"

무호성의 말에 가만히 생각을 하던 염락수가 모르겠다는 듯 식사를 시작했다.

"그런데 파천문 사람들이 찾아오게 해서 어떻게 할 생각입니까?"

"뭘 어떻게 해? 심부름을 끝내야지."

무호성이 품속에서 서찰을 꺼내 흔들며 말했다.

"문주에게 직접 전하지 않고요?"

"굳이 그럴 필요가 없지. 게다가 지금 이 상태로 파천문에 갔다가 무슨 봉변을 당할지 모르고. 위험해질 걸 알면서 들이대는 건 멍청한 놈이나 하는 짓이야. 난 멍청한 놈이 아니거든."

염락수는 무호성의 말이 왠지 모르게 자신을 두고 하는 말인 것 같아 살짝 인상을 찌푸렸다.

식사를 끝내고 두 사람은 식당 뒤편에 있는 방으로 돌아왔다. 무호성은 곧장 운기에 들어갔고, 염락수는 하릴없이 멀뚱멀뚱 방 안에 누워 있었다.

운기를 하면서 무호성은 고민에 빠져 있었다.

지금 상태로는 파천문에 갔다가 쉽게 빠져나올 수 없을 것이 분명했다.

서찰만 전해준다고 해도 강소성을 벗어나기 전까지 어떤 일이 벌어질지 알 수 없는 노릇이었다.

목숨이라도 건져서 빠져나오려면 지금보다 강해져야 하는 것은 자명한 일이었다.

'그때 어떻게 오성의 벽을 넘었는지만 알아도 좋으련만.'

남궁세가에서 정신을 잃고 있었기 때문에 어떤 식으로 오성의 벽을 넘어섰는지 무호성은 기억을 하지 못했다.

그것을 기억할 수만 있다면 두 번째 금제를 푸는 것도 어렵지 않을 것이라는 생각이 들었지만 알 수 있는 방법이 없어 답답하기만 했다.

고민 끝에 아무런 답도 내리지 못한 무호성은 운기에 몰입하기 시작했다.

무호성이 운기를 하는 것을 보며 염락수는 심심한 듯 바닥에 대자로 누워 있었다.

그 때, 누군가가 방문을 두드렸다.

"손님, 누가 찾아왔습니다."

"음? 누구지?"

아직 파천문에서 찾아오기는 이르다는 생각을 하며 자리에서 일어난 염락수는 무호성을 바라보았다.

'방해하면 안 되겠지?'

무호성에게 알릴까 하다가 운기를 하는 데 방해할 수가 없어 혼자 밖으로 나갔다.

"누군지는 모르오?"

"잘 모르겠습니다."

"음."

파천문이 아니라면 찾아올 사람은 없었다. 설마 하는 생각을 하며 염락수가 건물 밖으로 나갔다.

밖에는 세 명의 사람이 와 있었다. 모두 처음 보는 얼굴이었다.

"누군가?"

"무호성은 아닐 테고, 그럼 염락수인가?"

다짜고짜 하대를 하는 중년인을 보며 염락수가 인상을 찌푸렸다. 기분이 상한 것도 있었지만 은연중 퍼져 나오는 상대의 기도 때문이었다.

"어디서 오신 분이오?"

"우리를 찾았다고 들었는데?"

"파천문?"

염락수의 말에 중년인이 고개를 끄덕였다. 생각보다 빨리 나타난 탓에 염락수는 속으로 조금 놀라고 있었다.

"우리를 찾은 용건이 뭐지?"

"뭐, 내가 찾은 건 아니고, 우리 대장이 볼일이 좀 있는 모양이오."

염락수가 건물 안쪽을 힐끗 바라보며 말했다.

"그럼 무호성은 어디에 있나?"

"안에서 운기 중이오. 그러니 잠시 기다리시오."

염락수의 말에 중년인이 인상을 찌푸렸다. 잠시 그렇게 서 있던 중년인이 다시 입을 열었다.

"그럼 우리 용무부터 해결해야겠군. 혈뢰환과 묵혈도, 멸살쌍검은 어디에 있나?"

"뭐?"

염락수가 놀란 표정을 지었다. 어느 정도 짐작은 하고 있었지만 이렇게 대놓고 나올 줄은 몰랐다.

"그건 왜 찾지?"

"우리 물건이니까. 돌려받는 건 당연한 것 아닌가?"

"딱 보기에 위험한 물건들 같던데."

"그건 상관할 바가 아니고."

상대의 대답에 염락수가 살짝 인상을 구겼다.

"어서 가져오는 게 좋을 거야."

"그러기 싫다면?"

"빼앗아야지."

"무슨 수로 뺏겠다는 건지 모르겠군."

"죽고 싶나?"

상대의 몸에서 흘러나오던 기운이 살기로 바뀌었다. 살갗에 와닿는 찌릿한 느낌에 염락수는 침을 삼켰다.

"주고 안 주고는 내가 판단할 문제가 아니지만 대장도 같은 생각일 거요."

"죽을 줄 알면서 그따위 도발을 해오는 건 객기일 뿐이다."

"누가 순순히 죽어준다고 했소?"

염락수가 주먹을 쥐었다. 염왕도를 안에 두고 온 것이 후회가 되었다.

"많이 양보해서 나 하나는 어떻게 한다 치고, 나머지 둘은
어떻게 할 거지?"

중년인이 물었다. 수적으로나 무공으로나 모두 유리했기에
그의 목소리에는 여유가 묻어 있었다.

반면 염락수는 여차하면 달려들 생각부터 하고 있었다.

무슨 일이 벌어져도 이상하지 않을 분위기가 조성되고 있었
다.

"그거야 당신이 상관할 바 아니고."

그때 건물 안에서 무호성의 목소리가 들렸다. 운기를 마치
고 밖에서 느껴지는 살기에 서둘러 나온 것이었다.

"무호성?"

"그렇소."

무호성의 대답에 중년인이 살짝 인상을 찌푸렸다.

"어른에게 버르장머리 없이."

"살기를 풍기는 적에게 굳이 존대를 할 필요가 있겠소?"

무호성과 중년인 사이에 불꽃이 튀었다. 잠시 서로를 그렇
게 노려보다가 무호성이 먼저 입을 열었다.

"게다가 배분은 내가 위일 텐데."

"그렇군. 월천의 제자."

"사문의 존장 이름을 그렇게 함부로 부르다니, 버르장머리
없는 사람은 당신이군."

"훗. 나와는 전혀 상관없는 사람이니까."

중년인의 말에 무호성이 인상을 찌푸렸다. 그러더니 품속에서 사부가 전하라 했던 서찰을 꺼냈다.

"당신들 용건은 이것부터 문주에게 전한 다음에 찾으시오."

휙!

무호성이 서찰을 던졌다. 팔랑거리지 않고 일직선으로 날아간 서찰을 상대가 가볍게 잡아채었다.

"뭐지?"

"사부님이 문주에게 전하라 한 것이오."

무호성의 말에 서찰을 펼쳐 보려던 중년인이 고개를 저으며 품속에 그것을 집어넣었다.

"며칠 뒤에 다시 오지."

"마음대로."

무호성의 말에 그를 한 번 노려본 중년인이 몸을 돌렸다. 그리고 그 자리를 벗어나며 한마디 던졌다.

"다음번에는 그 주둥아리부터 뭉개주마."

그 말에 무호성은 대꾸하지 않고 곧장 건물 안으로 들어갔다.

"대장이 파천문 사람인 걸 알면서도 저렇게 적의를 내비치는 이유가 뭡니까?"

"나야 모르지. 분명한 건 지금의 파천문은 절대 내 사문이 아니라는 점이야. 껍데기만 파천문이겠지."

그렇게 말하며 무호성이 짐을 챙겨 들었다.

"가는 겁니까?"

"가야지. 지금은 죽을 때가 아니야. 일단은 강소성을 벗어난다."

무호성의 말에 염락수 역시 염왕도와 묵혈도를 집어 들었다. 채비를 마친 두 사람이 식당으로 향했다.

객점 주인에게 값을 치른 두 사람은 서둘러 밖으로 나왔다.

"어디로 갈 겁니까?"

"일단은 안휘성, 남궁세가로 간다."

"남궁가로?"

염락수가 인상을 찌푸렸다. 그곳에 가서 난동을 부렸던 기억이 떠올랐다.

"좀 그런데……."

"지금 상황이 그런 걸 따질 때가 아니잖아? 강소성을 벗어난다고 해도 우리에겐 적이 너무 많아. 그때처럼 녹림이 또 나타나면 어쩔 거지?"

무호성의 말에 염락수가 고개를 끄덕였다.

최대한 빨리 강소성을 벗어나 남궁세가로 가는 것이 최선의 방법이었다.

남궁세가까지 가려면 족히 보름은 가야 하겠지만 그래도 가장 가까우면서도 안전한 곳이었다.

"가자!"

무호성이 먼저 달렸고 그 뒤를 바짝 붙어 염락수가 달려갔다.

하지만 객점을 떠나는 두 사람을 지켜보는 눈이 있다는 것을 그들은 알지 못했다.

* * *

"그들이 곧장 객점을 떠났다고 합니다."

"그렇겠지."

"어떻게 하시겠습니까?"

"잡아. 월천의 제자라면 훗날 큰 걸림돌이 될지 모를 일이다. 몰라라. 사냥을 해야겠다."

"그렇게 하겠습니다."

* * *

하루를 꼬박 달려 해가 질 무렵, 무호성과 염락수는 노숙을 하기로 했다.

노숙을 한다는 것 자체가 위험한 일일 수도 있지만 어쩔 수 없었다. 피로를 풀어두지 않으면 앞으로 더 위험할 수 있었다.

"불을 피우겠습니다."

"안 돼. 불빛이 보이면 발각되기 쉬워."

"설마 벌써 추격하겠습니까?"

"벌써 근처까지 왔을지도 모르지."

무호성의 담담한 말에 염락수가 화들짝 놀라며 주변을 두리번거렸다. 하지만 적은 마음먹으면 염락수가 알아차리지도 못하는 사이에 목을 따고 유유히 사라질 수 있을 정도의 고수들이었다.

"일찍 자둬. 해 뜨기 전에 출발할 거니까."

"안 주무십니까?"

"짧게 짧게 운기하면 되니까 신경 쓰지 말고."

무호성의 말에 염락수가 고개를 끄덕였다. 그리고는 방해가 되기 전에 일찍 잠자리에 들었다.

"일어나."

한참 잠에 빠져 있던 염락수는 무호성의 목소리에 잠에서 깨어났다. 벌써 출발할 시간이 된 줄 알고 눈을 뜬 그는 아직 한밤중이라는 사실에 의아한 눈으로 무호성을 바라보았다.

"적이다."

정신이 번쩍 났다. 적이라니? 이렇게 빨리 올 줄은 생각지 못했기에 더욱 놀랐다.

"내가 신호를 보내면 곧장 뛴다. 뒤도 돌아보지 마. 알겠지?"

끄덕.

염락수가 고개를 끄덕였다. 그리고는 조심스럽게 자리를 털고 일어났다.

[뛰어!]

무호성의 전음에 염락수가 냅다 뛰기 시작했다. 방향을 따질 틈도 없었다. 일단은 뛰고 봐야 했다.

[더 빨리 뛰어!]

무호성의 전음에 염락수가 이를 악물고 뛰었다. 내력을 있는 대로 끌어 올려 다리에 몰아갔다.

퍼펑!

바로 뒤쪽에서 뭔가 터지는 소리가 들렸다. 화들짝 놀란 염락수가 슬쩍 뒤를 돌아보았다.

"보지 마! 뛰어!"

무호성의 목소리에 다급함이 묻어 나왔다. 두 눈을 질끈 감은 염락수는 최선을 다해 뛰었다.

쉬익!

"으악!"

갑자기 옆에서 검은 인영이 튀어나왔다. 그의 손에 들린 날이 시퍼렇게 선 단검이 금방이라도 염락수의 목을 찌를 것 같았다.

퍼억!

하지만 무호성의 공격에 무위로 돌아갔다. 무호성의 장력에 가슴을 맞은 검은 인영이 그대로 나가떨어졌다.

퍼퍼퍽!

주먹끼리 부딪치는 소리가 연달아 들렸다. 작기는 했지만 무호성의 것으로 보이는 신음 소리도 들려왔다.

'젠장!'

자신이 아무것도 할 수 없다는 사실에 화가 난 염락수는 염왕도를 꺼내 들었다.

자신의 양옆에서 나타나는 적들을 견제하기 위함이었다.

물리치지는 못한다 하더라도 무호성이 뒤쪽의 적들에게만 집중할 수 있도록 도울 수는 있을 것이다.

깡!

때마침 염락수의 우측에서 또다시 검은 인영이 검을 찔러왔고, 염락수가 휘두른 염왕도에 부딪쳐 상대가 주춤했다.

공력은 상대적으로 약할지 몰라도 힘 하나만큼은 자신있는 염락수였다.

"쓸데없는 짓 하지 말고 달려! 큭!"

무호성이 힘에 부치는 듯 소리쳤다. 하지만 염락수는 염왕도를 거두지 않았다.

하지만 얼마 달리지 않아 염락수가 멈춰 섰다. 그의 뒤를 바짝 쫓던 무호성이 소리쳤다.

"뭐 해! 빨리 뛰어!"

"대, 대장⋯⋯."

염락수의 떨리는 목소리에 무호성은 슬쩍 앞을 쳐다보고는 한숨을 내쉬었다.

누군가가 앞을 가로막고 있었다.

"여기까지다, 쥐새끼들."

객점에서 본 중년인이었다. 기다리고 있었다는 듯 차가운 눈빛으로 무호성과 염락수를 노려보고 있었다.

"젠장."

무호성이 낮게 읊조렸다. 그 반응이 재미있는지 중년인이 차갑게 미소 지으며 말했다.

"사냥개들이 아주 잘 몰았어. 만족스럽군."

"몰아?"

중년인의 말에 염락수가 놀란 표정을 지었다. 하지만 무호성은 어느 정도 예상했다는 듯 덤덤한 표정이었다.

"자, 이제 네놈들 모가지를 딸 시간이다."

사내의 말에 염락수는 오싹한 느낌이 들었다. 지금까지 한 번도 느껴보지 못한 공포였다.

"하, 한 가지만 묻자! 도대체 왜 우리를 죽이려는 거지?"

"알면서. 당연한 것 아닌가? 우리의 대업에 걸림돌이 되기 때문이지."

"대업?"

염락수의 물음에 중년인은 대답하지 않았다. 다만 주먹을 쥐었다 폈다 하며 몸을 풀 뿐이었다.

우르릉! 콰앙!

번쩍! 쏴아아아아!

천둥번개가 치기 시작했다. 그러기를 잠시, 조금씩 빗줄기가 쏟아지기 시작했고, 삽시간에 굵어진 빗줄기는 지상의 모든 것을 적시기 시작했다.

"좋군! 아주 좋아! 죽여도 흔적 하나 남지 않겠어."

흡족한 미소를 짓던 중년인이 천천히 다가왔다. 무호성과 염락수를 쫓던 사냥개들은 더 이상 다가오지 않았다.

스윽.

무호성이 앞으로 나섰다. 대지는 축축하게 젖어가고, 공기는 습해지고 있었지만 둘 사이에는 그 어떤 것보다 강렬한 불꽃이 타오르고 있었다.

"파천문이 언제부터 이렇게 됐지?"

"굳이 알 필요는 없다. 어차피 지금까지 몰랐고 죽어서도 모를 일이니."

"절대 쉽게 죽지는 않는다."

화악!

두 사람이 동시에 서로를 향해 달려들었다. 둘 다 엄청나게 빠른 속도였지만 중년인이 빨랐다.

콰콰쾅!

한 호흡에 세 번의 격돌이 있었다. 그 이후 두 사람은 튕겨지듯 물러났다.

얼핏 보면 무승부 같아 보이는 첫 번째 충돌은 무호성의 완패였다.

코에서는 검붉은 피가 흘러내리고 있었으며, 입으로는 한 바가지는 되어 보이는 양의 피를 토해내고 있었다.

반면 중년인은 멀쩡해 보였다.

"한 수면 끝날 줄 알았는데, 생각보다 실력이 있군."

무호성이 몸을 바로 세웠다. 내상이 심했지만 참지 못할 정도는 아니었다.

"후우우."

크게 숨을 들이마셨다가 내뱉은 무호성이 차분하게 상대를 응시했다.

촤아아악!

쏟아지는 빗줄기를 뚫으며 상대가 앞으로 쏘아져 나왔다.

무호성이 내력을 끌어올려 주먹에 모았다.

퍼버버벙!

무호성의 주먹이 앞으로 뻗어나갔고, 상대가 뻗어낸 장력과 부딪쳐 공중에서 터져 나갔다.

힘을 주어 밀리지 않고 버텨낸 무호성이 빠르게 앞으로 치고 나갔다.

파앙!

파멸진혼장이 다가오는 상대의 정면으로 쏘아져 나갔다.

"이까짓 것. 흡!"

퍼엉!

손짓 한 번으로 장력을 흩어낸 중년인이 두 눈을 부릅떴다. 어느새 무호성이 지척까지 다가와 있었다.

퍼퍼펑!

"큭!"

피하기에 늦었다는 판단이 선 중년인은 내력을 끌어 모아 방어하고 반격을 꾀했다.

하지만 생각보다 강한 위력에 제대로 된 공격을 하지는 못했다.

사삭!

상대의 공격을 가까스로 피하며 흘려 버린 무호성의 주먹이 다시 펴졌다.

붕천뇌우격에 이은 파멸진혼장.

서로 다른 무공을 펼쳐 내려면 진기의 운용 역시 달라야 함에도 무호성은 그것을 자유자재로 구사하고 있었다.

퍼엉!

좋은 연격이었지만 상대는 쉽사리 장력을 흩어버렸다. 그와 동시에 무호성을 거세게 몰아치고 있었다.

퍽! 퍼퍼퍼퍽!

멸화투보를 최대한으로 펼쳐 내며 상대의 공격을 피하려 했지만 결코 쉽지는 않았다.

피하고 막으며 반격의 기회를 노렸지만 도저히 틈을 찾을 수 없었다.

콰앙!

"크악!"

무호성이 입으로 피를 분수처럼 쏟아내며 뒤로 삼 장 정도 날아가 바닥에 처박혔다.

"끄윽! 끄윽!"

무호성의 몰골은 처참했다. 옷은 여기저기 찢겨 있었고, 코와 입, 귀에서는 피가 철철 흐르고 있었다.

숨을 쉴 때마다 넘쳐 나오는 핏물이 얼굴을 덮었고, 그 피를 하늘에서 내리는 비가 씻기고 있었다.

"싱겁군. 월천의 제자가 이 정도밖에 안 되다니."

처벅! 처벅! 처벅!

중년인이 무호성에게 다가갔다.

"안 된다!"

그 앞을 염락수가 막아섰다. 무호성이 당했다. 자신이 발악을 해봤자 일초지적도 안 될 것이 자명했다.

그렇다고 해서 이대로 무호성이 죽게 놔둘 수는 없었다.

여기까지 오는 동안 목숨을 몇 번이나 살려줬는데.

절대 그럴 수는 없었다.

"비켜라!"

"그럴 수 없다!"

"죽고 싶은 모양이군."

"이 빌어먹을 새끼야! 세상에 죽고 싶은 사람이 어디 있냐!"

염락수가 발악하듯 소리를 질렀다. 빗물인지 눈물인지 모를 것이 그의 눈에서 흘러내리고 있었다.

쏴아아아아!

빗줄기가 더욱 거세졌다.

척!

염락수가 염왕도를 중년인에게 겨눴다. 절대로 물러나지 않겠다는 의지였다.

중년인의 눈에서 분노의 불길이 치솟았다. 당장에라도 눈앞에 있는 염락수를 쳐 죽일 기세였다.

"이깟 싸구려 도."

쩡!

"큭!"

중년인이 염왕도의 도면을 손가락으로 한 번 퉁겼고, 거기서 오는 엄청난 통증에 염락수는 도를 놓쳤다.

찢어진 손아귀에서 피가 흐르고 있었다.

척!

이번에는 묵혈도였다. 천으로 감겨 있었지만 그것이 묵혈도라는 것을 중년인도 알아보았다.

"내놔라."

"흥! 빼앗아봐라!"

소리치며 염락수가 중년인에게 미친 듯이 도를 휘둘렀다.

까가가가강!

하지만 염락수의 공격이 그에게 먹혀들 리 없었다. 아무리 지척이라 하여도.

상대는 귀찮다는 듯 가볍게 손으로 휘두르며 공격을 막아냈다.

그래도 염락수는 쉬지 않고 계속 도를 휘둘렀다.

처절하다 못해 안쓰럽다는 생각까지 들 정도였다.

"헉! 헉! 헉!"

한참 동안 도를 휘두르던 염락수가 동작을 멈추고 거칠게 숨을 몰아쉬었다.

"끝났나? 그럼 죽어라."

퍼억!

"크윽!"

가볍게 휘두른 손에 맞은 것뿐인데 염락수는 그대로 옆으로 날아가 나무에 부딪쳐 쓰러졌다.

그나마 익혀둔 외공이 있었기에 망정이지 아니었으면 기절했을 것이다.

"안 돼!"

이를 악물고 고통을 참으며 일어선 염락수가 다시 달려와 앞을 막았다.

중년인은 기가 찬다는 듯 염락수를 바라보더니 다시금 손을 휘둘렀다.

퍼억!

"크악!"

역시나 손짓 한 번에 날아가 쓰러진 염락수였다. 이번에는 조금 더 강했는지 코에서 피가 흐르고 있었다.

"안 돼… 컥! 크흑!"

안 된다고 소리치며 일어서려 했지만 지독한 통증이 그의 발목을 잡았다. 그러는 사이 어느새 중년인은 무호성 앞에 서 있었다.

"이놈이나 저놈이나 짜증나는 놈들이군."

그렇게 말하는 중년인의 발 앞에는 겨우 숨만 붙어 있는 무호성이 쓰러져 있었다.

"끄아아아아!"

그때 염락수가 미친 듯이 소리를 질렀다. 울분이 함께 섞인 포효 같기도 했다.

"절대 안 돼!"

어느새 묵혈도를 감았던 천은 다 풀어져 있었다.

"이젠 짜증이 나는구나."

무호성의 목숨을 끊으려던 중년인의 시선이 염락수에게로 옮겨갔다.

"음?"

염락수의 두 눈이 뻘겋게 충혈되어 있었다. 그리고 몸에서 뿜어져 나오는 기도 역시 아까와는 전혀 달랐다.

"절대 안 돼! 절대 안 된다!"

그렇게 말하는 염락수는 전혀 다른 사람 같았다.

"저것 때문인가?"

중년인이 염락수의 손에 있는 묵혈도를 바라보았다. 투명하게 변해 있는 묵혈도. 그것 때문이 아니라면 이러한 변화를 설명할 수가 없었다.

"크아아아!"

다시 한 번 포효하며 염락수가 중년인에게 달려들었다. 아까와는 비교도 안 되는 속도였다.

"헛!"

중년인이 헛바람을 들이켜며 무호성으로부터 떨어졌다. 그리고 그 자리에 염락수가 내려앉았다.

"미친놈. 눈에 뵈는 것이 없는 모양이구나."

중년인이 화가 난 듯 염락수에게로 걸어갔다. 하지만 염락수의 움직임이 더 빨랐다.

쾅!

"큭!"

처음으로 중년인의 입에서 신음이 터져 나왔다.

염락수가 휘두른 묵혈도를 내력을 끌어올려 막았지만 그 충격에 아주 약간의 내상을 입었기 때문이다.

'내력에서 밀린다고? 내가? 나 고겸이?'

고겸은 믿을 수 없다는 표정으로 염락수를 바라보았다. 하지만 마냥 넋 놓고 바라볼 수만은 없었다.

염락수가 다시 움직이기 시작한 것이다.

그것을 본 고겸이 사나운 표정을 짓고는 양손에 내력을 가득 모았다.

붉은색 수인이 맺힌 두 손을 염락수를 향해 뻗었다.

까가강!

묵혈도와 수인이 어지럽게 뒤섞였다. 잔뜩 성이 나서 매서운 공격을 퍼붓는 고겸이었지만 놀랍게도 염락수는 그것을 곧잘 받아치고 있었다.

'이것만큼은 사용하지 않으려 했건만.'

까앙!

자신을 향해 내려쳐지는 묵혈도를 강하게 퉁겨 올린 고겸의 두 손이 재빠르게 등 뒤로 사라졌다가 나타났다.

그의 손가락 사이에는 자그마한 구슬들이 끼워져 있었다.

펑펑펑!

순식간에 세 개의 구슬이 염락수에게 쏘아졌다.

펑장히 빠른 속도였지만 염락수는 있는 힘껏 묵혈도를 휘둘러 그것을 받아쳤다.

"크악!"

두 개는 막아냈지만 결국 하나는 막아낼 수 없었다.

허벅지를 뚫고 지나간 구슬 때문에 다리에 힘이 풀린 염락수가 한쪽 무릎을 꿇었다.

"운이 좋은 놈이군. 하지만 그것도 여기까지다. 이번에는 심장을 뚫어 주마!"

피피핑!

또다시 고겸의 손에서 세 개의 구슬이 날아갔다. 이번에도 염락수가 묵혈도를 휘둘렀지만 구슬 하나 막아내기에도 힘에 벅찼다.

퍼퍽!

결국 막아낸 하나의 구슬을 제외한 나머지 두 개의 구슬은 각각 왼쪽 어깨와 오른쪽 가슴에 박혀들었다.

"끄아아아!"

염락수가 비명을 질렀다. 그나마도 빗소리에 묻혀 멀리까지 나아가지 못했다.

"이제 마무리다!"

피잉!

마지막으로 날린 구슬이 정확하게 염락수의 심장을 향해 날아갔다.

더 이상 막을 힘도 없는지 염락수는 미동도 하지 않았다. 투명했던 묵혈도 역시 점차 원래의 묵빛으로 되돌아가고 있었다.

"음?"

고겸이 잔뜩 인상을 찌푸렸다. 누군가가 염락수의 앞에 선 것이었다.

"묵혈도, 그리고 혈류환(血流丸)인가? 이것들이 어째서 중원에 돌아다니는 것인가?"

염락수의 앞을 막아선 사내의 손에는 방금 전에 고겸이 던진 혈류환이 잡혀 있었다.

"누구냐!"

"이곳은 장강의 영역이다. 몰랐나?"

"구벽강?"

구벽강은 장강수로채의 채주였다. 세상 사람들은 그의 실력이 능히 삼존(三尊)의 바로 밑인 오왕(五王)에 필적한다고 생각하고 있었다.

"알았으면 썩 꺼져라!"

구벽강의 말에 고겸이 인상을 찌푸렸다.

"아무리 이곳이 장강의 영역이라고는 하나 그대와는 상관없는 일. 비키시오!"

"내 영역에서 내 허락 없이 피 보는 일을 묵과할 수는 없지."

구벽강의 몸에서 무시무시한 기세가 뻗어 나왔다. 고겸이 긴장한 표정으로 소리쳤다.

"쳐라!"

사사삭!

그러자 주변을 둘러싸고 있던 검은 인영들이 구벽강을 향해 달려들었다. 두려움이라고는 전혀 없는 모습이었다.

"감히 더러운 것들이!"

콰콰콰콰콰!

구벽강의 손짓 몇 번에 그들이 힘없는 낙엽처럼 나가떨어졌다.

그것을 본 고겸이 이를 악물고 혈류환을 흩뿌렸다.

피핑!

두 개의 혈류환이 빠른 속도로 구벽강을 향해 날아갔다. 표정 변화 없이 그것을 바라본 구벽강이 천천히 손을 들어 올렸다.

쩡!

무언가에 부딪치는 소리와 함께 강맹한 기세로 날아가던 혈류환이 바닥에 떨어졌다.

"이깟 장난감으로 나를 어쩔 수 있을 거라 생각지 마라."

우우웅!

갑자기 바닥에 떨어졌던 혈류환이 그의 손짓에 따라 허공으로 떠올랐다.

그에 놀라 눈을 부릅떴던 고겸은 잠시 후 엄청난 통증과 함께 뒤로 넘어갔다.

어느 순간 날아온 혈류환이 그의 전신을 뚫고 지나간 것이

었다. 그것들 중 하나는 정확하게 그의 이마를 관통하고 지나
갔다.

그 자리에 서 있는 사람은 구벽강밖에는 없었다. 구벽강은
무심한 눈으로 염락수와 무호성을 바라보았다.

딱 봐도 위험한 상태라는 것을 알 수 있었다. 게다가 비까지
맞아 체온이 급격하게 떨어지고 있었다.

파파팍!

순식간에 두 사람의 혈 몇 곳을 짚은 구벽강이 가볍게 그들
을 짊어지고 몸을 날렸다.

쏴아아아아!

구벽강과 무호성, 염락수가 사라지고 난 그 자리를 폭우만
이 가득 메우고 있었다.

눈을 뜬 무호성은 뭔가 출렁거리는 느낌에 의아한 생각이
들었다. 살아 있는 것은 분명한데 뭔가 느낌이 이상했기 때문
이다.

"아직도 정신을 못 차린 건가?"

그렇게 중얼거린 무호성이 힘겹게 몸을 일으켰다. 지독한
부상 때문에 몸을 일으키는 것조차 굉장히 힘들었다. 어느새
그의 이마에 땀방울이 송골송골 맺혀 있었다.

"깨어났구먼!"

누군가 문을 열고 들어왔다.

나이는 대략 오십 정도 되어 보였는데, 장난기가 얼굴에 가

득 담긴 사람이었다. 제법 탄탄한 근육이 눈에 띄었다.

그 문 뒤로 보이는 풍경에 무호성은 지금 자신이 배에 타고 있다는 사실을 알 수 있었다.

"구명의 은(恩)은 꼭 갚겠습니다."

갑작스런 무호성의 말에 안으로 들어온 중년인은 눈을 동그랗게 떴다. 그러더니 이내 웃으면서 답했다.

"뭔가 착각을 한 모양인데, 그 인사는 내게 할 것이 아니라 채주에게 해야 된다고."

"채주?"

'배에 타고 있으니 수로채인가?'

그렇게 생각한 무호성이 고개를 끄덕였다.

"아직 몸이 완전치 않을 걸세. 당분간은 몸조리 잘하는 것이 좋아."

"감사합니다."

그가 나가고 무호성은 다시 누웠다. 눕는 것도 힘이 들어 한참을 고생한 뒤에야 잠에 들 수 있었다.

이틀을 꼬박 잔 무호성은 전보다 몸을 일으키기가 쉽다는 것을 느꼈다.

그가 자고 있는 사이 파천화진공이 끊임없이 움직이며 내, 외상을 치료했기 때문이다.

게다가 무호성의 봇짐 속에 있던 금창약을 누군가가 계속해서 발라준 것 같았다.

"이제 좀 움직일 만하군."

무호성이 중얼거리며 몸을 이리저리 움직여 보았다. 아직 조금씩 쑤시기는 했지만 그럭저럭 움직일 만했다.

끼이익!

그때 삐걱대는 문이 열리고 그때의 중년인이 안으로 들어왔다.

"여! 잠꾸러기! 잘 잤나? 음? 이제 좀 움직일 만하나 보지?"

"덕분에 많이 좋아졌습니다."

"내가 한 게 뭐가 있다고. 그래도 고맙다고 하겠다면 괜찮다고 말하고 싶네. 껄껄껄!"

무호성은 그가 평범한 사람 같아 보이지는 않았다.

"그런데 성함이……."

"아, 내 이름? 내 이름은 공보(公寶)라네. 굳이 해석하자면 널리 보배 같은 사람이 되어라. 뭐 그런 뜻이네만."

공보의 말에 무호성이 미소를 지었다. 그러다가 문득 염락수가 떠올랐다.

"저와 함께 있던 사람은 어떻게 됐는지 아십니까?"

"아, 그 덩치 큰 곰 말인가? 아직도 자고 있네, 옆방에서. 덩치는 곰 같은데 약골이야. 쯧쯧쯧."

공보의 말에 무호성이 안도의 한숨을 내쉬었다.

"그런데 채주님은 어디에 계십니까?"

"채주님? 아마 갑판 위에 계실 걸세. 왜, 가보려고?"

"감사의 말을 해야 할 것 같아서 그렇습니다."

"안 그래도 되는데. 굳이 가겠다면야 나를 따라오게."

공보가 먼저 밖으로 나갔다. 무호성이 아직 조금 불편한 몸을 이끌고 그를 따라나섰다.

"저기, 개폼 잡고 서 있는 사람 보이는가? 저 사람이 우리 채주라네."

공보의 말에 무호성은 깜짝 놀랐다. 생각보다 꽤 젊어 보였기 때문이다.

삼십대 중반이나 되었을까 말까 한 외모에 우람한 근육의, 분위기 있는 사내였다.

"어떤가? 우리 채주가 좀 젊지 않은가?"

"굉장히 젊습니다. 저분이 우리를 구했습니까?"

"암! 그렇다마다!"

그렇게 대답하고서 공보가 미소를 지었다.

쿵!

"으악!"

"헛소리 그만 해라, 공보."

"흐익!"

갑자기 누군가가 공보의 머리를 때렸고, 그를 본 공보가 깜짝 놀라 뒤로 물러섰다.

갑판 위에서 멋있게 장강을 바라보던 사내 역시 당황한 듯 서둘러 갑판에서 내려왔다.

"채, 채주!"

'채주?'

갑판에 서 있던 사내를 채주로 알고 있던 무호성은 상황이 어떻게 돌아가는 것인지 몰라 어리둥절한 표정을 지었다.

그러자 눈치를 살피던 공보가 시무룩한 표정으로 설명했다.

"이분이 우리 채주님이시고, 저쪽에 서 있던 그놈은 그냥 우리 배에 타고 있는 놈일세. 그냥 장난 한번 쳐본 걸 가지고!"

"너도 곧 쉰다."

구벽강의 말에 공보가 슬쩍 눈을 흘기고는 사라졌다. 잠시 방금 전의 상황을 머릿속으로 정리하던 무호성이 구벽강에게 인사했다.

"목숨을 구해주셔서 감사합니다."

"연이 닿아 한 일일 뿐이다. 마음에 두지 않아도 된다."

"그래도 구명지은(求命之恩)은 어떤 것으로도 보답하기 어려운 법입니다."

무호성의 말에 구벽강은 아무런 대답도 하지 않았다. 대신 장강을 바라보며 말했다.

"구명의 은은 구명으로 갚는 법이지."

구벽강이 하는 말의 뜻을 제대로 알아듣지 못한 무호성은 그 말을 그냥 그러려니 하고 넘겼다.

"너를 끝까지 지키려던 그자, 아쉽지만 더 이상 무인의 삶을 살 수가 없게 되고 말았다."

구벽강의 말에 무호성의 두 눈이 커졌다. 그가 말하는 사람이 염락수라는 사실을 알기 때문이었다.

"그 정도입니까?"

"그래. 가보겠나?"

무호성이 고개를 끄덕였다.

"공보."

그러자 한쪽에서 두 사람을 몰래 지켜보던 공보가 움찔하며 모습을 드러냈다.

"뒤통수에도 눈이 달린 사람이라니까."

그렇게 투덜거리며 다가온 공보가 무호성을 바라보며 말했다.

"가세."

무호성이 무거운 표정으로 그의 뒤를 따랐다. 구벽강은 표정의 변화 없이 강바람을 맞으며 서 있었다.

공보를 따라 염락수가 누워 있는 곳으로 들어간 무호성은 깜짝 놀라 아무런 말도 하지를 못했다.

온몸을 붕대로 칭칭 감고 있었고, 안색도 창백했다. 언제나 우렁찬 목소리로 욕을 해대던 그의 모습은 조금도 찾아볼 수가 없었다.

"사지가 많이 상했네. 그 혈류환인지 뭔지에 당한 상처가 굉장히 심했어. 내상도 심하고. 무슨 연유에서인지 단전도 너덜너덜해져서 더 이상 무공을 사용하기는……."

공보의 말을 들으며 무호성은 천천히 염락수가 누워 있는 침상 쪽으로 다가갔다.

가까이 갈수록 그 거대하던 몸이 한없이 작게만 보였다.

"채주 말을 들어보니 끝까지 싸웠다고 하던데……."

보지 않아도 듣지 않아도 알 수 있었다. 자신이 쓰러지고 끝이라고 생각했을 때에도 염락수는 싸웠으리라.

안 될 걸 알면서도.

죽을 걸 알면서도.

그래도 끝까지 싸웠을 것이다.

"내가 뭐라고."

눈앞이 뿌옇게 흐려졌다. 어떤 심정이었을까. 굉장히 아팠을 텐데. 악연으로 시작된 인연. 고작 그것 때문에 염락수는 목숨을 걸었다.

너무 미안했다.

"자네, 괜찮은가?"

공보가 안쓰러운 듯 물었다. 무호성은 대답도 하지 않고 그 앞에 서 있었다.

"외상은 거의 다 치유됐네. 아직 내상이 심하지만 그건 시간이 해결해 줄 걸세."

공보의 말에 무호성은 고개를 끄덕였다. 자신이 할 수 있는 건 없었다.

"나가세. 여기에 더 있으면 쉬는 데 방해가 될지도 모르니. 물론 우리가 여기에 있든 없든 모르겠지만."

공보의 말에 무호성이 몸을 돌렸다. 그들이 밖으로 나가고 방 안에는 염락수의 숨 쉬는 소리만이 작게 들렸다.

"고겸이 죽었습니다."

"고겸이? 그를 너무 과소평가한 것인가?"

"그런 것은 아닙니다만, 조력자가 있었습니다."

"조력자?"

"예. 수로채주가 나타났습니다."

"음. 하필 거기서 왜 수로채주가. 그럼 고겸 역시 그가 죽였 겠군."

"그렇습니다."

"그들은?"

"일단은 초주검이 된 것으로 확인했습니다. 수로채주가 데 려가기는 했지만 쉽게 회복될 성질의 부상은 아닌 듯합니다."

"그래도 파천화진공이라면 모를 일이다."

"명심하겠습니다. 그리고 이것, 고겸의 품에 있던 겁니다."

"서찰?"

"무호성이 전해주라 했다고 합니다. 월천의 서찰이라고 합 니다. 비에 젖어 몇몇 글자는 잘 보이지 않지만 그래도 대략 내용은 알 수 있을 겁니다."

"알겠네. 더 이상의 추적은 힘든가?"

"물길을 이용해서 강소성을 빠져나간다 하여도 안심할 처 지는 아닐 겁니다. 부상 회복도 더딜 것이고 안휘성으로 들어 간다 하여도 녹림이 있습니다."

"남궁세가에서 가만히 있지는 않을 텐데?"

"미리 손써두겠습니다."

"실패는 없어야 할 것이다."

"그럴 일은 없을 겁니다."

"금가장은? 천하상단의 손에 맡겨두기에는 시간이 없어."

"벌써 손썼습니다. 십삼혈령을 보냈으니 아마 지금쯤이면 끝이 났을 겁니다."

"잘했다. 대업에 차질이 없도록 진행하라."

"알겠습니다."

*　　　*　　　*

무호성은 수로채의 도움을 받아 안휘성까지 가기로 했다. 어차피 지금의 몸 상태로는 몸 성히 강소성을 벗어날 수 없었다.

수로채의 도움을 받는다면 안휘성까지는 안전하게 갈 수 있을 터였다.

무호성은 침상에 앉아 운기를 하고 있었다.

다행스럽게도 기혈은 안정되어 있었다. 다만 내상을 치유하느라 진기의 흐름이 많이 약해져 있었다.

한시라도 빨리 원래의 몸 상태를 회복해야 다음 일을 생각할 수 있을 것이다.

"후우."

소주천과 대주천을 마친 무호성이 눈을 떴다. 내상은 거의 다 회복이 된 상태지만 아직까지는 진기의 흐름이 약했다.

하지만 아직 안휘성까지는 닷새 정도의 시간이 남았다고 하니 여유롭게 생각하기로 마음먹고 자리에서 일어났다.

문을 열고 밖으로 나가려는 순간 갑자기 공보가 문을 박차고 들어왔다.

"깨어났네! 깨어났어!"

공보의 말에 놀란 무호성이 서둘러 밖으로 달려나갔다. 그리고는 염락수가 누워 있는 방으로 뛰어들어 갔다.

"대장……."

염락수의 목소리에는 힘이 없었다. 하지만 깨어났다는 사실만으로도 무호성은 너무나 기뻤다.

"그래."

무호성이 울컥하는 것을 참으며 차분하게 말했다.

"어떻게 된 겁니까? 몸도 잘 안 움직이고. 내 몸이 아닌 것 같습니다. 무겁기만 하고. 눈앞도 뿌옇고."

몸 안에 지니고 있던 내력이 사라지면서 보통 사람보다 좋았던 신체의 기능이 저하되었기에 그렇게 느끼는 것이었다.

무호성은 차마 그 말을 입 밖으로 낼 수가 없었다.

"아직 완쾌가 안 돼서 그럴 거야. 좀 더 쉬어. 그러면 괜찮아지겠지."

"대장은 괜찮은 겁니까?"

"그래. 괜찮아."

"다행입니다. 정말 다행입니다."

그렇게 말한 염락수가 입가에 미소를 지으며 다시 잠들었
다.

"흑! 흑! 흑!"

끝내 무호성은 눈물을 참지 못했다. 공보가 다가와 그의 어
깨를 다독여 주었다.

"강해지게. 그래서 이렇게 만든 놈들 다 쓸어버리는 거야.
강해지게."

공보의 말에 무호성은 눈물을 흘리며 고개를 끄덕였다.

그렇게 무호성과 염락수를 태운 배가 안휘성을 향해 미끄러
지듯 물결을 타고 나아가고 있었다.

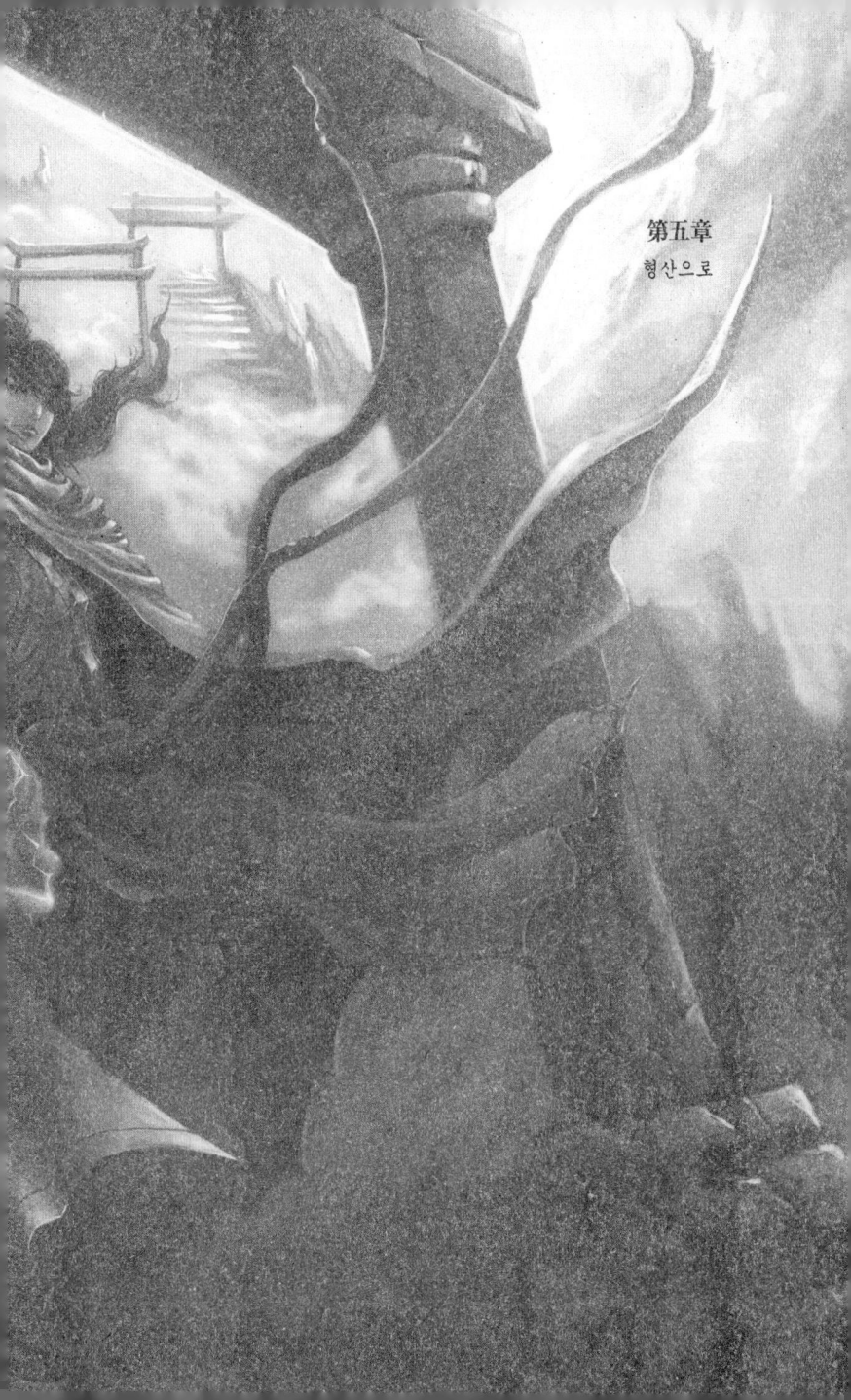

第五章

형산으로

신권무쌍

"안 돼."

무호성의 단호한 말에 염락수의 얼굴이 구겨졌다. 물론 몸이 정상이 아닌 상태에서 무호성과 함께 이동한다는 것이 무리라는 것을 알고는 있지만 산에서 생활하던 그가 배에서 생활한다는 것은 쥐약이나 다름없었다.

깨어나서 안휘성에 도착하기까지 나흘 동안 염락수는 멀미 때문에 굉장한 고생을 했다.

"몸조리나 잘하고 있어. 지금 상태에서 수로채보다 안전한 곳은 없으니까."

무호성의 말에 염락수가 마지못해 고개를 끄덕였다.

"잘 부탁드립니다."

무호성의 말에 구벽강은 짧게 고개를 끄덕였고, 공보는 양손을 흔들며 소리쳤다.

"다음번에는 술도 한잔하세!"

무호성이 스무 살이라는 것을 안 공보가 그동안 술 한잔하자고 그렇게 꾀었지만 몸이 완전하지 않아 계속 거절을 해온 무호성이었다.

"다음번에는 꼭 한잔하도록 하겠습니다."

무호성의 말에 공보가 만족스런 미소를 보이며 더욱 힘차게 팔을 흔들었다.

장강을 따라 안휘성 화현(和縣)에서 내린 무호성은 서둘러 남궁세가로 방향을 잡았다.

그의 등에는 묵혈도가 메어 있었고, 그 뒤로 짊어진 봇짐 안에는 혈뢰환과 멸살쌍검이 들어 있었다.

그 물건들이 어디서 나타난 것인지 확인하려면 아무래도 남궁도백에게 물어보는 것이 가장 빠를 것 같았다.

화현에서 합비로 이어지는 관도를 따라 빠른 속도로 달려가던 무호성은 숲이 우거진 길이 보이자 발걸음을 멈추었다.

왠지 불길한 예감이 온몸을 휘감았지만 어쩔 수 없이 지나가야 하는 길이었기에 최대한 긴장을 하며 발걸음을 내디뎠다.

그렇게 한 식경 정도 길을 걸었을 때 무호성의 불길한 예감은 현실이 되었다.

앞에 나타난 한 명의 사람. 복장이나 외관으로 봐서 녹림이 분명했다.

"염락수는 어디 있나?"

"나와 떨어져 스스로 갈 길을 갔으니 찾지 마시오."

상대가 인상을 찌푸렸다. 그러다가 무호성의 등에 있는 묵혈도에 시선이 닿았다.

"그 도, 낯이 익군."

"그렇소?"

"그렇다면 혈뢰환과 멸살쌍검도 가지고 있다는 뜻인데?"

"그렇소. 하지만 그건 당신들 물건이 아니지 않소?"

"좋은 것을 탐하는 것은 녹림도의 기본 습성이지."

상대가 노골적으로 나왔다. 그에 무호성이 주먹을 쥐며 말했다.

"뺏을 수 있으면 빼앗아보시오."

"고작 그 세 놈 이겼다고 기고만장하면 큰 코 다친다, 꼬마."

상대의 말에 무호성이 인상을 찌푸렸다. 전에 만났던 세 명의 채주보다 실력이 더 뛰어난 듯 보였기 때문이다.

게다가 자신의 몸은 아직 정상이 아니었다.

'싸움이 끊이질 않는구나.'

그렇게 생각하며 내력을 끌어 모으고 있을 때 뜻밖의 사람들을 만나게 되었다.

"무 소협?"

무호성의 뒤에서 모습을 보인 사람은 남궁세가 백호대 대주인 궁유평이었다.

그 뒤로 백호대원 스무 명의 모습도 보였다.

"아, 오랜만입니다."

남궁세가에서 스치듯 보았던 얼굴이 지금은 굉장히 반가운 무호성이었다.

"그런데 무슨 일입니까?"

궁유평이 무호성을 향해 살기를 풀풀 날리고 있는 남자를 한 번 쳐다보고는 말했다.

"녹림입니다. 자세한 것은 세가에 가서 말씀드리겠습니다."

무호성의 말에 궁유평과 백호대원들이 사내를 노려보았다.

스무 명 이상의 고수들이 내뿜는 기세에 밀린 사내가 뒤로 물러서며 말했다.

"그 물건들, 꼭 받아내겠다."

"그러시던지."

여유가 생긴 무호성이 심드렁하게 대꾸했다. 차가운 눈빛으로 무호성을 한 번 노려본 그가 숲 속으로 사라졌다.

"정말 기가 막힌 우연입니다."

무호성이 안도의 한숨을 내쉬며 말했다. 그러자 궁유평이 의아한 표정을 지으며 말했다.

"인근 지역을 순찰하고 돌아가던 중이었습니다. 그런데 무소협 정도면 저런 녹림도 따위는 쉽게 이길 수 있지 않습니까?"

"단순한 녹림도가 아닙니다. 어느 산채인지는 모르겠으나 채주임이 분명합니다. 게다가 지금 제 몸은 정상이 아닙니다."

하지만 무호성이 지금까지 어떤 일을 겪었는지 알 리 없는 궁유평은 여전히 모르겠다는 표정을 지었다.

"일단 세가로 가시지요. 안 그래도 언제쯤 오실지 가주님께서 기다리고 계셨습니다."

"무슨 일이 있습니까?"

무호성의 물음에 궁유평이 안색을 굳혔다. 그리고는 침울한 어조로 대답했다.

그의 입에서 튀어나온 말에 무호성은 깜짝 놀랄 수밖에 없었다.

"금가장이 큰 화를 당했습니다."

서둘러 백호대와 함께 남궁세가로 돌아온 무호성은 우선 금영령과 금자천이 있는 곳으로 달려갔다.

가주인 남궁여호부터 찾아가는 것이 순리겠지만 지금은 그런 것을 따질 겨를도 없었다.

쾅!

무호성이 문을 박차고 들어갔다. 안에는 금자천과 금영령이 침통한 표정으로 앉아 있었다.

'후우……'

그들이 무사한 것을 확인한 무호성이 작게 안도의 한숨을 내쉬었다.

"너?"

"어떻게 된 거야?"

무호성을 본 금영령이 놀란 표정으로 무호성을 바라보았다. 금자천 역시 의외라는 듯 무호성을 바라보았다.

"어떻게 된 거냐니까?"

무호성이 재차 물었다. 그러자 금영령이 힘 빠진 목소리로 자초지종을 설명하기 시작했다.

어느날 정체불명의 적들의 습격에 금가장이 무너졌다는 것이었다.

그녀의 이야기를 들으며 무호성은 파천문을 떠올렸다.

'금가장에 뭔가 있었어.'

엄사벽은 아니라고 했지만 이번 일로 확신할 수 있었다. 금가장에 그들이 노리는 무언가가 있었고, 천하상단으로 하여금 금가장을 흡수하게 하여 무리 없이 그것을 손에 넣으려 한 것이 분명했다.

무호성은 이것저것 더 묻고 싶었지만 그들이 더 이상 뭔가를 애기할 수 있는 상태가 아닌 것 같아 입을 다물었다.

"쉬어. 갈게."

그렇게 말한 무호성이 밖으로 나왔다. 금영령의 눈에서 또 다시 눈물이 흘러내리고 있었다.

금영령과 금자천의 거처에서 나온 무호성은 곧장 남궁여호에게로 향했다.

그의 거처로 들어가자 기다리고 있었다는 듯 남궁여호가 자리를 권했다.

"왔다고 들었는데."

"예, 조금 전에 도착했습니다."

"금가장 얘기는 들었겠지?"

"예. 지금 보고 오는 길입니다."

"그렇구먼."

남궁여호의 안색이 어두웠다.

"그래, 갔던 일은 잘됐나?"

"그것 때문에 드리고 싶은 말씀이 있습니다. 가능하다면 어르신도 함께 계셨으면 합니다."

드르륵!

"안 그래도 여기 왔다."

무호성의 말이 끝나기가 무섭게 문이 열리며 남궁도백이 들어왔다. 그 역시도 무호성이 왔다는 소식을 듣고 온 것이었다.

"오랜만에 뵙습니다."

"그래, 오랜만이구나."

남궁도백이 무호성의 곁에 앉았다. 그러자 무호성이 봇짐 속에서 혈뢰환과 멸살쌍검을 꺼냈다.

"여기 있는 묵혈도와 혈뢰환, 멸살쌍검을 혹시 아십니까?"

"이, 이건 어디서 났느냐?"

남궁도백은 상당히 놀란 기색이었다. 말까지 더듬으며 묻고 있었다.

"남궁세가를 떠나고 염락수와의 일을 마무리 짓기 위해서 비룡채를 찾아갔었습니다. 그런데……."

무호성이 염락수와 싸우고 비룡채를 해산시킨 일부터 세 명의 채주를을 만나 이 물건을 회수하기까지의 일들을 모두 들려주었다.

"녹림이 어떻게 이것들을?"

"알고 계십니까?"

무호성의 물음에 남궁도백이 고개를 끄덕이며 대답했다.

"이 물건들은 혈교의 것이다. 오십 년 전 네 사부님이 전쟁을 끝낸 이후로 한 번도 등장하지 않았던 물건들이다."

남궁도백은 긴장하고 있었다. 혈교가 발호하고 어떤 일이 있었는지 똑똑히 기억하고 있었기 때문이다.

"게다가 파천문 근처에는 가보지도 못했습니다."

이번에는 무호성이 강소성에서 있었던 일들을 털어놓았다. 고겸과 싸우다가 목숨을 잃을 뻔했던 것을 구벽강에게 구함받아 여기까지 온 것을 모두 설명했다.

"그간 많은 일이 있었군."

남궁여호의 말에 무호성이 고개를 끄덕였다.

"이번 금가장의 일도 이와 관련이 있는 것이 아닌가 하는 생각이 듭니다."

"음……."

남궁도백이 심각한 표정을 지었다. 그러다가 자신의 생각이 틀렸기를 바라면서 입을 열었다.

"일단은 상황을 자세히 알아볼 필요가 있겠구나. 네 사부님의 서찰에 뭐라고 적혀 있었는지는 모르고?"

"예. 읽어보지 않았습니다."

"그랬겠지. 아쉽구나. 뭔가 단서가 될지도 모르는데."

남궁도백의 말에 무호성 역시 고개를 끄덕였다. 화현에서 이곳 합비까지 오는 동안 그런 생각을 많이 했다.

"일단은 좀 쉬는 것이 좋겠구나. 그런 일이 있었다면 아직 몸이 성치 않을 테니."

남궁도백의 말에 무호성이 고개를 끄덕이며 자리에서 일어났다.

"밖으로 나가면 시비가 쉴 곳으로 데려다 줄 걸세. 필요한 것이 있으면 그 아이에게 부탁하고."

"알겠습니다."

무호성이 밖으로 나갔다. 그리고 남궁도백의 긴 한숨이 이어졌다.

하루를 푹 자고 일어난 무호성은 개운한 느낌에 미소를 지으며 밖으로 나왔다.

해는 벌써 중천에 떠 있었다. 이렇게 마음 편히 잠을 잔 것이 언제인지 기억이 잘 나질 않았다.

가볍게 몸을 푼 무호성은 곧장 금영령과 금자천의 거처로 발걸음을 옮겼다.

"어?"

중간 정도 갔을까? 눈앞에 익숙한 사람이 보였다. 금영령이었다. 밤새 또 울었는지 두 눈이 퉁퉁 부어 있었다.

"좀 어때?"

"모르겠어. 아무 생각도 안 나고 멍해."

그녀의 말에 무호성이 작게 한숨을 쉬었다. 이럴 때는 어떤 위로의 말을 건네야 할지 도통 알 수가 없었다.

"좀 걸을까?"

무호성의 말에 고개를 끄덕인 그녀가 그와 나란히 걸었다. 아직 무호성의 키가 좀 더 작았다.

"아직도 내가 더 작네."

"그래?"

그녀가 슬쩍 무호성을 바라보았다. 무호성의 키는 아직까지 그녀의 귀 언저리까지밖에 오지 않았다.

"자존심 상해. 여자보다 작다니."

"그러게, 내가 동생 하라고 했잖아."

"내가 오빠야."

무호성의 말에 금영령이 보일 듯 말 듯한 미소를 지었다. 그 것을 놓치지 않은 무호성 역시 미소를 지었다.

"그래도 다행이야."

"뭐가?"

"이렇게 의탁할 곳이 있잖아."

무호성의 말에 금영령이 무슨 뜻이냐는 듯 무호성을 바라보 았다.

"난 그럴 곳이 없었거든."

그렇게 말하는 무호성의 표정이 살짝 어두워졌다. 하지만 이내 밝은 표정을 지으며 말했다.

"조금은 모진 말처럼 들릴지 모르겠지만 산 사람은 어떻게 해서든 살아야지. 스스로가 털고 일어나야 돼."

"알아. 아는데… 그게 잘 안 돼. 너무 힘들어."

금영령이 울먹였다. 그런 감정을 잘 알기 때문에 무호성은 말없이 그녀의 말을 들어주었다.

"아직도 밤마다 비명 소리가 들려. 불타는 금가장도 보이고. 도저히 잠을 못 자겠어. 힘들어, 너무 힘들어."

결국 금영령이 눈물을 흘렸다. 무호성이 가만히 손으로 그녀의 눈물을 닦아주었다.

"울지 마. 예쁜 얼굴에 주름 생길라."

무호성의 말에 금영령이 얼굴을 살짝 붉히며 미소 지었다.

"그래. 안 울게. 강해져야지."

그녀의 말에 무호성도 미소를 지었다.

"하~ 속이 좀 편해졌어. 고마워."

"뭘, 그러려고 찾아온 거 아니었어?"

무호성의 말에 금영령이 잠깐 생각에 잠겼다. 왜 무호성을 찾아왔는지 자신도 모를 일이었다.

"그러고 보니까 너, 반말하지 말라고 했지? 혼날래?"

그렇게 말하며 그녀가 환하게 웃었다. 그 모습에 무호성도 웃으면서 대꾸했다.

"내가 오빠라니까!"

무호성도 웃고 금영령도 웃었다. 무호성은 문득 그녀가 웃는 모습이 참 예쁘다는 생각을 했다.

무호성이 남궁세가에 온 지 열흘이 지났다.

남궁여호와 남궁도백은 무호성의 이야기를 바탕으로 여러 가지 조사를 시작했다.

파천문과 녹림, 금가장을 둘러싼 사건들이 하나의 중심으로 귀결되고 있다는 것은 알게 되었지만, 그것이 정확히 어떤 것인지는 아직까지 파악하지 못하고 있었다.

그러는 동안 무호성은 자신의 거처에 틀어박혀 무공 수련에 열중했다.

어느 정도 몸이 회복되자 오성에서 멈춰 있는 파천화진공을 육성으로 끌어올리기 위해 노력했다.

하지만 수련을 시작하고 사흘이 지나도록 약간의 변화도 없어 답답하기만 했다.

하지만 무호성은 조급하게 생각하지 않기로 했다.

일단은 강해져야 다가올 적들을 상대할 수 있다는 생각 때문이었다.

'과연 육성의 벽은 뚫기가 어렵구나.'

오성의 벽을 넘을 때에는 무의식 속에서 이뤄진 것이기 때문에 크게 실감이 나지를 않았다.

"후우……."

운기를 마친 무호성이 호흡을 가다듬으며 눈을 떴다. 확실히 내상이 완치되면서 진기의 흐름 역시 예전처럼 활발해졌다.

하지만 거기에 만족할 수 없는 그였다.

"끝났어?"

"왔네?"

금영령이 조심스럽게 다가오며 물었다. 지난 열흘 동안 무공 수련을 하는 틈틈이 그녀와 대화를 나눈 까닭에 금영령은 지금 많이 좋아져 있었다.

그런 변화에 금자천도 무호성에게 많이 고마워하고 있었다.

"성과는 좀 있어?"

"아직. 하지만 쉬우면 무공이 아니겠지."

무호성의 말에 금영령이 고개를 끄덕였다.

"이렇게 뜨거운데 햇볕을 그대로 맞으면서 수련했어? 땀나는 것 좀 봐."

그러면서 금영령이 하얀 천으로 무호성의 땀을 닦아주었다.

"괜찮아. 씻으면 되니까. 그늘로 가자."

금영령이 고개를 끄덕이며 무호성과 함께 그늘로 자리를 옮겼다.

"살이 좀 올랐네? 확실히 마음고생을 좀 덜어서 그런가?"

"그래? 살찌면 안 되는데."

금영령이 자신의 볼 살을 만져 보며 중얼거렸다.

"살 좀 찌면 어때. 그리고 너 지금 너무 말랐어. 보기 안쓰러울 정도라니까."

"그래도 안 돼."

단호한 그녀의 어투에 무호성이 혀를 내둘렀다.

'여자들은 원래 그런가?'

그렇게 생각하고 있을 때 금영령이 그대로 뒤로 누웠다. 파릇한 풀이 자라고 있어 꽤 폭신한 듯했다.

"너도 누워봐. 기분 굉장히 좋아."

그녀의 말에 무호성도 그대로 드러누웠다. 시원한 바람이 그의 코끝을 간질였다.

"이렇게 기분 좋은 시간이 영원히 계속됐으면 좋겠어."

그녀의 말에 고개를 끄덕였지만 그렇게 되지 않을 것이란 걸 무호성은 너무나도 잘 알고 있었다.

"너도 조심해. 앞으로 험한 일 많이 겪지 않겠어?"

"나? 그래야지. 그것 때문에 수련도 하는 거고."

"나도 무공이나 익혔으면."

금영령의 말에 무호성이 그녀를 바라보았다.

"차라리 무공을 모르는 것이 나을지도 몰라."

이번에는 금영령이 무호성을 바라보았다.

"무공을 익히면 좋든 싫든 은원 관계가 생기게 되고, 그것이 나중에 가서 나에게 화가 될지 복이 될지 모르는 거니까."

"나와 아버지, 오라버니는 무공을 몰라."

"그래도 강호에서 활동했잖아. 무공을 익힌 사람들도 있었고. 일반 사람들은 그런 것에서 비교적 안전하지. 아닌 경우도 더러 있긴 하지만."

무호성의 말에 금영령이 알 듯 말 듯한 표정을 지었다.

"그런데 궁금한 게 있어."

"뭔데?"

"혜아가 누구야? 지난번에 쓰러졌을 때 그 이름을 부르더라고."

금영령의 말에 무호성의 표정이 굳어졌다. 떠올리기 싫은 기억을 떠올리게 하는, 하지만 그리운 이름이었다.

"동생이야."

"동생? 동생도 있었어? 동생은 어디 있는데?"

"몰라. 죽었는지 살았는지."

무호성의 대답에 금영령도 놀란 듯 살짝 굳은 표정을 지었다. 더 물어보고 싶었지만 괜히 안 좋은 기억을 떠올리게 하는 것 같아 입을 다물었다.

"미안해."

"아니야. 오래전 일이니까."

무호성이 덤덤하게 대답하자 오히려 더 미안해지는 그녀였다.

"그런데 금가장에서 여기로 올 때 뭐 가지고 온 거 없어? 아버지 유품이라든가."

"아, 있었어. 작은 함인데, 그 안에 뭐가 들었는지는 아직 확인 못했다. 정신이 없어서."

금영령이 이제야 생각났다는 듯 자리에서 벌떡 일어났다.

"가서 확인해 봐야겠어. 고마워."

금영령이 재빨리 자신의 거처로 뛰어갔다. 그 모습을 보며 무호성이 작게 한숨을 쉬었다.

금영령이 돌아간 후 찬물로 씻고 나온 무호성은 밖에서 누군가 뛰어오는 소리에 서둘러 옷을 걸쳤다.

"호성!"

"어? 또 왔어?"

"이것 좀 봐."

금영령이 내민 것은 아버지의 유품으로 보이는 작은 함이었다. 그 안에는 녹슨 단검이 들어 있었다.

"이게 뭐야?"

"몰라. 아버지가 이건 꼭 들고 가라고 했거든?"

무호성이 단검을 자세히 살펴보았다. 보잘것없는 녹슨 단검이었지만 거기에서 뿜어져 나오는 예기는 상상 이상이었다.

"뭔가 있는 것 같아."

"그래? 이걸 누구에게 가져가야 하지? 가주님이 보면 아시려나?"

금영령의 말에 무호성이 고개를 저었다.

"내 생각이 맞는다면 가주님도 모르실 거야. 남궁도백 어르신께 여쭤보는 편이 빠를걸?"

무호성과 금영령이 서둘러 밖으로 나왔다.

남궁도백은 자신의 거처에서 홀로 장기를 두고 있었다. 대

국을 하는 것도 아닌데 무엇이 그리 즐거운지 입가에는 미소
가 번져 있었다.

"어르신."

"음? 들어오너라."

기별도 없이 찾아온 무호성의 목소리에 남궁도백이 장기판
을 옆으로 치웠다. 그러는 사이 무호성과 금영령이 안으로 들
어섰다.

"방해가 된 건 아닌가 싶습니다."

"아니다. 그런데 무슨 일이냐? 일이 있으면 가주를 찾았어
도 됐을 텐데."

"이것 좀 봐주십시오."

무호성이 금영령에게서 단검이 든 함을 받아 남궁도백에게
건넸다.

"이게 뭔가? 음⋯⋯."

녹슨 단검을 보고 대수롭지 않게 여겼다가 흘러나오는 예기
에 진지한 표정을 지었다.

"예사롭지 않은 검이군."

"뭔지 아시겠습니까?"

하지만 남궁도백은 고개를 저었다.

"잘 모르겠구나. 하지만 예사 물건은 아니야. 이건 네 아비
가 가지고 있던 게냐?"

"네. 아버지께서 이것만큼은 꼭 가져가라고. 절대 잃어버리
면 안 된다고 하셨어요."

금영령의 말에 남궁도백이 심각한 표정으로 말했다.

"아무래도 이번 금가장의 참사는 이것과 관련이 있는 듯하구나."

"저도 그런 생각이 들었습니다. 하지만 이해가 가질 않는 것이, 조용히 이것만 가지고 사라졌어도 됐을 텐데 왜 굳이 금가장을 그렇게 만들었느냐 하는 것입니다."

"여러 가지 이유가 있겠지. 분명한 것은 그들이 가공할 만한 힘을 가지고 있다는 점이다. 아직까지는 축적이 되지 않았을지도 모르고. 하지만 만약에라도 그들이 큰 힘을 비축해 두고 있다면 조만간 큰일이 벌어질지도 모를 일이다."

남궁도백의 말에 무호성 역시 고개를 끄덕였다.

"아무래도 이 단검에 대해서 좀 더 자세히 알아보는 것이 좋겠구나."

"하지만 이것에 대해서 아는 사람이 있겠습니까?"

무호성의 물음에 남궁도백이 눈을 빛내며 말했다.

"있지. 아주 잘 아는 사람이."

무호성과 금영령이 궁금하다는 듯 그를 바라보았다.

다음날, 무호성은 남궁도백과 함께 단검의 비밀을 알아내기 위해 남궁세가를 떠날 채비를 하고 있었다.

챙길 것은 많지 않았지만 괜히 이래저래 분주했다.

그때, 금영령이 무호성을 찾아왔다.

"그 짐은 다 뭐야?"

"나도 갈 거야."

"뭐?"

무호성이 황당한 표정을 지었다. 사전에 이야기도 없이 다짜고짜 따라가겠다고 나서니 황당할 수밖에 없었다.

"위험해."

"그래도 갈 거야. 아버지의 유품이야. 그런데 내가 어떻게 따라가지 않을 수 있겠어?"

"안 돼. 여기 남아 있어."

무호성이 단호하게 말했다. 하지만 독하게 마음먹은 금영령은 조금도 물러서지 않았다.

"싫어!"

"영아!"

그때 금자천이 난감한 표정으로 나타났다. 아마도 그 역시 따라가는 것을 반대했지만 그녀의 고집을 꺾지는 못한 모양이었다.

"미안하네. 이 녀석이 계속 고집을 부려서. 신경 쓰지 말게. 절대로 못 떠나게 붙잡고 있을 테니."

"오라버니!"

"철없는 소리 좀 그만 해! 무공도 모르는 네가 따라가면 짐만 된다는 걸 모르느냐!"

금자천이 소리쳤다. 그러자 금영령이 고개를 푹 숙인 채 아무런 말도 하지 않았다.

"아버지의… 아버지의 유품이잖아. 하나밖에 없는……. 우리에게 남은 건 그거 하나밖에 없잖아."

금영령은 울먹이고 있었다. 그에 금자천과 무호성은 아무런 말도 하지 못했다.

그녀의 마음이 얼마나 아픈지 잘 알고 있는 두 사람이기에 더욱 아무런 말도 하지 못했다.

"난 갈 거야. 꼭 갈 거야."

금영령이 눈물이 그렁그렁 맺힌 눈으로 두 사람을 바라보며 말했다.

"하아……."

금자천이 한숨을 쉬었다. 도대체 어떻게 해야 동생을 말릴 수 있을지 알 수가 없었다.

"남궁도백 어르신도 가시니 괜찮겠지."

무호성의 말에 금영령과 금자천이 두 눈을 동그랗게 뜨고 그를 바라보았다. 무호성이 금영령을 보고 고개를 끄덕였다.

와락!

갑자기 금영령이 무호성에게 안겼다.

"고마워. 정말 고마워."

"알았으니까 이것 좀 놔라. 숨 쉬기 힘들다."

무호성이 당황한 목소리로 말하자 그녀가 눈물을 닦아내며 그에게서 떨어졌다.

"괜찮겠나?"

"괜찮을 거요."

무호성의 대답에 금자천이 걱정스런 눈빛으로 금영령을 바라보았다.

"너는 절대 경거망동해서 두 분께 해를 끼쳐서는 안 된다. 알겠느냐?"

"알았어요. 걱정 말아요."

금영령이 절대 그러지 않겠다는 듯 고개를 끄덕이며 대답했다.

"부탁하네."

무호성이 고개를 끄덕였다. 그렇게 남궁도백과 무호성, 그리고 금영령이 함께 여정을 떠나게 되었다.

*　　　*　　　*

"일에 조금 차질이 생길 것 같습니다."

"무슨 일이지?"

"검왕이 함께 움직인다 합니다. 단검 역시 그들이 가지고 있는 것 같습니다."

"검왕이라……. 골치 아프게 됐군. 그들이 단검의 비밀을 알고 있을 가능성은?"

"전무합니다. 그것 때문에 떠나는 것 같습니다."

"그래? 그렇다면 그 늙은이를 찾아가겠군. 유일하게 비밀을 아는 사람이니."

"그럴 겁니다. 미리 처치하는 것이 낫지 않겠습니까?"

"아니야. 그 늙은이의 집 근처에 있는 절진은 뚫기가 어려워. 아무리 십삼혈령이라 해도 뚫고 들어가 죽이지는 못할 것이다."

"그럼 어떻게 하시겠습니까?"

"그 둘만 떠났나?"

"아닙니다. 금가장의 계집도 따라나섰습니다."

"그래? 약점이군. 약점은 후벼 파라고 있는 법이지."

"처리하겠습니다."

*　　　　*　　　　*

남궁도백과 무호성, 금영령은 천천히 말을 몰고 있었다. 갈 길이 급하건만 이리도 천천히 가는 이유는 무호성 때문이었다.

"그 나이 먹도록 말도 못 타?"

"한 번도 타본 적이 없으니까 그렇지."

금영령의 구박에 무호성이 퉁명스럽게 대꾸했다. 마차는 타봤어도 말을 타는 것은 처음이었기에 속도를 낼 수가 없었다.

"그런데 어디로 가는 겁니까?"

"호남성에 있는 형산으로 간다."

"형산 말씀이십니까? 형산파가 있는?"

무호성의 물음에 남궁도백이 씁쓸한 표정을 지으며 답했다.

"형산파라……. 있었지, 그런 곳이. 하지만 아쉽게도 오십 년 전 혈교의 발호 때 멸문되고 말았다. 이제 그곳에는 괴팍한 늙은이 한 명만 살고 있을 뿐이야."

"그 사람이 누굽니까?"

무호성의 질문에 남궁도백은 그저 미소만 지을 뿐이었다. 그에 두 사람은 궁금해도 참을 수밖에 없었다.

"형산까지 가는 길은 험할 게다. 게다가 우리가 이렇게 떠나온 것을 저들도 알고 있겠지. 무슨 일을 벌일지 모른다."

무호성은 고개를 끄덕였다. 어쩌면 녹림 채주들뿐만 아니라 다른 적들이 나타날 수도 있었다.

무호성이 걱정스런 눈빛으로 주변 경관을 구경하는 금영령을 바라보았다.

"파천화진공은 어느 수준이냐?"

"아직 육성에 들지 못했습니다."

"음……."

남궁도백이 고개를 끄덕였다. 무호성 스스로도 많이 부족하다 느끼고 있었기에 그의 반응이 무슨 뜻인지 알 수 있었다.

"몸조심해야 할 게야. 자, 이제 어느 정도 익숙해졌으면 속도를 좀 내 볼까? 이럇!"

남궁도백이 먼저 앞서 나갔고, 그 뒤를 금영령이 따라붙었다. 그리고 가장 후미에 불안한 자세로도 용케 떨어지지 않고 버티는 무호성이 따랐다.

삼 일 동안 그들은 쉬지 않고 달렸다. 보이지 않는 위험이 도사리고 있었기에 노숙을 한다는 것은 생각도 못했다.

무공을 익히지 않은 금영령이 많이 힘들어했지만 중간에 쉬면서 남궁도백이 기를 불어넣어 주는 식으로 버티고 있었다.

그렇게 삼 일을 달려 세 사람은 마을에 들어설 수 있었다.

"아~ 이제 좀 쉴 수 있겠네."

금영령이 삼 일 만에 들어선 마을을 보며 기쁜 듯 말했다. 무호성 역시 그간 힘들었기에 고개를 끄덕였다.

"일단은 객점부터 잡자꾸나. 그간 씻지 못해서 찝찝하구나."

별다르게 힘든 기색 없이 이곳까지 온 남궁도백도 내심 불편했는지 객점부터 찾기 시작했다.

"아, 저기 있네요."

아쉬운 놈이 찾는다고, 역시나 가장 절실했던 금영령이 가장 먼저 객점을 찾았다. 그에 세 사람은 그쪽으로 말을 몰았다.

객점 앞에 서 있는 점원에게 말을 건네주고 세 사람은 안으로 들어갔다.

생각보다 한산한 객점을 보며 세 사람은 마음에 드는지 곧장 방을 잡았다.

"방 두 개 주고, 씻을 물도 준비해 주시게."

"알겠습니다. 달리 필요하신 건 없으십니까?"

"그리고 다 씻을 시간 즈음 돼서 식사 좀 준비해 주게. 알아서 간단하게."

"알겠습니다. 계단으로 올라가셔서 오른쪽 복도 끝에 마주

보고 있는 방으로 가시면 됩니다."

객점 주인에게 값을 지불한 남궁도백이 무호성과 금영령을 데리고 위층으로 올라갔다.

그런 세 사람을 보는 객점 주인의 눈에 찰나의 순간 이채가 서렸다가 사라졌다.

먼저 씻고 내려온 남궁도백과 무호성은 음식을 앞에 두고 먹지 못하고 있었다.

아직 금영령이 내려오지 않은 까닭이었다. 먼저 먹을까 생각도 했지만 그래도 셋이 함께 먹는 것이 나을 것 같아 기다리고 있는 참이었다.

"왜 이렇게 안 내려오나."

무호성이 중얼거렸다. 그때 아직 마르지 않은 머리로 금영령이 내려왔다.

간편한 복장으로 내려오는 그녀의 모습이 새삼 다르게 보였다.

"죄송해요. 조금 늦었죠?"

"왜 이렇게 늦어?"

"원래 여자들은 좀 늦는 법이네요, 아저씨."

무호성의 핀잔에 혀를 빼쭉 내밀며 대답한 금영령이 남궁도백에게 미안한 표정으로 말했다.

"죄송해요."

"아니다. 식기 전에 먹자꾸나."

그렇게 말한 남궁도백이 음식을 한 젓가락 물고는 굳은 표정으로 무호성을 바라보았다.

막 음식을 한입 썹은 무호성 역시 남궁도백을 바라보았다.

[먹지 마!]

무호성이 재빨리 금영령에게 전음을 보냈다. 하지만 이미 늦어버렸다. 배가 많이 고팠던 금영령은 벌써 음식을 삼킨 뒤였다.

"왜? 어?"

갑자기 머리가 핑 도는 느낌을 받은 금영령은 그대로 고개를 숙이고 잠에 빠져들었다.

[몽혼약이다. 객점을 잘못 잡은 모양이구나.]

[그런 것 같습니다.]

[준비를 했다면 너와 내가 몽혼약 따위에 당할 거라는 생각은 하지 않았을 것이고, 노리는 것은 영아인가?]

[하지만 그렇다고 해서 어떻게 할 수 있는 건 아닐 텐데?]

그렇게 전음을 주고받던 무호성은 새삼 객점 안에 도검을 찬 사람이 많아졌다는 것을 알아차렸다.

[함정인 것 같습니다.]

[그런 것 같구나.]

[제가 나서겠습니다. 영아를 부탁드립니다.]

[알겠다. 조심해라.]

드르륵! 드르륵!

그 순간 사방에서 의자 끄는 소리가 들리더니 도검을 찬 사람들이 일제히 자리에서 일어났다.

그에 무호성 역시 자리에서 일어났다.

사방에서 조여오는 살기에 무호성의 입가에 씁쓸한 미소가
번졌다.

제대로 쉬기 위해 찾은 객점에서 이런 일을 당할 줄 누가 알
았겠는가?

"월천의 제자와 검왕이 제 발로 굴러들어 오다니, 횡재로
군."

객점 주인이 주방에서 나왔다. 아까의 상냥한 얼굴은 사라
지고 지금은 굉장히 차가운 표정을 하고 있었다.

"우리를 너무 무시한 것 같은데?"

무호성의 말에 그가 미소를 지으며 답했다.

"보이는 것을 전부라고 생각하면 안 되지. 설마 검왕을 상대
로 이 정도밖에 준비 안 했을까?"

그 말이 끝나기가 무섭게 한줄기 살기가 무호성에게 쏘아졌
다. 절로 식은땀이 흐를 정도로 강한 기운이었다.

[아무래도 제대로 당한 것 같구나. 기회를 봐서 빠져나가야
겠다.]

[하지만 단검이 아직 위층에 있지 않습니까?]

[그 정도 준비도 안 했을까 봐서 그러느냐? 내 품에 잘 있으
니 걱정 말아라.]

그 말에 안심이 된 무호성이 천천히 내력을 끌어올렸다. 적
의 살기를 느낀 파천화진공이 절로 투기를 일으켰다.

"월천의 제자라 이건가? 쳐라!"

무호성의 투기를 느낀 객점 주인의 외침에 도검을 든 적들이 일제히 무호성과 남궁도백을 향해 달려들었다.

퍼퍼퍽!

가장 선두에 있는 세 명의 적에게 주먹을 꽂은 무호성의 발이 분주하게 움직이기 시작했다.

좁은 공간에서 효율적으로 움직이는 데에는 멸화투보만큼 효과적인 것이 없었다.

쩡!

어느새 남궁도백이 검을 뽑아 들어 적의 도검에 맞서고 있었다. 금영령이 잠들어 있었지만 곁에 그가 있었기에 무호성은 자신을 향해 달려드는 적에게만 집중할 수 있었다.

퍼퍼퍽!

콰쾅!

진기를 가득 머금은 무호성의 주먹이 사방으로 뻗어 나갔다.

비록 머릿수가 많았지만 어렵지 않은 상대들이었다.

남궁도백 역시 별다른 힘을 들이지 않고 적을 상대하고 있었다.

사악!

"큭!"

그때 무호성의 옆구리에 가느다란 상처가 생겼다. 그의 눈에 가느다란 실 같은 것을 팔뚝에 감고 있는 객점 주인의 모습이 보였다.

사악하게 웃는 그의 모습을 보며 무호성은 점점 더 화가 치밀어 올랐다.

퍼펑! 퍼퍼펑!

무호성의 주먹이 더 빠르게 움직였다.

도검을 든 적들은 그 주먹에 속수무책으로 나가떨어졌고, 무호성은 점점 객점 주인에게 다가가고 있었다.

쒜에엑!

공기를 찢는 소리와 함께 객점 주인의 팔에서 두 개의 섬전이 날아들었다.

직선으로 날아오는 실을 피해낸 무호성은 빈틈을 발견하고 그에게 달려들었다.

"멍청하긴."

객점 주인의 말에 뭔가 이상한 것을 느낀 무호성이 재빨리 걸음을 멈추고 곧장 앞으로 엎드렸다.

핑! 핑!

아슬아슬하게 무호성의 머리를 스치고 지나간 실선들이 다시 그의 팔뚝에 감겼다.

무호성이 천천히 몸을 일으켰다.

어느덧 도검을 든 적의 숫자는 많이 줄어 있었다. 그나마도 대부분 남궁도백에게 집중되어 있었다.

쓰러져 있는 적들 때문에 좁은 객점 안은 발 디딜 틈이 없을 정도였다.

쒜에에엑!

객점 주인의 팔에서 다시 한 번 실선이 쏘아져 나왔다. 아까보다 더 빠르고 날카롭게 날아들었다.

무호성이 멸화투보를 극성으로 펼쳐 내었다.

좁은 공간에서 마치 춤을 추듯 그 공격을 피해내는 무호성이었다.

모두 피했다고 생각할 무렵 객점 주인의 손가락이 움직였다.

그러자 가느다란 실선들이 기이하게 꺾이며 무호성을 휘감아 들어왔다.

삭!

무호성의 신형이 그대로 꺼졌다. 그에 실선들은 원래의 목적을 잃고 허공만 휘감을 뿐이었다.

사라락!

다시 한 번 객점 주인이 손가락을 움직였다.

그러자 갈 곳을 잃고 헤매던 실들이 다시금 무호성을 노리고 날아들었다.

재빨리 몸을 일으킨 무호성이 멸화투보를 펼쳤다.

지금은 접근하여 공격하는 것보다는 상대의 공격을 피하면서 파악하는 것이 급선무였다.

'이런!'

그때 무호성의 발이 바닥에 쓰러져 있는 적의 몸에 걸렸다.

중심을 잃고 휘청거리는 무호성의 오른쪽 허벅지로 하나의 실선이 날아와 박혔다.

"큭!"

무호성의 입에서 단말마의 신음이 터져 나왔다. 팽팽하게 당겨진 실이 통증을 배가시키고 있었다.

피피핑!

세 개의 실이 더 날아왔다. 그 실은 무호성의 양팔과 왼쪽 허벅지에 박혀들었다.

사지를 제압당해 움직이지 못하는 모습이 마치 거미줄에 걸린 애벌레 같았다.

"자, 이제 어떻게 요리를 할까?"

객점 주인의 말에 무호성은 이러지도 저러지도 못하고 살기 어린 눈빛만 쏘아내고 있었다.

그러자 주변의 적을 다 처리한 남궁도백이 무호성을 구하기 위해 움직였다.

하지만 근처에 가지도 못하고 발걸음을 멈춰야만 했다.

"그렇게는 안 되지."

남궁도백의 앞을 청색 무복에 복면을 한 사내가 막아섰다. 아까 한줄기 살기를 쏘아 보냈던 그 사람 같았다.

"음......"

남궁도백의 얼굴이 심각해졌다. 질 것 같다는 생각은 들지 않았지만 그렇다고 무시하고 무호성을 구해낼 수 있을 정도로 약한 자가 아니었다.

"검왕을 위해 준비하였으니 마음껏 즐기시기 바랍니다. 하

하하!'

그의 말에 남궁도백이 인상을 찌푸렸다. 그러더니 자신의
검을 고쳐 쥐었다.

"제왕검이 아니군."

"난 가주가 아니니까. 그리고 제왕검이 없어도 난 강하다."

남궁도백의 몸에서 이제까지와는 전혀 다른 기운이 뻗어 나
와 사방을 뒤덮었다.

그에 객점 주인은 물론이고 청의사내 역시 긴장하는 눈빛이
었다.

"자, 오게. 한시가 급한 상황이니."

검을 늘어뜨리고 서 있는 남궁도백에게서는 빈틈을 찾아볼
수 없었다.

사박.

청의사내가 한 발 내디뎠다. 하지만 섣불리 공격하지는 못
했다.

"안 오는가? 그럼 내가 가지."

쉭!

남궁도백의 신형이 사라졌다. 그와 동시에 청의사내가 뒤로
세 걸음을 물러섰다.

쐐엑!

그가 있던 자리를 남궁도백의 검이 훑고 지나갔다. 피했다
고 생각한 청의사내가 공격을 하려는데 뱃가죽에서 뜨끈한 무
언가가 느껴졌다.

'언제?'

뱃가죽에 기다란 자상이 생겨 있었다. 그 사이로 뜨거운 피가 조금씩 흘러나오고 있었다.

"놀랐는가? 직접 검으로 베지 않고도 무언가를 벨 수 있지. 처음 보는 것은 아닐 텐데?"

남궁도백의 말에 흔들리던 사내의 눈빛이 다시 차분해졌다. 그리고 그 역시 내력을 끌어올렸다.

그러자 그의 몸 주위로 붉은 기운이 아지랑이처럼 피어올랐다.

'설마?'

낯익은 기운에 남궁도백은 긴장하기 시작했다. 자신의 생각이 맞다면 지금 이 자리에서 살아 나가는 것조차 쉽지 않을 수 있었다.

콰콰콰!

놀라운 일이 벌어졌다.

사내가 기운을 일으킨 것만으로도 주변에 아무렇게나 널브러져 있던 무사들과 식탁, 의자 등이 날아갔다.

그 때문에 남궁도백과 청의사내 주변에 남아 있는 물건은 하나도 없었다.

"큭!"

무호성이 신음을 흘렸다.

사내의 기운이 상당하기도 했고, 그 때문에 살을 파고든 실들이 흔들려 통증이 밀려왔기 때문이다.

"혈천마라공(血天魔邏功)!"

남궁도백은 상대가 혈교의 인물이라는 것을 알 수 있었다. 설마 했던 불안감이 현실이 되는 순간이었다.

"역시 검왕 정도 되는 분은 알아보시는군요. 맞습니다, 혈천마라공이."

객점 주인의 입가에 서늘한 미소가 번졌다. 남궁도백은 목구멍으로 침이 넘어가는 것을 느끼며 검을 쥔 손에 힘을 더했다.

그 와중에 무호성은 객점 주인의 눈치를 살피고 있었다.

이렇게 제압당한 상태로 있을 수는 없었다. 어떻게 해서든 이 상황을 벗어나야 했다.

하지만 생각보다 쉽게 틈이 보이지 않았다.

언뜻 남궁도백과 청의사내에게 시선을 고정시키고 있는 것 같았지만 그의 몸에서 뿜어져 나오는 기운은 계속해서 무호성을 결박하고 있었다.

'어쩔 수 없다. 살을 주고 뼈를 깎는다!'

결심을 한 무호성은 곧장 그것을 실행에 옮겼다.

"끄악!"

힘겹게 자리에서 일어난 무호성이 그대로 앞으로 돌진했다. 팔과 다리에 박혀 있던 실이 몸속을 파고드는 느낌에 소름이 돋았고, 그 통증에 절로 비명이 나왔지만 독기를 품은 두 눈만은 그대로 살아 있었다.

객점 주인의 얼굴에 당황하는 기색이 역력했다.

설마 팔다리가 상할 것을 알면서도 이렇게 행동할 줄은 몰랐던 것이다.

서둘러 손가락을 움직여 무호성으로 하여금 주저앉게 만들려 하였지만 이미 늦은 상태였다.

거리를 좁힌 무호성은 지독한 통증 속에 내력을 끌어올리며 파멸진혼장을 펼쳐 냈다.

파파팡!

무호성의 장력이 사내의 가슴에 그대로 적중했다.

무호성의 몸에 박혀 있는 실들 때문에 팔을 고정시키고 있던 터라 무방비로 맞을 수밖에 없었다.

"크악!"

사내가 피를 뿜으며 뒤로 밀려났다.

그러면서 실이 무호성의 몸에서 뽑혀 나왔고, 그 통증에 무호성은 재차 공격하지 못하고 그대로 주저앉았다.

"제기랄!"

그렇게 소리치며 무호성이 억지로 몸을 일으켰다.

파천화진공이 빠르게 온몸을 돌며 상처를 치료하고 있었지만 그 속도는 더디기만 했다.

"이야아아압!"

무호성이 기합성을 내지르며 내력을 머금은 주먹을 앞으로 뻗었다.

아직 정비를 하지 못해 자세가 불안정한 그의 몸에 무호성의 주먹이 무차별적으로 꽂혔다.

콰콰콰콰쾅!

무호성의 공격에 객점 주인이 계속해서 피를 토했다.

하지만 무호성의 공격은 조금도 멈출 줄을 몰랐다.

그것을 본 청의사내가 무호성 쪽으로 몸을 날렸다. 그에게 모든 신경을 집중하고 있던 남궁도백 역시 거의 동시에 몸을 날렸다.

쾅!

남궁도백의 검과 상대의 주먹이 맞부딪치며 폭발음을 내었다.

두 사람은 각각 세 걸음씩 물러섰고, 충격의 여파 속에 있던 무호성은 일 장 정도 날아가 객점 벽에 부딪쳤다.

"쿨럭!"

강한 충격에 의한 내상 때문에 무호성의 얼굴은 굉장히 창백했다.

객점 주인의 공격은 무호성의 움직임을 묶어놓는 데 의미가 있었기에 내상을 입지 않았지만 방금 전의 충격으로 심한 내상을 입은 무호성이었다.

[신경 쓰지 말고 운기하거라!]

남궁도백의 전음이 들려왔다. 하지만 무호성의 눈에 한쪽에서 잠들어 있는 금영령이 보였다.

자칫 자신처럼 위험한 상황에 처할 수도 있었다.

무호성은 운기를 하는 대신 그녀의 곁으로 몸을 날렸다. 지금도 계속해서 움직이고 있는 파천화진공의 효능을 믿고 한

행동이었다.

남궁도백과 청의사내의 싸움은 치열했다.

절정 이상의 고수들 싸움이라는 것이 이런 것이라는 것을 무호성은 처음으로 느꼈다.

따라가기 어려운 공방이 계속되고 있음에도 두 사람은 침착함을 잃지 않았고, 닿을 듯 말 듯하게 서로의 공격을 파훼하며 반격하고 있었다.

'대단하다!'

그들의 싸움을 보면서 무호성은 자신도 모르게 느끼는 것이 있었다.

파천화진공이 오성에 들어 오감이 상승한 이후로 처음 보는 절정고수들의 싸움은 무호성에게 상당히 많은 것을 가르쳐 주고 있었다.

콰콰쾅!

거대한 기운의 충돌로 사방에 있는 물건들과 시체들이 무호성과 금영령 쪽으로 날아왔다.

"큭!"

무호성이 진기를 끌어올리며 그것들을 쳐냈다. 아까 입은 내, 외상으로 인해 온몸이 끊어지는 것 같은 고통이 밀려왔다.

"쿨럭!"

무호성이 다시 한 번 피를 토했다.

파천화진공이 끊임없이 내상을 치료하고는 있지만 방금 전의 움직임으로 허사가 되어버렸다.

"음!"

그때 금영령의 신음 소리가 들렸다.

"어서 일어나!"

무호성이 소리쳤다. 그 목소리를 듣지 못했는지 금영령은 아직도 눈을 뜨지 못하고 있었다.

"빨리 안 일어나!"

무호성이 다시 한 번 소리쳤다.

콰콰콰쾅!

콰지직!

객점의 한쪽 벽이 날아갔다. 그리고 사방으로 비산하는 나뭇조각들이 날카롭게 날아왔다.

무호성은 파멸진혼장으로 힘겹게 그것들을 다른 쪽으로 날려 보냈다.

"헉! 헉! 헉! 쿨럭!"

결국 무호성은 주저앉고 말았다. 그제야 눈을 뜬 금영령이 난장판이 된 주변을 살피며 잠시 어리둥절해하더니 이내 깜짝 놀란 표정을 지었다.

"뭐야? 왜 이렇게 된 거야? 나는 어떻게 된 거고?"

"시끄러우니까 조용히 말해."

무호성이 힘겹게 말했다. 그러자 금영령이 입을 다물었다.

주변을 둘러보는 그녀의 얼굴은 사색이 되어 있었다. 난장판이 되고 여기저기 부서진 객점에 널브러져 있는 시체들, 그리고 폭사되는 살기와 폭음까지.

그녀에게는 굉장히 낯선 모습들이었다.

'욱!'

뱃속에서 뭔가가 올라오려 했다. 하지만 그녀는 이를 악물고 참아냈다.

'이럴 때일수록 정신 바짝 차려야 돼! 짐이 될 순 없잖아?'

떼를 쓰고 따라왔을 때부터 이런 상황은 어느 정도 예상하고 있었다.

자신이 짐이 된다는 사실도 충분히 알고 있었고, 그랬기에 더욱 악착같이 버티려 하였다.

금영령이 자리에서 일어났다. 다리가 후들후들 떨리고 있었지만 있는 힘껏 발걸음을 떼었다.

"어디 가려고?"

"약 가지러 가려고."

"아, 좀!"

무호성이 신경질을 내었다. 지금 상황에서 혼자 행동하면 어떻게 될지 불 보듯 빤한 일이건만 그녀는 일을 더 만들려 하고 있었다.

처음 보는 무호성의 반응에 잠시 당황한 그녀가 다시 제자리에 앉았다.

그녀는 지금 이 상황이 너무나 낯설고 힘들어 숨 쉬기가 힘들었다.

지금 이 순간 괜히 따라온 것이 아닌가 하는 생각이 들었다.

그리고 두 사람에게 굉장히 미안했다.

이럴 때 짐만 되는 자신이 너무나 서럽기도 하고 무섭고 미안한 감정이 뒤섞여 절로 눈물이 날 것만 같았다.

이 와중에도 무호성은 남궁도백의 싸움에서 눈을 떼지 않았다.

콰콰쾅!

"크윽!"

역시 검왕이라는 칭호는 거저 붙은 것이 아니었다. 남궁도백의 지칠 줄 모르는 공격에 처음으로 청의사내가 밀리며 신음성을 내뱉었다.

그 기회를 놓치지 않고 남궁도백은 거칠게 상대를 몰아붙였다.

지금까지 잘 버티던 청의사내는 점차 남궁도백의 공격에 정신을 못 차리는 듯했다.

간간이 위력적인 반격을 하고는 있었지만 경험이 많은 남궁도백의 노련함에 맥을 못 추는 모습이었다.

"하아……."

무호성이 안도의 한숨을 쉬었다. 그리고는 금영령을 보며 말했다.

"운기할 거니까 건드리지 마."

금영령이 고개를 끄덕이자 무호성은 곧장 운기에 들어갔다. 금영령은 아직 남궁도백의 싸움이 끝나지 않은 상황에서 운기를 하는 무호성을 걱정스런 표정으로 바라보았다.

눈을 뜬 무호성은 얼마의 시간이 흘렀는지 알 수 없었다.

다만 확신할 수 있는 것은 그리 오래되지는 않았다는 점이다. 남궁도백이 자신 앞에서 운기를 하고 있었기 때문이다.

"얼마나 됐어?"

"뭐가?"

"내가 운기한 지 얼마나 됐냐고."

"반 시진 정도."

"어르신은?"

"방금 전부터 시작하셨어."

무호성이 고개를 끄덕였다. 싸움을 끝내고 자신의 운기가 끝날 때 즈음 되어 시작한 것이 분명했다.

무호성이 금영령을 바라보았다.

두렵기도 하고 서늘하기도 한 탓에 그녀는 오들오들 떨고 있었다.

"이리 와봐."

"어? 어."

금영령이 쭈뼛거리며 무호성에게 다가갔다.

"등 보이고 앉아봐."

금영령이 순순히 그렇게 했다. 그러자 무호성이 그녀의 등에 손바닥을 가져다 대었다.

"뭐, 뭐 하는 거야?"

"왜 그래? 처음도 아니면서."

그제야 금영령은 무호성이 자신에게 기를 불어넣어 주려 한다는 것을 알 수 있었다.

잠시 후 따뜻한 기운이 그녀의 몸을 한 바퀴 돌았고, 떨림이 멈추었다. 마음도 한결 가벼워졌다.

"고마워."

"고마울 것 없어."

무호성의 대답에 살짝 그를 흘겨본 금영령은 그의 팔과 다리에 나 있는 상처를 보았다.

"약 안 발라도 돼?"

"괜찮아. 약 바른다고 해서 금방 나을 것도 아니고."

무호성의 말에 금영령이 고개를 저으며 말했다.

"그래도 잘 발라야지. 잠깐만 기다려 봐."

그렇게 말한 금영령이 자리에서 일어나 이층으로 올라갔다. 이곳저곳 부서져 삐걱대는 계단을 잘도 올라갔다.

그리고 잠시 후, 일행의 짐을 가지고 힘들게 내려오는 그녀의 모습이 보였다.

"좀 받아줘."

무호성이 힘들게 자리에서 일어났다. 싸움이 끝나고 긴장이 조금 풀려서인지 아까보다 더 통증이 심한 듯했다.

천천히 계단으로 다가간 무호성이 한 발을 디뎠을 때, 결국 계단이 부서지고 말았다.

"꺄악!"

그대로 계단 밑으로 추락하는 그녀를 보고 무호성이 재빨리 달려가 그녀를 받았다.

졸지에 그녀는 무호성에게 폭 안긴 꼴이 되었다.

"괘, 괜찮아?"

"어? 응. 괘, 괜찮아."

그렇게 두 사람이 잠깐 동안 말없이 있었다. 어색한 분위기 속에 어떻게 해야 할지 두 사람 모두 모르고 있었다.

금영령은 얼굴이 붉어짐을 느꼈다. 그리고 심장도 콩닥콩닥 뛰었다. 그런 변화를 혹시나 무호성이 알까 봐 노심초사하는 모습이었다.

"내, 내려줄래?"

"어? 어, 그래."

그렇게 말하며 무호성이 금영령을 내려주었다. 그러자 얼굴을 붉히고 있던 금영령이 자신의 짐에서 금창약을 찾아 꺼냈다.

"앉아봐. 발라줄게."

"내가 발라도 돼."

"앉아봐."

무호성이 하는 수 없다는 듯 자리에 앉았다. 그 옆에서 금영령이 상처에 조심스럽게 약을 발랐다.

"쓰읍!"

"엄살은. 말로는 스무 살이라고 하면서 완전 애네."

그녀의 말에 무호성이 인상을 찌푸렸다. 상처에 약이 닿아 따가웠음에도 가까이 붙어 있는 그녀에게서 풍겨오는 달콤한 향기에 절로 얼굴이 발그레해졌다.

약을 골고루 바른 금영령이 흰 천으로 무호성의 상처를 감쌌다. 약간은 서툴렀지만 그래도 정성이 담겨 있었다.

"자, 다 됐어."

"고마워."

그녀의 말에 무호성이 웃으면서 답했다. 그렇게 둘 사이에 또다시 어색한 분위기가 조성되었다.

"근데 너, 좀 무겁더라?"

"뭐?!"

무호성의 말에 금영령이 버럭 소리를 질렀다. 그에 웃으며 자리에서 일어난 무호성이 슬쩍 발걸음을 옮기며 덧붙였다.

"살 좀 빼야겠어."

"야! 너! 거기 서! 지난번에는 좀 쪄도 된다더니!"

금영령이 무호성을 쫓아갔다. 하지만 무호성이 잡힐 리 없었다. 그렇게 두 사람은 남궁도백이 운기를 마칠 때까지 술래잡기를 했다.

남궁도백이 운기를 마친 후 다 부서진 객점을 나온 세 사람은 타고 왔던 말이 사라진 것을 확인하고는 새로운 말을 구하려고 마을을 돌아다녔다.

하지만 마을에서는 사람의 모습을 전혀 찾을 수가 없었다.

"허! 이것 참, 마을에 사람이 한 명도 없다니."

남궁도백이 믿을 수 없다는 듯 고개를 저었다.

"그럼 호남성까지 걸어가야 하나요?"

"일단은 다음 마을까지는 걸어가야겠지. 그런 다음 그곳에서 말을 구해야겠구나."

남궁도백의 말에 금영령의 얼굴은 울상이 되었다. 한 번도 그렇게 먼 거리를 걸어본 적이 없기 때문이었다.

게다가 무공도 익히지 않은 여자의 몸으로 남궁도백이나 무호성의 보폭을 따라가는 것도 무리가 있었다.

"정 힘들면 내가 업어주랴?"

"예? 아, 아니에요."

남궁도백의 말에 금영령이 당황하며 손사래를 쳤다. 그러자 그가 두 눈을 가늘게 뜨며 말했다.

"하긴 나 같은 늙다리보다야 젊은 사내 녀석이 훨씬 좋기도 하겠지. 흘흘."

남궁도백의 말에 금영령의 얼굴이 시뻘겋게 달아올랐다. 절대로 그런 의도로 말한 것은 아니었지만 자신도 모르게 얼굴이 붉어졌다.

"어르신, 저기."

그때 무호성이 뭔가를 발견한 듯 한곳을 손으로 가리켰다. 타버린 건물의 흔적이 있는 곳이었다.

"음. 꽤 큰 건물이었던 것 같은데, 누군가가 불을 지른 것 같구나."

남궁도백의 말에 무호성이 뭔가 생각난 듯 말했다.

"설마 저곳에 마을 사람들을 전부 가두고 건물을 불태운 것은 아니겠지요?"

절대 그런 짓을 하지는 않았을 것이라 믿고 싶은 무호성이었다. 하지만 남궁도백의 입에서는 기대와 달리 반대의 말이 흘러나왔다.

"그럴지도 모르겠구나. 악독한 놈들. 혈교라면 충분히 그럴 법도 하지."

남궁도백은 혈교가 다시 나타났다고 확신하는 듯했다.

"말도 안 돼."

금영령이 믿을 수 없다는 듯 말했다. 어떻게 사람을 산 채로 태워 죽인단 말인가?

"과거에는 더 악독한 짓도 서슴지 않았던 놈들이다. 지금도 어디서 뭘 하고 있을지 모를 일이지."

그의 말에 무호성과 금영령의 얼굴이 딱딱하게 굳었다.

"이런 일이 있었다면 개방에서도 알고 있을 텐데. 무림맹에서 가만히 있다는 것이 이상하구나. 한바탕 난리가 나도 났어야 하는데."

남궁도백이 이상하다는 듯 고개를 갸웃거렸다.

"아무래도 빨리 일을 끝내고 무림맹에 한번 가봐야겠구나. 맹주가 무슨 생각을 하고 있는지 알아봐야겠어."

그렇게 말하며 남궁도백이 호남성 쪽으로 발걸음을 떼었다.

앞으로 호남성까지 가는 사이에 무슨 일이 벌어질지 벌써부터 걱정이 되는 무호성이었다.

第六章
대성(大成)

신권무쌍

장강수로채 채주인 구벽강이 타는 중형선의 이름은 백룡(白龍)이었다.

　비록 그 크기는 수로채의 다른 배에 비해 작았지만 구벽강이 타고 있다는 이유 하나만으로 백룡은 장강 최고의 전투력을 갖추고 있었다.

　백룡의 갑판 위에서 공보는 반나절 동안 신기한 듯 무언가를 바라보고 있었다.

　"산적 놈이 이제 뱃사람 다 됐네."

　그렇게 중얼거린 공보의 시선에는 열심히 일하고 있는 염락수에게 고정되어 있었다.

　무공을 잃기는 했지만 워낙 힘이 좋은지라 두 사람 몫은 거

뜬히 해내는 그였다.

하지만 염락수도 처음에는 멀미 때문에 수시로 토하면서 고생깨나 했었다.

"야! 이리 와봐."

공보가 염락수를 불렀다. 그러자 선상에 있는 굵은 밧줄을 정리하던 그가 공보에게 달려갔다.

"왜 불렀소?"

"왜 부르긴. 너, 우리 수룡채에 들어올래?"

"나 산적이오."

"산적은 얼어 죽을."

공보의 말에 염락수가 슬쩍 그를 째려보았다. 그러자 공보가 너스레를 떨었다.

"그놈 눈깔 한번 더럽구나."

"어차피 이제 무공도 못 익히는데 수룡채에 들어가서 뭐 하겠소? 마음 같아서는 죽을 때까지 대장 따라다니고 싶지만은 짐만 될 뿐이니 그렇게도 못하겠고. 그냥 조용한 시골 같은 데 내려가서 아무도 모르게 살 거요. 장가도 가고."

염락수의 말에 공보가 눈을 동그랗게 떴다.

"장가도 안 갔나?"

"만날 산적질만 하고 다녔는데 누가 시집오겠소?"

"산적질이 전문이면 여자도 산적질해서 데려오면 되는 거 아닌가?"

그러자 염락수가 또 한 번 공보에게 눈을 흘겼다.

"억지로 여자 데려다가 겁간하고 데리고 살고. 이런 건 거시기 달린 사내자식이 할 일이 아니오. 정정당당하게 여자의 마음을 얻어야지."

"어쭈? 산적 놈이 말은 꽤 그럴싸하게 하는구나."

공보의 말에 염락수가 별거 아니라는 듯한 표정을 지었다.

"어쨌든 얘기 다 끝났으면 가보겠소."

"잠깐만!"

"아, 또 뭐요?"

그냥 가려는 염락수를 공보가 다시 붙잡자 염락수가 신경질을 내었다.

"왜 신경질이야! 저기 있는 우리 채주 보이지?"

공보가 구벽강을 가리키며 말했다. 염락수가 고개를 끄덕였다.

"알다시피 저 채주가 중원에서 손꼽히는 고수란 말이지, 절정고수. 허공을 걸어 다니고 물 위를 걸어 다니고 하는 그런 고수."

"알고 있소."

"그렇지! 내가 지금까지 봐온 우리 채주는 불가능한 것이 없었어. 저 사람 입에서 못한다는 소리가 나오는 건 도저히 상상도 할 수 없는 일이지. 암! 그렇고말고!"

"아, 그래서 요점이 뭐요?"

이제는 짜증이 날 지경이었다.

"내 지금까지 쭉 너를 봐왔는데, 썩 마음에 들더란 말이지.

그래서 내 특별히 채주한테 말해서 무공을 가르쳐 주게 할 것이다 뭐, 그런 말이다."

"그게 가능하기나 하오? 내 나이 벌써 서른을 훌쩍 넘겼소. 단전도 파괴되었고. 그런데 무슨 수로?"

"내 말하지 않았나? 불가능, 그건 채주한테 아무것도 아니야."

"그러니까, 채주한테 무공을 배우는 대신에 수로채에 들어와라?"

"그렇지! 말이 좀 통하는 친구일세. 허허."

"싫소."

"오잉?"

딱 잘라 거절하는 염락수를 보고 공보는 이해할 수 없다는 표정을 지었다.

무공을 익혔던 사람이라면 잃어버린 무공을 되찾을 수 있다면 무엇이든 하겠다고 나오는 게 보통이었다.

그런데 염락수는 아니었다. 공보의 상식으로는 그런 반응을 도저히 이해할 수 없었다.

"무공을 다시 익힌다고 해도 짧은 시간에 고수가 되라는 법도 없고, 설사 그런다고 해도 난 대장 찾아 떠날 거요."

염락수의 말에 공보가 고개를 저었다. 도대체 무호성의 어떤 모습에 끌렸는지 빠져도 단단히 빠진 것 같았다.

"하지만 생각해 봐. 강호에 몸담았던 이상 은원 관계는 있을 것 아닌가? 설령 조용한 곳에서 숨어살면서 단란한 가정을 꾸렸다고 한들 그들을 지켜줄 힘이 없으면 큰 화를 입을 수도 있지."

"그건 내가 평생을 짊어지고 가야 할 업이오."

단호하게 대답하는 염락수를 보며 공보는 더 이상 설득할 수 없을 것 같았다.

"뭐, 정 그렇다면 그렇게 하게. 어쩔 수 없지."

"말 끝났으면 가보겠소."

그렇게 말한 염락수가 하던 일을 마무리 지으러 갔다. 그 모습을 잠시 바라보던 공보가 고개를 저었다.

해가 저물고 식사를 마친 염락수가 선상에서 바람을 쐬고 있었다. 시원한 강바람이 그의 얼굴을 간질이고 있었다.

탁!

"제길."

염락수가 난간을 주먹을 내려치며 중얼거렸다. 비록 남들에게 내놓을 정도로 고수였던 것은 아니지만 그래도 강호에서 무공을 익힌 사람으로서 더 이상 강호인이 될 수 없다는 것은 꽤나 괴로운 일이었다.

공보에게는 아무렇지 않게 말했지만 속으로는 굉장히 가슴이 아팠다.

그 모습을 멀리서 지켜보고 있던 공보가 옆에 서 있는 구벽강에게 물었다.

"어떻게 할 수 없는 거요?"

"할 수 있고 없고를 떠나 본인이 원하지 않으면 어쩔 수 없는 법이다. 나와는 닿지 않을 연이야."

담담하게 말하는 구벽강을 보며 공보가 한숨을 쉬었다. 그리고는 조용히 혼잣말로 중얼거렸다.

"채주는 정말 인정이 박한 사람이오. 여기서 연을 따지고 있으니."

그 말을 듣지 못했을 구벽강이 아니지만 그는 말없이 염락수를 바라보다가 선실로 들어갔다.

*   *   *

다행스럽게도 하루 하고도 반나절 정도 더 가자 마을이 나왔다. 처음 마을로 들어설 때에는 전과 같은 일이 또 있을지 몰라 경계를 했지만 말을 사서 타고 떠나올 때까지도 아무런 일도 일어나지 않았다.

약간 긴장을 푼 세 사람은 천천히 말을 몰고 있었다.

호남성까지 가면서 무호성과 남궁도백은 많은 대화를 나누었다.

혈교에 관한 것은 물론이고 무공에 관한 것까지 심도 깊은 대화를 나누었다.

대부분 금영령이 알아듣기 어려운 내용들이었기에 그럴 때면 그녀는 혼자 동떨어져 있는 기분이었다.

물론 가끔 무호성이 대화 상대가 되어주고는 있었지만 외로운 기분이 드는 것은 어쩔 수가 없었다.

그런 그녀의 기분을 아는지 모르는지 무호성은 지금도 남궁도백과 심각한 표정으로 이야기를 나누고 있었다.

"물론 무공의 고하 역시 승부에 막대한 영향을 미치겠지만 문제는 스스로가 가지고 있는 무공을 얼마나 효율적으로 사용할 수 있느냐다. 자신이 익히고 있는 무공의 십 할 전부를 끌어 쓰지 못하면서 앞으로 나가려는 것은 무책임한 생각이지. 무공을 창안하신 조사님이나 사부님에게도 예의가 아니야, 그건."

"그렇게 하려면 수련밖에는 없겠군요."

"수련이 전부는 아니다. 언제 어떤 상황에서든 효과적인 방어와 공격을 하려면 무공을 제대로 사용하는 것이 중요하다. 그런데 그건 단순히 수련만 가지고는 되는 게 아니지. 경험도 필요하고 무엇보다 무공에 대한 이해가 필요한 법이다."

남궁도백의 말에 무호성이 뭔가 알아들을 것 같으면서도 모르겠다는 표정을 지었다. 제대로 이해하지 못한 것 같자 남궁도백이 덧붙였다.

"무공에 대한 이해도가 높아지고 움직임에 효율성이 생기면 적은 힘으로도 강력한 초식을 사용할 수 있게 된다."

"그렇군요."

무호성의 말에 남궁도백이 웃으면서 말했다.

"얇고 긴 회초리보다 짧고 굵은 몽둥이가 더 매서운 법이지."

그 말에 무호성이 미소를 지었다.

"저……."

뒤쪽에서 들려온 금영령의 말에 무호성과 남궁도백이 뒤를 돌아보았다.

"잠깐 쉬었다가 가면 안 될까요?"

"벌써? 우리 쉬다가 출발한 지 반 시진도 안 됐어."

"급해서 그래!"

무호성의 말에 금영령이 얼굴을 붉히며 버럭 소리를 질렀다. 그제야 말을 알아들은 남궁도백이 고개를 끄덕였다.

*　　　*　　　*

"혈령팔호가 죽었다고? 검왕을 너무 우습게본 것 같군."

"제 불찰입니다. 충분히 이길 수 있다고 봤는데."

"아니야. 세상의 단맛 쓴맛 다 본 노강호를 이기기란 쉽지가 않지."

"혈령오호를 보내는 것이 어떻겠습니까?"

"아니야. 아무리 오호의 잠행술이 뛰어나다고 해도 쉽게 이기기란 어려울 거야. 이거 뜻밖의 암초를 만났군."

"그런 것 같습니다."

"일단은 지켜보도록 해. 그리고 개방 일은 어떻게 됐나?"

"잘 처리했습니다. 크게 걱정하지 않으셔도 될 것 같습니다."

"그래? 자네만 믿지. 나가봐."

*　　　*　　　*

호남성으로 들어선 세 사람의 몰골은 말이 아니었다.

큰일이 있었던 것은 아니지만 사소한 일이 많이 일어났던 여정이다.

녹림의 채주들을 만난 것만도 열 차례 가까이 되었다.

다들 찾아와서 염락수를 찾는 통에 무호성은 이제 신물이 날 지경이었다.

그나마 남궁도백이 함께 있었기 때문에 큰 충돌 없이 넘어 갈 수 있었지만 하마터면 귀찮은 일들이 연이어 생길 수도 있는 일이었다.

그래도 아주 나쁘지만은 않았던 것이, 그간 남궁도백과 많은 이야기를 나누고 무공에 대한 생각을 정리한 끝에 무호성은 어느 정도 성과를 얻을 수 있었다.

파천화진공이 육성의 벽을 넘어선 것이다.

생각보다 빠른 성취에 기뻐할 만도 했지만 무호성은 전혀 그런 모습을 보이지 않았다.

아직 불안감을 떨칠 수가 없었던 까닭이다.

아무튼 그렇게 우여곡절 끝에 그들은 호남성에 들어서 형산에 다다를 수 있었다.

"저곳이 형산이다."

"네? 저기가 형산이라고요?"

남궁도백의 손끝이 닿아 있는 곳에는 중원오악 중 남악이라는 이름에 걸맞지 않은 허름한 산이 하나 있을 뿐이었다.

"보이는 것이 전부가 아니지. 분명한 것은 저곳이 형산이라는 것이다."

그의 말에 무호성과 금영령은 이해할 수 없다는 표정을 지었다. 하지만 남궁도백은 입을 다문 채 형산 쪽으로 말을 몰았다.

"자, 말은 여기에 놔두어야겠구나. 이럴 줄 알았으면 마을에 들러 팔 것을 그랬구나."

세 사람은 말에서 내려 산을 오르기 시작했다.

"원래 형산에는 등산로가 없나요?"

"흘흘흘."

남궁도백은 웃기만 했다. 잠시 뭔가를 생각하던 무호성이 물었다.

"혹, 진법입니까?"

"바로 보았다. 지금 우리는 진법 안에 있다. 이 진법을 통과하면 형산의 원래 모습을 볼 수 있을 게다."

무호성은 남궁도백의 말에 고개를 끄덕였고, 금영령은 잘 모르겠다는 듯 고개를 저었다.

"그런데 형산이라면 사람들이 많이 찾을 텐데 이렇게 진법을 펼쳐 놓아도 되는 겁니까?"

"사람들은 형산이 없어진 것으로 알고 있을 게다. 그저 지금은 형산이었던 자그마한 산이 있는 걸로 알고 있을 뿐이지. 중원오악(中原五岳) 중 남악(南岳)은 사람들의 기억 속에서 사라진 지 오래다. 오십 년 전 이곳 형산에서 엄청난 싸움이 있었고, 그 때문에 형산 전체가 망가졌다고 알고 있지. 하지만 그건 사실이 아니야. 실제로 싸움이 있었던 것은 맞지만."

그렇게 말하며 남궁도백이 천천히 산을 올랐다. 그 뒤를 금영령과 무호성이 곧장 따라갔다.

"이유가 뭡니까?"

"별거 없다. 그저 형산에 살고 있는 늙은이의 괴팍한 성정 때문이지. 자, 지금부터는 내 뒤만 따라와야 한다. 다른 길로 빠지면 평생 갇혀 살아야 할지도 모른다."

그 말에 금영령이 남궁도백의 뒤에 더욱 바짝 붙었다. 시집도 못 가고 이런 곳에서 늙어 죽기는 싫었던 모양이다.

무호성 역시 그런 금영령의 뒤를 바짝 따라붙었다.

확실히 그때부터 길이 굉장히 험해졌다. 무공을 익힌 무호성도 버거운 길인데 금영령이야 어떻겠는가.

금영령의 얼굴은 거의 사색이 되어가고 있었다. 하지만 이를 악물고 버티고 있었다.

"업어줄까?"

"아, 아니야. 괜찮아."

무호성의 말에 금영령은 고개를 저었다. 숨이 턱까지 차올랐음에도 꿋꿋이 버티고 있었다.

"조금만 더 참아라. 첫 번째 진이 다 끝나간다."

"첫 번째라고요? 맙소사!"

금영령이 휘청거렸다. 지금도 힘든데 앞으로는 얼마나 더 힘들지 눈앞이 깜깜해졌다.

"그러게 고집은."

무호성의 말에 금영령이 그를 살짝 흘겨보았다.

남궁도백을 따라 올라간 지 한 시진 정도 되었다.

길은 여전히 험했고, 진법을 벗어나려면 아직 먼 것 같았다.

금영령은 끝까지 무호성에게 업히지 않고 걸어 올라갔다. 무공도 익히지 않은 여자의 몸으로 참 대단한 일이 아닐 수 없었다.

뒤따라가는 무호성이 몇 번이고 업히라고 했지만 끝까지 거절한 그녀였다.

그렇게 일각 정도 더 올라가자 남궁도백의 입에서 반가운 소리가 나왔다.

"이제 진법도 끝이구나."

"정말요?"

그렇게 묻는 그녀의 눈에 형산의 진정한 모습이 눈에 들어왔다.

상쾌한 공기가 그녀의 폐부 깊숙한 곳까지 들어왔고, 일흔 두 개의 봉우리가 어우러져 있는 모습이 가히 절경이었다.

왜 사람들이 형산을 중원오악에 포함시켰는지 능히 짐작할 수 있었다.

"형산이 이렇게 멋있는 곳인가요?"

"달리 중원오악이겠느냐? 화산이나 태산에 비할 정도는 아니지만 얼마나 멋진 풍경이냐?"

무호성은 남궁도백의 말에 심히 공감하고 있었다. 절로 가슴이 뻥 뚫리는 것 같은 시원함이 느껴졌다.

"자, 이제 험한 길은 나오지 않을 게다. 한 식경 정도만 올라가면 된다."

"더 올라가야 된다고요?"

금영령이 울상을 지었다.

"이런 곳에도 사람이 사는구나."

그렇게 말한 금영령이 주변을 두리번거렸다. 특별히 대단한 것이 없는 곳이었다.

"여기서 잠깐 기다리거라."

남궁도백이 집으로 걸어갔다. 잠시 주변을 둘러보던 금영령의 눈에 우물이 하나 들어왔다.

"다행이네. 목이 말랐는데."

그렇게 말하며 금영령이 우물로 걸어갔다. 딱히 신경 쓸 일이 아니었기에 무호성은 여전히 형산의 풍경에 시선을 집중하고 있었다.

우물로 다가간 금영령은 그 속을 내려다보았다. 꽤나 깊숙한 곳에서 올라오는 물 같았다.

"웃챠!"

첨벙!

금영령이 두레박을 우물 밑으로 던졌다. 생각보다 시간이 오래 걸려서야 두레박이 물에 닿는 소리가 들렸다.

"물 한번 먹기 힘드네."

그렇게 중얼거리며 그녀가 열심히 두레박을 끌어 올렸다. 그리고 잠시 후, 물을 한 가득 담은 두레박이 모습을 드러냈다.

보기만 해도 시원해지는 것 같은 물을 보며 금영령이 함박웃음을 지었다.

금영령이 두레박으로 입을 가져갈 때 집 안에서 남궁도백과 한 명의 노인이 나왔다.

딱히 특별할 것이 없는 평범한 노인이었다.

"어? 자, 잠깐!"

노인이 금영령을 보며 소리쳤다. 하지만 금영령은 이미 물을 마시고 난 다음이었다.

"이런 젠장!"

노인이 재빨리 금영령에게 달려갔다. 그 노인이 왜 그러는지 생각할 시간도 없이 갑자기 그녀의 온몸에서 엄청난 한기가 올라오기 시작했다.

"아아악!"

그녀가 바닥에 쓰러지며 고통에 찬 비명을 질렀다. 깜짝 놀란 무호성도 그녀에게 다가갔다.

금영령은 마치 북해의 차가운 바람을 맞기라도 한 듯 오들오들 떨며 고통에 찬 신음을 내뱉고 있었다.

안색은 창백했고, 몸을 잔뜩 웅크리고 있었으며, 가까이 가기만 했는데도 엄청난 한기가 주변을 뒤덮고 있었다.

"이런! 설마 빙령옥수(氷靈玉水)를 마실 줄이야! 어서 내공으로 음기를 다스려라!"

"빙령옥수? 설마? 무리야! 그 아이는 무공을 익히지 않은 아이네!"

"뭐라고? 맙소사!"

남궁도백의 말에 노인의 얼굴에 당황하는 기색이 역력했다. 그때 무호성이 재빨리 그녀에게 다가가 내공을 불어넣기 시작했다.

"그렇지! 파천화진공은 양의 기운이 강한 신공이니 다스릴 수 있을지 모르겠구나!"

남궁도백이 금영령을 조심스럽게 일으켜 앉혔다. 빙령옥수의 영향으로 그녀의 몸은 얼음장같이 차가웠다.

"빙령옥수를 저렇게 우물로 만들어놓는 사람이 어디 있는가?!"

"저건 저절로 샘솟는단 말이다! 흘러넘치는 걸 우물로 막아놓은 거다. 뭘 좀 알고 떠들어!"

남궁도백의 질타에 노인이 맞받아쳤다. 그 와중에 무호성의 얼굴은 점점 일그러져 가고 있었다.

'음기가 너무 강하다!'

계속해서 내공을 주입하고는 있지만 그녀의 몸에서 날뛰고 있는 음기는 조금도 잠잠해질 생각이 없는 듯했다.

파천화진공의 진기는 음기를 다스리려 끊임없이 싸우고 있었다.

서로 상극인 기운이었기에 금영령의 몸 안에서는 치열한 싸움이 벌어지고 있었다.

'큭!'

하지만 점차 파천화진공이 밀리는 양상이었다. 짧게 한 모금 마셨을 뿐이건만 그 안에 담겨 있는 음기는 상상을 초월했다.

'미, 밀린다!'

파천화진공이 그녀의 몸에서 나가려 들지 않자, 음기는 공격 대상을 바꾸었다.

그 대상은 바로 끊임없이 내력을 주입하고 있는 무호성이었다.

지금 무호성에게는 자신의 몸으로 조금씩 흘러들어 오는 음기에 대항할 내력이 절대적으로 불리했다.

그녀에게 대부분의 내력을 주입했기 때문이다.

"이, 이런!"

남궁도백은 그런 무호성의 상태를 곧장 알아차렸다. 하지만 그는 아무것도 할 수 없었다.

아무리 심후한 내력을 가지고 있고 검왕이라 칭송받는 자신이었지만 빙령옥수의 극음지기는 자신의 내력으로 어찌할 수 없는 것이었다.

그나마 무호성이 지금까지 버틴 것도 파천화진공이라는 신공을 익혔기 때문이다.

"허허! 이렇게 두 사람의 목숨이 끝나는 것인가?"

남궁도백의 목소리에는 짙은 안타까움이 깔려 있었다.

남궁도백의 말과 달리 무호성은 이대로 죽을 생각이 없었다.

'다시는… 다시는 그런 일이 벌어지게 놔두지 않아!'

금영령을 볼 때마다 무호성은 자신의 여동생을 떠올렸다.

힘없던 어린 시절 죽어간 동생.

자신이 손을 놓치지 않았더라면 지금까지도 동생은 자신의 곁에 있었을 것이다.

모든 것이 자신 탓이라고 생각하며 지낸 무호성에게 금영령은 여동생을 생각나게 하는 유일한 존재였다.

그런 금영령이 죽을지도 모를 위험에 처했다.

절대로 예전처럼 되도록 놔두고 싶지 않았다.

그런 무호성의 마음을 알았기 때문인지 파천화진공은 마지막 힘을 쥐어짜 음기에 대항하고 있었다.

하지만 절대적인 힘의 차이는 의지만으로는 어떻게 할 수가 없었다.

무호성의 몸으로 뻗어 나가던 음기는 점차 무호성의 단전을 차지하기 시작했고, 보금자리를 잃은 파천화진공은 자신의 집을 되찾기 위해 끊임없이 투쟁하고 있었다.

무호성이 장심이 금영령의 몸에서 떨어졌다.

그나마 음기가 무호성의 몸으로 일정 부분 빠져나갔기 때문에 그녀의 몸에 주입된 파천화진공의 진기와 빙령옥수의 극음지기는 일단 균형을 이루고 있었다.

"이걸 덮어줘!"

노인이 집 안에서 무언가를 가지고 나왔다.

"이게 뭔가?"

"천마보의(天魔寶衣)."

"천마보의!"

남궁도백이 놀라 눈을 동그랗게 떴다.

"그렇게 놀라고 있을 시간이 없어! 어서 이걸 저 아이에게 덮어줘!"

그의 호통에 남궁도백이 서둘러 오들오들 떨고 있는 금영령에게 천마보의를 덮어주었다.

"천마보의로도 극음지기에서 밀려오는 한기를 막아내지 못하다니. 허허! 이것 참."

노인의 얼굴이 자연스럽게 찌푸려졌다.

"문제는 저 아이지."

남궁도백이 음기와 싸우고 있는 무호성을 걱정스런 눈길로 바라보았다.

이미 음기가 많이 퍼졌는지 그의 눈썹 언저리에 살짝 서리가 앉아 있었다.

"어쩔 수 없는 일인가?"

남궁도백의 자조 섞인 목소리가 조용히 퍼져 나갔다.

벌써 단전의 오 할은 음기가 차지하고 있었다.

그나마 남은 오 할 역시 위험했다.

금영령의 몸에서 장심이 떨어졌기에 더 이상 주입되는 음기는 없었지만 지금 들어와 있는 양만으로도 충분히 위험했다.

'제기랄!'

무호성이 이를 악물었다. 끊임없이 파천화진공을 독려하며 음기를 몰아내려 애썼다.

하지만 음기는 마치 단전이 원래 자신의 집이었던 것처럼 떡하니 자리를 잡고 나가려 하지 않았다.

무호성은 몸 안에 있는 진기를 모조리 중단전에 모았다. 아직 제대로 자리를 잡지 못한 중단전에 진기가 모여들자 그것에서도 큰 고통이 뒤따랐다.

'이 방법이 안 통한다면 난 꼼짝없이 죽은 목숨이다!'

그렇게 생각한 무호성은 중단전 밖으로 나가려고 발버둥치는 진기를 최대한 묶어놓았다.

그리고 도저히 잡아둘 수 없는 상태까지 붙잡아두었다.

'가라!'

무호성이 한 번에 진기를 풀어놓았다. 그러자 진기들이 미친 듯이 날뛰며 하단전을 향해 폭사되어 갔다.

콰쾅!

단전이 터져 나가는 소리와 함께 극음지기와 파천화진공의 진기가 충돌했다.

"쿨럭!"

무호성의 입으로 검붉은 피가 터져 나왔다. 적지 않은 내상을 입은 듯 그의 안색이 창백해졌다.

그 순간 무호성은 절망하고 있었다.

극음지기가 충돌한 파천화진공의 진기를 갉아먹기 시작한 것이었다.

마치 먹잇감을 기다리던 맹수가 자신의 아가리로 굴러들어온 먹이를 음미하듯 천천히 먹어치우고 있었다.

'아, 안 돼!'

무호성이 최대한 진기를 하단전 바깥으로 빼내려 하였다. 하지만 이미 늦은 상태였다.

점차 음기가 몸 전체로 뻗어 나가고 있었다. 힘을 잃은 파천화진공의 진기는 이리저리 쫓겨 다니고 있었다.

부들부들.

무호성의 몸이 심하게 떨렸다.

음기에 대항할 힘이 더 이상은 없었다.

이제는 꼼짝없이 죽었다는 생각이 들던 그때 변화가 생겼다.

어디선가 나타난 진기.

분명 파천화진공의 진기였다.

뭔가 느낌이 달랐지만 익숙한 기운이 온몸 구석구석에서 나타나 음기를 공격하고 있었다.

뜻밖의 기습을 당한 음기가 요동을 치기 시작했다.

하지만 그 진기들은 복수라도 하는 것처럼 음기를 갉아먹기 시작했다.

그러자 패퇴하여 도망치던 진기들도 방향을 돌려 음기에 맞섰다.

절대로 제압당하지 않을 것 같던 음기가 점차 힘을 잃어가고 있었다.

끊임없이 샘솟는 기운이 음기에 의해 얼어가던 무호성의 모든 세포를 녹이고 있었다.

그뿐만 아니라 음기가 버티고 있던 하단전으로 들어가 모든 공격을 진두지휘하기 시작했다.

거대한 전쟁.

패할 것 같았던 전쟁에 조금씩 희망이 생기고 있었다.

그렇게 계속된 공격에 지칠 대로 지친 음기는 결국 항복하고 순순히 파천화진공을 따라 하단전으로 돌아왔다.

하단전으로 돌아온 진기가 음기를 둘러싸고는 마치 천으로 물건을 감싸듯 휘감기 시작했다.

콰콰콰쾅!

하단전을 찢어발기듯 거대한 폭발이 일어났다. 그 폭발로 인해 극음지기는 그의 몸속에서 모두 사라졌다.

'휴, 결국 살았구나.'

그렇게 생각했지만 문제는 그 순간 벌어졌다.

이번에는 극음지기를 이겨내고 기세를 되찾은 진기들이 날뛰기 시작했다.

게다가 폭발 때문에 느끼지 못했지만 그의 온몸 구석구석에서는 아직도 많은 양의 진기가 흘러나오고 있었다.

포화 상태가 된 하단전에서 진기가 흘러나오기 시작했다.

당황한 무호성이 진기를 유도해 보았지만 소용이 없었다.

사방팔방으로 뻗어 나가던 진기가 한곳에 모여들었다. 바로 아까 잠시 머물렀던 중단전이었다.

순식간에 제대로 만들어지지 않았던 그릇이 견고하게 생겨났다. 무호성의 중단전이 활성화되는 순간이었다.

'이제 끝난 것인가?'

순간 불안하기는 했지만 무호성은 다행스런 마음이 들었다.

큰 위험도 없었고, 오히려 중단전이 활성화되었으니 오히려 기연을 얻었다고 할 수 있었다.

'영아에게 빚을 진 셈인가?'

그렇게 생각하며 방심하고 있을 때 또다시 진기의 움직임이 심상치 않게 변했다.

'음? 이건?'

아까 하단전의 극음지기를 공격하기 위해 중단전에 진기를 모아두었을 때와 비슷한 상황이었다.

조금 다른 점이 있다면 중단전과 함께 하단전에서도 똑같은 현상이 벌어지고 있다는 것이다.

'어, 어디로?'

그렇게 생각하는 사이 중단전과 하단전에서 빛의 속도로 진기들이 쏟아져 나오기 시작했다.

꽈앙!

무호성은 머릿속에서 울려 퍼지는 엄청난 충격에 정신을 잃을 뻔했다.

겨우 흩어지는 정신을 붙잡은 무호성은 어떻게 해서든 진기의 흐름을 막아보려 애썼지만 허사였다.

꽈아앙!

두 번째 충격은 전보다 훨씬 강했다.

골이 흔들리고 머리가 터져 나가는 것 같은 충격에 무호성의 정신은 점차 희미해지고 있었다.

꽈아아앙!

세 번째 충격에 무호성은 그나마 붙잡고 있던 정신을 모두 놓아줄 수밖에 없었다.

들썩!

무호성의 몸이 한 번 들썩이자 남궁도백의 눈빛이 흔들렸다.

들썩!

그리고 두 번째 흔들림.

남궁도백의 눈에 이채가 서렸다. 정수리를 통해 가공할 기운이 뻗어 나오고 있었기 때문이다.

"기연을 얻은 모양이군."

노인의 말에 남궁도백이 고개를 끄덕였다. 분명 방금 전의 들썩임은 임독양맥이 타통될 때의 충격 때문일 것이다.

"삼화취정인가?"

노인이 무호성의 머리 위에 떠 있는 세 개의 꽃잎을 보며 중얼거렸다. 그리고 다음 순간 남궁도백의 두 눈이 번쩍 뜨였다.

세 번째 들썩임과 함께 세 개의 꽃잎이 흩어지고 다섯 개의 고리 형상이 나타났기 때문이다.

"오호~! 오기조원까지? 대단하군, 대단해!"

노인의 입에서 감탄사가 터져 나왔다.

우드득! 우드드득!

"어라? 저건 또 뭔가? 환골탈태?"

남궁도백은 고개를 저었다. 비슷했지만 아니었다. 무호성의 사부인 월천이 가해놓은 금제.

그것이 풀리고 있는 것이었다.

"자네, 놀라운 것을 보게 될 것일세."

"음?"

남궁도백의 말에 노인은 무슨 뜻인지 모르겠다는 듯 고개를 갸웃거렸다.

일각 정도의 시간이 지나고 노인은 남궁도백의 말을 이해할 수 없었다.

자신의 눈으로 보고도 믿기 어려운 현실이 눈앞에서 펼쳐지고 있었다.

기껏해야 열다섯 정도로 보이던 무호성의 몸이 갑자기 커지기 시작했고, 지금은 스무 살 넘은 청년이 누워 있었다.

"이게 어떻게 된 일이지?"

"저 아이는 월천 대협의 제자라네."

"월천!"

노인이 놀란 듯 눈을 크게 뜨고는 정신을 잃고 누워 있는 무호성을 바라보았다.

"파천화진공이라고 했을 때 알아봤어야 하거늘. 그래서?"

"월천 대협이 금제를 가해놓았다고 하네. 그래서 열 살의 몸을 하고 있었지. 그나마도 첫 번째 금제가 풀려 조금 큰 상태였다네."

"그런 일이?"

노인도 믿을 수 없다는 듯 고개를 저었다.

"일단 저 아이들을 안으로 들이지. 이곳에 그냥 놔둘 수는 없지 않은가?"

남궁도백과 노인은 금영령과 무호성을 데리고 집 안으로 들어갔다.

임독양맥이 타통되어 정신을 잃고 있는 무호성을 눕힌 남궁도백은 금영령의 상태를 확인하고 있는 노인에게 시선을 돌렸다.

"어떤가?"

"좋지 않아. 이대로 가다가는 삼 일을 넘기기 힘들 거야."

"그 정도인가?"

"그나마 저 아이의 기운이 균형을 이루고 있기는 하지만 그것도 언제 깨질지 몰라."

"호성이 저 아이가 깨어나면 방법이 있겠는가?"

걱정스러운 듯 묻는 남궁도백을 보며 노인이 침통한 표정으로 고개를 저었다.

"무공을 익힌 것도 아니고, 단전도 제대로 만들어지지 상태인데다가 혈도가 많이 막혀 있는 상태라 더 위험해질 수도 있어."

노인의 말에 남궁도백이 측은한 시선으로 금영령을 바라보았다.

불미스런 일로 금가장이 화를 입어 친족이라고는 금자천밖에 남지 않았는데, 일신에 또다시 이런 화를 입게 되었으니 측은하지 않을 수가 없었다.

"그런데 그건 어디 있나?"

"음? 아, 여기 있네."

남궁도백이 자신의 품에서 몇 겹의 천으로 싸놓은 단검을 내밀었다.

하지만 단검에서 뿜어져 나오는 예기에 천도 많이 해져 있었다.

"음. 이걸 살아서 다시 볼 줄이야."

조심스런 손길로 천을 벗겨낸 노인의 음성이 떨렸다. 부들부들 떨리는 손으로 단검을 들어 올리는 그의 모습은 성스럽기까지 했다.

"그게 뭔가?"

"천마비동을 열 수 있는 열쇠."

노인의 말에 남궁도백이 놀란 표정을 지었다. 천마비동이 있다는 소문은 여러 차례 들었지만 그런 곳이 실제로 존재할 것이라고는 전혀 생각하지 못했다.

"천마비동이 실제로 존재한단 말인가?"

"당연하지."

남궁도백이 고개를 끄덕였다. 노인의 말이니 믿지 않을 수 없었다.

그는 마지막 천마였으니까.

"그리고 이걸 좀 보게."

남궁도백이 무호성의 짐 속에서 혈뢰환과 멸살쌍검을 꺼냈다.

"도대체 이 흉물들이 어찌 세상에 다시 나왔단 말인가!"

천마의 목소리가 격해졌다. 도저히 믿을 수 없다는 듯 몸을 부르르 떨었다.

"아직 확실한 것은 아니지만 혈교와 천마신교가 다시 등장한 것이 아닐까 싶네."

남궁도백의 말에 무거운 표정을 짓고 있던 천마가 가만히 고개를 저었다.

"혈교는 모르겠지만 천마신교는 아닐 것이네. 오십 년 전에 천마신교의 대부분이 잿더미 속에 사라졌으니. 남아 있는 건 천마비동에 있는 무공 몇 가지와 마인 같지 않은 마인들 몇몇뿐이다."

"내 생각일 뿐이지만 혈교가 그 천마비동의 열쇠를 찾고 있는 듯하네. 무슨 일인지는 모르겠지만."

"당연히 찾고 있겠지."

"뭐?"

"오십 년 전, 중원 전체를 피로 물들였던 전쟁은 혈교와 천마신교가 손을 잡은 것이 아니었으니까."

도대체 그가 무슨 말을 하는지 알아들을 수가 없었다.

"이런 답답한 노인네를 봤나! 이러니까 늙으면 죽어야지 벽에 똥칠할 때까지 사는 건 민폐야, 민폐!"

"그러니까 좀 알아듣게 설명 좀 해보게."

그러자 천마가 작게 한숨을 쉬며 설명하기 시작했다.

"제길. 이런 얘기를 내 입으로 해야 하다니. 그때 당시 천마신교는 거의 혈교에 장악된 상태였다."

"뭐?"

처음 듣는 비화에 남궁도백이 느낀 놀라움은 상상 이상의 것이었다.

"천마신교의 팔 할 이상이 혈교에 넘어가 있었고, 그나마 나머지 이 할도 거의 넘어간 상태였지. 어쩔 수 없었어, 우리가 중원으로 가게 된 것은. 강호 무림은 힘의 논리가 절대적인 곳이니."

말을 하면서도 천마는 치욕스런 기억에 몇 번이고 이를 갈았다.

"그럼 자네의 말은 혈교가 천마비동의 비급을 얻어 과거의 일을 되풀이할 생각이란 말인가?"

"그건 또 모를 일이야. 하지만 천마비동을 열면 분명 이득은 있지. 천마비동에는 그것이 있거든."

"뭔가?"

"천마신주(天魔神珠)."

"천마신주? 하지만 그건 천마를 상징하는 보석일 뿐이지 않나?"

그 말에 천마가 다시 한 번 답답하다는 듯 그를 바라보았다.

"천마신교는 말 그대로 종교야. 천마를 숭상하는 마인들이 만든 종교지. 혈교도 마찬가지. 혈마신(血魔神)을 숭배하는 교도들이 만든 것이 혈교다. 그런데 천마신주가 나타났다고 생각을 해봐, 천마를 상징하는 천마신주가. 그럼 중원 각지에 뿔뿔이 흩어져 숨어살고 있는 마인들을 끌어 모을 수가 있게 된다. 그것만으로도 혈교에게는 큰 힘이 되겠지. 방패막이로 쓴다고 해도 말이야."

남궁도백이 몸을 떨었다. 과거의 혈사가 다시금 벌어질 것이라는 생각에 절로 오금이 저려왔다.

"한숨이 절로 나오는군."

천마의 중얼거림이 이렇게나 공감된 적은 처음이었다.

무호성은 이틀이 지나고 나서야 정신을 차렸다.

깨어나고 처음 동경을 본 무호성의 반응은 가관이었다. 도저히 자신의 변화를 믿기 어렵다는 듯 그대로 얼음이 되었다.

"이게 나라고? 어?"

목소리도 변해 있었다. 예전보다 굵어진 목소리가 그의 입을 타고 흘러나왔다.

"흘흘. 놀란 게냐?"

남궁도백의 물음에 무호성은 대답할 생각도 못하고 있었다.

그저 자신의 달라진 모습을 어안이 벙벙한 표정으로 쳐다보고 있을 뿐이었다.

"아직 놀라기는 이르지. 잠깐 그 자리에서 살짝만 뛰어보거라."

"예?"

"아, 글쎄 살짝 뛰어보라니까."

남궁도백의 말에 무호성은 발목에 약간의 힘을 주어 뛰었다.

콰앙!

"으악!"

분명 살짝만 뛰었음에도 무호성은 천장을 뚫고 지붕 위에 올라가 있었다. 도저히 자신이 한 일이라고는 믿을 수가 없었다.

"야, 이놈아! 천장 어떻게 할 거야! 네놈이 고쳐 놓을 게냐!"

"아, 죄, 죄송합니다!"

무호성이 지붕 위에서 폴짝 뛰어내렸다. 밖으로 나온 남궁도백의 입가에는 미소가 번져 있었다.

"축하한다. 파천화진공을 대성했구나."

"예?"

무호성이 놀란 표정으로 남궁도백을 바라보았다.

'내가 파천화진공을 대성했다고? 정말?'

도저히 믿을 수가 없었다. 무의식중에 벌어진 일이니 믿지 못하는 것은 당연했다.

"일단은 그 옷부터 어떻게 하는 게 좋겠구나."

무호성이 자신의 몸을 내려다보았다. 예전처럼 옷이 터질 듯 조여오고 있었다.

"그런데 지금 옷이 없어서……."

"그럼 사 와야지."

"그런데 여기서 나갈 수 있는 사람은 어르신밖에는……."

무호성의 말에 남궁도백이 인상을 찌푸렸다. 결국 무호성의 옷을 사기 위해 그가 형산을 내려갔다 올 수밖에 없었다.

천하의 검왕이.

第七章
천마비동을 찾아서

신권무쌍

남궁도백이 사 온 옷으로 갈아입은 무호성은 심각한 표정으로 그의 이야기를 듣고 있었다. 그러는 사이 천마는 무호성이 뚫어놓은 지붕을 고치고 있었다.

"나도 안타깝지만 어쩔 수가 없구나."

남궁도백의 말에 무호성이 정신을 잃고 오들오들 떨며 고통에 신음하고 있는 금영령을 바라보았다.

"저의 파천화진공으로도 어쩔 수 없는 겁니까?"

"영아가 무공을 익힌 무인이라면 가능하겠지. 하지만 지금 상황에서 파천화진공의 진기로 극음지기를 몰아내려 한다면 그 충격을 이기지 못하고 죽게 될 게다."

"음……."

무호성의 얼굴에 침통함이 그대로 드러났다.

남궁도백의 말에 의하면 파천화진공을 대성하고 화경(化境)의 경지에 올랐다고 했다. 아직 실감하고 있지는 못하지만.

남궁도백의 말이 사실이라면 자신은 불세출의 고수가 되었다는 뜻인데 그럼에도 사람 한 명 살리지를 못한다니 너무나 허망했다.

'그때나 지금이나⋯⋯.'

속으로 그렇게 생각하고 있는 무호성에게 지붕을 모두 고친 천마가 다가왔다.

"놈, 저 여자를 구하고 싶냐?"

귀가 번쩍 뜨이는 말이었다. 무호성은 물론이고 남궁도백까지도 놀란 표정으로 그를 쳐다보았다.

"영아를 살릴 수 있다는 건가?"

"넌 좀 빠지고. 살리고 싶냐고 물었다."

남궁도백의 말을 간단히 무시한 천마가 무호성을 보며 진지하게 물었다.

무호성은 고민할 필요도 없다는 듯 고개를 끄덕였다.

"살리고 싶습니다."

"그래?"

천마의 눈빛이 순간적으로 빛났다.

"그럼 내 부탁 하나 들어주면 그녀를 살려주겠다."

"무슨 부탁인가?"

"넌 좀 빠지라고!"

남궁도백에게 버럭 화를 낸 천마가 다시 무호성을 응시했다.

"들어드리겠습니다."

"무슨 부탁인지 들어보지도 않고?"

"일단 사람 목숨은 살려야 하지 않겠습니까? 단, 조건이 있습니다."

"조건?"

천마가 흥미롭다는 듯 무호성을 바라보았다. 여태껏 자신에게 흥정을 해온 사람은 눈앞에 있는 약관의 청년이 처음이었다.

지금 이런 상황이 천마에게는 굉장히 낯설면서도 재미있는 일이었다.

"말해봐라."

"무공을 정리할 시간이 필요합니다. 파천화진공을 대성했다고는 하지만 저는 아직 제 힘을 온전히 사용하지 못합니다."

"그러니까 네 무공을 정리하고 온전히 네 것으로 만든 후에 들어주겠다?"

"그렇습니다."

"그러는 사이 저 아이는 죽는다."

"사람의 목숨값으로 내건 부탁은 단기간에 끝낼 수 없는 일이 아니겠습니까? 절대 그녀가 죽을 일은 없을 겁니다."

무호성은 확신하고 있었다. 천마의 부탁은 절대 가벼운 부탁일 리가 없었다.

"아이야, 뭘 모르는 모양인데, 지금은 퇴물이 되었어도 나는 천마다. 사람 목숨을 파리 목숨처럼 여기며 살아온 사람이지. 날 몰라도 너무 모르는구나."

"예전에는 그랬겠지요. 하지만 지금은 아닙니다. 어르신 말씀처럼 지금은 퇴물이 아니겠습니까?"

무호성의 말은 거침이 없었다. 그 모습에 잠시 할 말을 잃고 있던 천마가 파안대소를 했다.

"하하하하! 오랜만에 느껴보는 기분이구나! 녀석, 대단한 물건이야. 내가 천마의 자리에 앉아 있었다면 가장 먼저 죽여야 할 놈으로 너를 꼽았을지도 모르겠구나."

그 말에 무호성은 별다른 대꾸를 하지 않았다.

"좋다. 네가 무공을 정리할 시간을 주마. 하지만 네게 부탁할 것은 굉장히 시급한 일이다."

"일단 들어보겠습니다."

"천마비동을 열어라."

천마의 말에 무호성과 남궁도백이 놀란 표정으로 그를 바라보았다. 천마비동이 열리는 것은 혈교가 바라는 것이다. 그런데 그는 자신의 입으로 천마비동을 열어달라고 부탁하고 있었다.

"그게 다가 아니다. 천마비동을 연 다음 그 안에 있는 비급은 태워 버리고 천마신주는 내게 가져와라."

"천마신주를 가져오면 뭘 할 생각인가?"

남궁도백의 목소리에는 경계심이 가득했다. 지금이야 이곳 형산에서 조용히 살고 있다고는 하지만 그는 어디까지나 천마였다.

"걱정 마라. 그것이 혈교의 손에 들어가면 안 되기에 가져오라는 것이다."

천마의 목소리에는 단호함이 묻어 있었다.

"그렇게 하겠습니다."

"좋다! 그럼 약속대로 저 아이를 살려주마."

자신하는 천마의 말에 남궁도백이 슬쩍 물었다.

"무슨 수로 살리려는가?"

"천마신공이다."

"천마신공? 설마, 자네!"

남궁도백의 예상은 적중했다. 천마는 금영령에게 천마신공을 가르칠 생각이었다.

"파천화진공이 양기가 강한 무공이라 하지만 극음지기에 상응하는 기운은 되지 못하지. 극양의 기운이 아니니까. 하지만 천마신공의 마기는 다르다. 지옥의 불길처럼 활활 타오르는 극양의 기운이 극음지기를 팔팔 끓는 용암으로 만들어줄 테지. 그러기 위해서는 천마신공을 익혀야만 한다."

"저 아이에게 마공을 가르칠 수는 없네!"

남궁도백이 자리에서 벌떡 일어나며 소리쳤다.

"저 아이를 죽게 놔두고 싶은 모양이지? 게다가 내가 이런 산속에 파묻혀 산다고 무공마저 퇴색되었을 것이라는 생각은 버려라. 나는 천마다."

천마의 몸에서도 마기가 폭사되어 나왔다. 남궁도백의 얼굴이 삽시간에 굳어졌다.

"그만 하십시오."

무호성이 두 사람을 만류했다. 무호성의 몸에서도 파천화진공의 기운이 흘러나오고 있었는데, 천마의 마기와 남궁도백의 기운에 전혀 밀리지 않았다.

'허참! 괴물이 하나 나타났구나!'

남궁도백이 속으로 경탄했다.

"그렇게 해서 살릴 수 있다면 그렇게 해주십시오."

"마기를 제어하지 못하고 폭주할지도 모른다."

"그녀의 의지력은 그렇게 나약하지 않습니다."

"마기에 대해서 몰라도 너무 모르는구나. 아무리 의지가 강한 사람이라 하여도 언제 어느 때 잠식당할지 모를 일이다."

"제가 옆에서 막겠습니다."

"가능할 성싶으냐?"

"파천화진공은, 사부님의 무공이라면 충분히 가능합니다."

천마는 무호성의 말에서 그가 얼마나 월천을 믿고 있는지 뼈저리게 느낄 수 있었다.

"후후. 뭐, 그분의 무공이라면 가능하겠지. 하지만 말이다, 아이야."

천마가 잠시 호흡을 가다듬고 말을 이었다.

"그분의 경지는 네가 상상하기 어려울 정도다. 강한 무공을 익히면 사람을 죽이는 것은 굉장히 쉽다. 사람을 죽이지 않고 제압하는 것은 어렵지만 할 수 있다. 그러나 사람을 죽이지 않고 그 사람의 마음까지 다스릴 수 있는 사람은 없다, 그분밖에는. 네가 그분의 경지에 도달할 수 있다고 생각하느냐?"

"해낼 겁니다."

무호성의 의지가 고스란히 드러나는 짧은 한마디였다. 천마의 눈빛이 잠시 흔들렸다.

'그 사부에 그 제자인가?'

아주 짧은 시간이었지만 천마는 무호성에게서 월천의 그림자를 보았다.

"좋다! 그럼 그녀에게 천마신공을 가르치겠다! 상태를 보아하니 내일쯤 깨어날 듯하구나."

천마의 말에 무호성이 안도의 한숨을 내쉬었다.

"자, 그럼 따라오너라. 네가 무공을 정리하기 딱 좋은 곳이 있다."

천마의 말에 무호성과 남궁도백 역시 모르겠다는 표정으로 그의 뒤를 따라갔다.

천마가 무호성을 데려간 곳은 꽤 널찍한 동혈 입구였다. 그것을 본 남궁도백이 시시하다는 듯 말했다.

"고작 동혈이라니."

"말조심해라."

천마가 낮게 으르렁거렸다. 남궁도백의 입이 꾹 다물어졌다.

"이 동혈 안에 하나의 진법을 설치해 두었다. 네가 동혈 가운데에 들어가면 내가 발동시킬 것이다. 진이 발동되어 멈추기까지 걸리는 시간은 열흘이다."

"열흘? 열흘 안에 무공을 정리하라고?"

남궁도백의 물음에 천마가 참지 못하고 소리를 질렀다.

"이 멍청한 늙은이야! 그럴 거면 진법을 왜 만들어놨겠느냐!"

그 기세에 남궁도백이 움츠러들자 천마가 계속해서 말을 이었다.

"이 진법의 이름은 천마환영진(天魔幻影陣)이다. 진법이 발동되면 너는 수많은 마인들의 공격을 받게 될 것이다. 자그마치 십 년 동안."

천마의 말에 남궁도백이 감탄하며 고개를 끄덕였다.

"밖에서의 열흘이 저 안에서는 십 년이라는 뜻이다. 충분하겠지, 십 년이면?"

"충분할 겁니다. 아니, 충분해야 합니다."

"그럼 안으로 들어가라!"

그 말에 무호성이 동혈 안으로 걸어 들어갔다. 천마가 진법을 발동시키기 전에 한마디 덧붙였다.

"마인들의 공격을 받아 내상을 입으면 실제로도 내상을 입고 상처가 생기면 실제로도 상처가 생긴다. 그 마인들을 단순히 환영으로 생각했다가는 목숨을 잃을 수도 있다. 각오를 단단히 하는 것이 좋을 것이다."

"알겠습니다. 십 년 후에 뵙겠습니다."

우우우우웅!

단단한 각오가 느껴지는 말에 천마가 흡족한 표정을 지었다. 그리고 곧 진법이 발동되었고, 동혈은 오색찬란한 빛 무리에 휩싸였다.

"내려가자! 이제는 저놈 손에 달렸어."

무호성의 모습이 보이지 않게 되자 천마가 먼저 돌아갔다. 잠시 발동한 진을 걱정스런 눈빛으로 쳐다보던 남궁도백이 뒤를 따랐다.

무호성이 천마환영진에 들어간 다음날, 천마의 말대로 금영령이 정신을 차렸다. 하지만 안색이 굉장히 안 좋았다.

"정신이 드느냐?"

말을 할 기운도 없는지 금영령은 간신히 고개만 끄덕였다.

"힘들겠지만 지금부터 내가 하는 얘기를 잘 들어야 한다. 네가 살고 못 살고는 네 의지에 달렸다."

금영령이 다시 한 번 고개를 끄덕였다.

"지금 네 상태는 굉장히 위험하다. 호성이 그 아이가 어찌어찌해서 균형을 맞춰놓기는 했지만 풍전등화나 다름없다. 지금의 상황에서 네가 살 수 있는 방법은 무공을 익히는 것이다."

그렇게 말한 뒤 남궁도백이 잠시 말을 끊었다. 금영령이 조금 힘들어 보였기 때문이다.

[힘든 것 같으니 전음으로 말하마. 우리가 만나러 온 괴팍한 늙은이가 바로 천마다. 그의 천마신공을 익혀라. 그러면 살 수

있다.]

금영령의 몸이 살짝 움찔했다. 천마라는 말과 천마신공을 익히라는 말 때문이었다.

[마음에 내키지 않을 수도 있다. 하지만 네가 살려면 어쩔 수 없다. 그리고 호성이도 너를 살리기 위해 그의 부탁을 들어주기로 했다. 위험을 무릅쓰고 말이다.]

금영령의 몸이 부르르 떨렸다. 무호성에게 미안한 마음이 들었다.

[익히겠느냐? 생각이 있으면 고개를 끄덕여라.]

끄덕.

금영령의 고개가 작게 끄덕여졌다. 어차피 처음부터 선택권은 없었다.

남궁도백이 한쪽에서 가만히 지켜보고 있는 천마에게 눈짓을 했다. 그러자 그가 다가와 금영령에게 말했다.

"사부의 예 같은 거추장스러운 건 집어치워라. 어차피 네놈 목숨 값으로 그 녀석이 내 부탁을 들어주기로 했기 때문에 가르치는 것이니. 마음 같아서는 지금 당장 시작하고 싶지만 조금 더 참겠다. 저녁부터 할 테니 그리 알아라!"

그렇게 말한 천마가 물러섰다. 다시 남궁도백이 그녀에게 말했다.

"여러 가지가 혼란스러울 게다. 그래도 마음을 굳게 먹어야 한다. 알겠느냐?"

끄덕.

금영령이 다시 한 번 고개를 끄덕였다. 그리고는 천천히 눈을 감았다.

　잠에 빠져든 그녀를 보는 남궁도백의 눈빛이 심하게 흔들리고 있었다.

　금영령은 저녁나절이 다 되어서야 잠에서 깨어났다.

　처음 정신을 차렸을 때보다는 좀 괜찮아졌는지 침상에서 몸을 일으키고 천천히 걷고 있었다.

　걸을 때마다 통증이 있었지만 그럭저럭 참고 걸을 만했다.

　"이제 좀 움직일 만한 모양이구나."

　"예."

　천마 앞에서 금영령은 잔뜩 긴장한 표정이었다. 게다가 천마신공을 익혀야 한다니 도대체가 지금의 현실을 믿기 어려웠다.

　"지금 바로 시작할 것이다. 힘들겠지만 가부좌를 틀고 앉아라!"

　천마의 말에 금영령이 침상 위에 가부좌를 틀고 앉았다.

　그녀의 등에 장심을 가져간 천마의 기운이 서서히 그녀의 몸속으로 흘러들어 왔다.

　[고통스러울 수도 있다. 하지만 참아라.]

　그의 전음에 금영령이 이를 악물고 고개를 끄덕였다.

　천마의 기운은 용케도 극음지기와 퍼천화진공의 진기를 피해 단전 쪽으로 움직였다.

아직 제대로 여물지 않은 허름한 단전이 기감을 통해 천마에게 전달되었다.

"큭!"

천마의 장심을 통해 더 많은 양의 진기가 흘러들어 갔다. 그러자 금영령의 입에서 짧은 신음이 흘러나왔다.

하지만 어떻게 해서든 참아보려는 듯 이를 악물고 인상을 잔뜩 찌푸렸다.

그녀의 몸으로 흘러들어 간 마기는 조심스러우면서도 정성스럽게 단전을 만들고 있었다.

천천히 서두르지 않고 여물지 않은 단전을 매만지고 다듬었다. 그러자 서서히 단전이 온전한 모습을 찾아가고 있었다.

그렇게 하여 단전이 만들어지자, 천천히 마기가 그 자리에 모여들었다.

미세하게 온몸 구석구석을 돌아다니던 마기가 어느새 그녀의 단전에 제법 많이 모여 있었다.

[이제부터 혈도를 따라 마기가 움직일 것이다. 그 느낌을 잘 기억해 두어라!]

천마의 전음에 금영령은 모든 신경을 마기에 집중했다. 뭔가 음습하고 꾸물대는 기운에 굉장한 불쾌감이 들었다.

마치 해로운 벌레가 온몸을 스멀스멀 기어가는 것 같은 느낌이었다.

[집중해라!]

천마의 호통이 들려왔다. 기분 나쁜 느낌에 그녀의 집중력이 흐트러진 사실을 눈치채고 전음을 보낸 것이었다.

금영령은 퍼뜩 정신을 차리고 다시금 마기가 흐르는 길에 집중하기 시작했다.

그렇게 한 시진의 시간이 흘렀다.

천마가 그녀에게서 장심을 떼고 자리에서 일어섰다.

"어떻게 됐나?"

"보면 몰라? 도대체 어떤 머저리들이 너를 보고 검왕이라 부르는지 모르겠다."

그렇게 투덜거리며 천마가 밖으로 나갔다. 남궁도백이 잠시 벙찐 표정을 짓다가 이내 알겠다는 듯 고개를 끄덕였다.

금영령의 상태는 확실히 한 시진 전보다 많이 안정되어 있었다.

파천화진공의 진기로 어렵사리 맞추고 있던 균형이 마기의 가담으로 인해 새롭게 변하고 있었다.

당분간은 그 균형이 쉽게 깨지지는 않을 듯했다.

"모든 것이 다 운명대로 흘러가겠지."

그렇게 중얼거린 남궁도백이 방해가 되지 않으려 밖으로 나갔다.

몰아의 세계에서 빠져나온 금영령은 몸이 한결 가벼워진 것에 만족스런 표정을 지었다. 하지만 그것도 잠시뿐, 자신이 마공을 익혔다는 사실에 무거운 무언가가 가슴 한 켠에 얹힌 듯했다.

끼이익!

천마가 안으로 들어왔다. 금영령이 자리에서 일어났다.

"몸은 좀 어떠냐?"

"한결 좋아진 것 같습니다. 감사합니다."

"당연하지. 천마신공이 어떤 무공인데. 그리고 고맙다는 말은 그놈한테나 해라. 낯간지럽다!"

금영령은 고개를 끄덕였다. 천마와 무호성이 거래를 했기 때문에 지금 자신이 이렇게 살아 있을 수 있으리라.

"그는 어디 있나요?"

"구 일 후면 볼 수 있으니 그때 가서 실컷 보고 지금은 네 몸뚱어리나 신경 써라. 다 죽게 생겨서 남 생각할 때더냐?"

"예?"

"그런 것이 있다."

천마는 천마환영진의 효과를 확신하고 있었다. 천마환영진이 끝나고 모습을 드러낼 무호성은 분명 한층 더 강해져 있을 것이 분명했다.

"너에게 천마신공의 구결을 가르쳐 주지는 않을 것이다. 시간이 없으니까. 하지만 내가 이끌어준 마기의 흐름을 똑똑히 기억해야 한다. 뭐, 가만히 놔둬도 알아서 움직이겠지만."

천마의 말에 금영령이 고개를 끄덕였다. 지금도 마기는 자신의 몸을 구석구석 돌아다니고 있었다.

"일단은 천마신공을 익히는 데 주력해라. 네 몸속의 마기가 어느 정도 성장하면 극음지기는 절로 사라질 것이다."

"알겠습니다."

"그 외 다른 것들은 열흘 후에 알려주마."

천마의 말에 금영령이 고개를 저었다.

"천마신공을 익힌 것은 어쩔 수 없는 선택이었지만 더 이상 천마신교의 무공을 익히고 싶지는 않습니다."

그녀의 목소리는 서늘했다.

"아이야, 모르는 모양인데, 천마신공으로 익힌 마기는 서서히 네 이성과 본성을 잠식해 갈 것이다. 그렇게 되면 너는 광마인이 되는 것이지. 그렇게 되면 어떻게 되는 줄 아느냐? 적이고 친구고 남이고 혈육이고 가리지 않고 살육하게 된다. 그래도 좋으냐?"

"다른 무공을 익혀도 마찬가지 아닌가요?"

그러자 천마가 고개를 저었다.

"그렇지 않다. 천마신공을 바탕으로 천마신교의 무공을 익히게 되면 주기적으로 마기를 밖으로 뽑아낼 수 있게 된다. 그러면 마기가 폭주 할 이유가 사라지지."

금영령이 인상을 찌푸렸다. 목이 말라 마신 물 한 모금 때문에 자신은 완전히 마인의 길을 걷게 생겼다.

어이가 없었고, 억울하기도 했다.

"억울해도 어쩔 수 없다. 그러니 열흘 후부터는 네게 천마검결을 알려주겠다."

어쩔 수 없이 금영령은 고개를 끄덕였다. 절로 한숨이 터져 나왔다.

천마가 말한 구 일의 시간이 지나고 무호성이 출진(出陣)하는 날이 되었다.

천마신공을 수련하던 금영령은 자리에서 일어났다. 하루가 다르게 불편함이 없어지는 자신의 모습에 기뻤지만 마음속에 들어앉은 거대한 바위 덩어리도 점점 커져만 갔다.

작게 한숨을 쉬며 금영령은 남궁도백과 함께 동혈로 향했다.

점점 동혈이 가까워 오면서 무호성이 어떻게 변했을지 궁금했다. 남궁도백도 가르쳐 주지 않았기에 매일같이 궁금증을 키워올 수밖에 없었다.

"오늘 나오는 게 맞나요?"

"맞을 게다. 저 오색 빛 무리가 조금 옅어진 것을 보니 거의 끝나가는 것 같구나."

그의 말처럼 천마환영진의 오색 빛무리는 많이 옅어져 있었다. 하지만 아직까지 무호성의 모습이 보일 정도는 아니었다.

"정말 말씀 안 해주실 거예요?"

"직접 보려무나. 그래야 더 재미있지 않겠느냐?"

남궁도백의 말에 금영령이 살짝 인상을 찌푸렸다.

'왜 이러지?'

금영령은 천마신공이 그 어느 때보다 활발하게 움직이는 것을 느낄 수 있었다.

하지만 그 이유가 바로 눈앞에 있는 천마환영진 때문이라고는 생각하지 못했다.

불안한 마음에 두 손을 모아 가슴에 대고 있던 금영령은 남궁도백의 말에 시선을 옮겼다.

"이제 진법이 끝나는 모양이다."

확실히 오색 빛 무리가 점차 사라지고 있었다. 그리고 그 안에서 한 사람이 서서히 모습을 드러내고 있었다.

두근두근!

금영령의 심장이 심하게 두근거렸다. 떨리는 긴장감이 그녀의 얼굴에 고스란히 드러났다.

이윽고 오색 빛 무리가 모두 사라지고 무호성의 모습이 또렷해졌다.

금영령이 인상을 찌푸렸다. 자신이 기대했던 무호성의 모습과는 완전히 달랐다.

산발한 머리에 옷은 여기저기 찢겨져 있었고, 제대로 치료를 하지 않아 상처가 곪고 있었다. 게다가 심한 내상을 입은 듯 안색은 창백했다.

수염도 덥수룩하게 자라 얼핏 보면 개방의 거지라고 해도 믿을 정도로 지저분한 모습이었다.

"만족하느냐?"

"예, 만족합니다."

무호성이 웃었다. 자신감이 넘쳐흐르는 모습이었다.

"정말 무호성 맞아요? 본모습이 거지였어요?"

"뭐? 파하하하하!"

남궁도백이 웃음을 터뜨렸다. 그 말을 모두 들은 무호성이 인상을 찌푸렸다.

"하하하! 이렇게 눈물까지 쏙 빼도록 웃어본 적이 언제인지 모르겠구나. 호성아, 일단은 좀 씻어야겠구나. 수염도 좀 자르고. 하하하!"

남궁도백의 말에 무호성은 인상을 찌푸린 채로 고개를 끄덕였다.

금영령은 무호성과의 대화를 잠시 미뤄두어야만 했다.

씻고 새로운 옷으로 갈아입은 무호성이 그대로 침상에 쓰러져 잠이 든 것이다.

갑자기 쓰러지는 무호성을 보며 금영령은 깜짝 놀랐지만 천마나 남궁도백은 별로 신경 쓰지 않는 모습이었다.

"쯧쯧쯧! 지금은 남 걱정할 때가 아니라고 누누이 말했건만! 그냥 잠든 것이니 신경 꺼라! 어떻게 하다가 저런 것에게 천마신공을 가르쳐 주게 되어서! 에잉!"

천마의 말에 고개는 끄덕였지만 걱정이 되는 것은 어쩔 수가 없었다.

"그놈 어디 안 가니까 그만 쳐다보고 일찍 자라! 내일 천마검결을 배우다가 퍼져도 끝까지 가르칠 테니까!"

천마의 말에 금영령의 얼굴이 살짝 굳었다.

"천마검결을 익히는 데 시간이 꽤 걸릴 텐데. 저 아이가 이곳에서 평생 지낼 수는 없는 노릇이 아닌가?"

"흥! 내가 너처럼 대책없는 사람인 줄 아느냐? 정파 놈들은 그게 문제야. 고정관념이 너무 심해!"

천마의 말에 남궁도백은 별다른 대꾸를 하지 않았다. 분명 준비해 놓은 뭔가가 있을 것이다.

천마환영진처럼.

"그나저나 저놈이 얼마나 성취를 이뤘을지 궁금하군."

천마가 호기심 어린 눈빛으로 무호성을 바라보았다. 사실 천마환영진에 도전한 사람은 한 명도 없었다.

무호성이 첫 번째 도전자였던 것이다.

그 진에서 죽지 않고 살아 나왔으니 일단 천마환영진은 절반의 성공을 거둔 셈이었다.

이제 무호성이 스스로의 목적을 이뤄냈다면 천마환영진은 완전한 성공이 될 것이다.

세 사람이 이런저런 대화를 나누고 있을 때 무호성은 서서히 깨어나고 있었다.

"이제 일어날 때가 된 것 같은데?"

"벌써 일어났습니다."

무호성이 자리에서 일어났다. 그리고는 가벼운 걸음으로 그들에게 다가갔다.

"정말 놀랐어."

금영령의 진심이 담긴 말이었다. 그에 무호성이 싱긋 웃었다.

"그래? 사실 나도 아직까지 적응이 안 돼."

당연했다.

키는 이미 네 사람 중 가장 컸고, 뚜렷한 이목구비에 단단한 몸매, 그리고 은연중에 풍겨 나오는 기도까지.

여자라면 한 번 보고 푹 빠져버릴 정도로 신비로운 분위기를 뿜내고 있었다.

"그럼 파천화진공은 대성한 거야?"

"어."

그의 말투에는 확신이 담겨 있었다. 열흘 동안(그 안에서는 십 년이었지만) 천마환영진 안에서 고생하면서 확실한 깨달음을 얻었고, 파천화진공을 대성했다는 것을 확신할 수 있었다.

부르르르!

무호성의 말을 듣고 천마가 몸을 부르르 떨었다. 드디어 자신이 만들어낸 천마환영진이 성공작이라는 확신을 가질 수 있게 된 것이다.

"그 힘, 시험해 봐도 되겠느냐?"

남궁도백이 투지를 일으키며 물었다. 오랜만에 진정한 강자를 만나 원없이 드잡이를 해보고 싶은 마음이 굴뚝같았다.

"해보시겠습니까?"

그렇게 말하는 무호성에게서는 여유가 넘쳤다. 그런 모습이 남궁도백의 투지를 더욱더 자극하고 있었다.

"나가자꾸나."

남궁도백과 무호성이 자리에서 일어나 밖으로 나갔다.

두 사람이 밖으로 나가자 금영령은 구경하고 싶은 눈치였다.

그런 낌새를 알아차린 천마의 입에서 퉁명스런 말이 튀어나
왔다.

"너는 목숨이 몇 개라도 되는 줄 아느냐?"

"그래도……."

"험! 험! 내기라도 하겠느냐? 말로만 검왕이라는 저 늙은이
와 그분의 무공을 대성했다는 저놈 중 누가 이길지? 크크크!
재밌겠어."

천마와 함께 금영령이 자리에서 일어나 밖으로 나갔다.

밖에서는 벌써 두 사람이 마주 보며 대치하고 있었다.

"선공을 양보하겠다는 쓸데없는 소리는 하지 않겠다. 염치
없지만 먼저 간다."

쉭!

그렇게 말한 남궁도백이 쏜살같이 앞으로 쏘아져 나갔다.
그 순간 검광이 번쩍했다.

엄청난 쾌검.

하지만 무호성은 눈 하나 깜짝하지 않았다.

삭.

단 한 걸음.

그 한 걸음으로 무호성은 남궁도백의 공격을 피해냈다. 그
리고 놀라운 것은 반격할 수 있는 위치까지 그가 선점했다는
것이다.

쾅!

무호성의 주먹이 검에 막혔다. 하지만 남궁도백의 얼굴은

잿빛이 되어 있었다.

재빨리 진기를 끌어올려 막지 않았다면 엄청난 내상과 함께 쓰러져 버렸을지도 모를 일이었다.

그렇게 되면 얼마나 창피한 일인가.

절대 그럴 수는 없었다.

휘익! 획! 획!

계속해서 남궁도백의 검은 허공을 갈랐다. 무호성이 어떤 식으로 움직이는지 볼 수가 없었다.

그저 산책하듯 사뿐사뿐 내딛는 걸음임에도 검을 피해내고 남궁도백의 간담이 서늘할 위치에 가 있었다.

"에잉! 저러고도 검왕이라니. 내기라도 했으면 큰일 날 뻔했구나! 나이를 헛먹었어!"

그렇게 말하며 돌아서던 천마의 발걸음이 멈추었다. 섬뜩한 기운이 뒤통수에 따갑게 날아들었기 때문이다.

"이런 빌어먹을 놈들아! 집을 통째로 날려먹을 작정이냐!"

꽈아앙!

무호성의 기운과 남궁도백의 기운이 거대한 소용돌이를 만들어내며 충돌했다.

천마가 재빨리 손을 들어 기운을 뿜어냈다.

츠파파파팟!

거대한 두 개의 기운이 충돌하며 만들어낸 기파가 천마의 손바닥에 와서 닿기도 전에 사라지고 있었다.

그 모습에 금영령은 내심 감탄했다.

"이제 됐습니까?"

"음……."

무호성의 모습은 흐트러짐이 없었다. 다만 머리카락이 조금 흐트러져 있을 뿐이었다.

그러나 남궁도백은 정반대로 서 있기가 힘들어 보였다. 그나마도 검왕이라는 자존심 때문에 겨우 버티고 서 있는 모습이었다.

"마지막 수법은 붕천뇌우격이 아니었다."

"예, 아닙니다."

무호성은 웃고 있었고 남궁도백과 천마는 놀란 표정을 짓고 있었다.

설마 천마환영진 안에서 대종사의 경지까지 올라섰단 말인가?

"궁금하신 것이 많을 것 같습니다. 그것은 앞으로 차차 보여 드리지요."

무호성의 말에 남궁도백은 고개를 끄덕였다. 그리고는 곧바로 자리에 주저앉아 운기에 들어갔다.

금영령은 자신의 눈을 믿을 수가 없었다.

지난번 객점에서만 해도 검왕의 실력은 상상 이상이었다. 강하게 몰아치는 적을 상대로도 여유를 잃지 않고 결국 이겼던 그다.

하지만 지금은 무호성의 털끝 하나 건드리지 못하고 지고 말았다.

도대체 무호성이 얼마나 강한 건지 알 수가 없었다.

"괴물이 탄생했어, 괴물이."

천마의 중얼거림에 금영령은 자신도 모르게 고개를 끄덕였다.

무호성이 깨어나고 이틀 동안 금영령은 천마에게서 천마검 결과 천마환류보(天魔幻類步)를 배웠다.

워낙 상승의 무공이었기에 이틀이라는 짧은 시간 동안 많은 것을 이해할 수는 없었지만 금영령은 집중해서 천마의 가르침을 받았다.

그런 금영령의 모습에 어느 정도 안심한 무호성은 천마와의 약속을 지키기 위해 떠날 채비를 했다.

"떠나는 거야?"

수련을 마치고 돌아온 금영령이 짐을 꾸리는 무호성을 보며 물었다.

"어, 가야지."

깨어난 지 이틀밖에 되지 않았고 많은 일이 있었지만 그에 반해 많은 이야기를 나누지는 못했기 때문에 아쉬운 마음이 있었다.

게다가 무호성이 떠나는 것이 자신 때문이라는 생각에 미안함과 죄책감도 들었다.

"그래? 조금 더 있다가 가지."

"안 돼."

무호성의 단호한 어투에 서운한 감정이 격해진 금영령이 말했다.

"왜? 나 때문에 그래? 나 때문에 그렇게 멀리까지 가게 돼서 그러는 거야?"

그러자 무호성이 작게 한숨을 쉬며 그녀를 바라보았다.

"그런 거 아니야."

"그럼 뭔데? 어려운 얘기 하는 것도 아니잖아. 그냥 열흘 동안 진법 안에서 어떤 일이 있었는지, 내가 쓰러졌을 때 상황은 어땠는지, 그냥 그런 얘기 하면서 조금 더 있다가 가도 되잖아?"

"시간이 없어. 급한 일이야. 절대로 너 때문에 빨리 떠나는 거 아니야. 정말이야."

무호성의 따뜻한 말에 금영령은 감정이 복받쳐 올랐다. 결국 두 눈에 눈물이 그렁그렁 맺혔다.

"네가 가면… 난 또 혼자잖아. 흑!"

결국 그녀가 울음을 터뜨렸다. 그 모습이 안쓰러워 무호성이 그녀를 꼭 안아주었다.

며칠 전까지만 해도 자신이 그녀보다 작았지만 지금은 이렇게 자신의 품에 그녀가 들어올 정도가 되어 있었다.

"왜 울어? 울면 예쁜 얼굴 망가져. 울지 마."

하지만 금영령은 감정을 쉽게 다스리지 못하는 듯 계속 훌쩍였다.

"가고 싶은 곳 있어?"

"가고 싶은 곳?"

"그래. 그냥 맘 편하게 놀러 가고 싶은 곳 말이야."

금영령이 눈물이 맺힌 눈으로 생각에 잠겼다. 그 모습이 귀여워 무호성은 절로 미소를 지었다.

"동정호도 가보고 싶고, 항주, 소주도 가보고 싶고. 가보고 싶은 곳이 많아. 아! 장강도 가보고 싶고."

그녀의 말에 무호성이 고개를 끄덕였다.

"그래, 나중에 꼭 같이 가자."

"정… 말?"

"그래. 약속할게."

무호성의 말에 금영령이 환하게 웃으면서 고개를 끄덕였다.

"자, 그럼 갈게!"

무호성을 따라 금영령이 밖으로 나왔다. 멀리까지는 못 가더라도 떠나는 모습은 보고 싶었다.

밖에서 무호성을 기다리고 있던 천마의 손에는 천마비동의 열쇠가 들려 있었다.

"자, 조심해서 간수하거라. 안 그러면 이 세상 끝까지 쫓아가서 네놈 모가지를 비틀어놓을 테니."

무호성이 그 열쇠를 건네받았다.

"천마비동은 운남성 애뇌산에 있다. 가다가 길을 잃어버려 헤매든 말든 이제 내 상관할 바가 아니다. 어서 가라!"

"제가 알아서 하겠습니다. 영아를 잘 부탁드립니다."

"네놈 몸뚱어리 걱정이나 해라! 뭐, 괴물이 되었으니 크게 신경도 안 쓰인다만."

말은 그렇게 해도 천마가 자신을 걱정하고 있다는 것이 절절하게 느껴졌다.

그에 무호성은 미소를 지었다.

"혼자서 가도 괜찮겠느냐?"

"괜찮습니다. 걱정하지 마십시오."

남궁도백을 안심시킨 무호성이 이윽고 형산을 내려가기 시작했다. 천천히 걷는 듯했지만 그의 신형은 이미 시야에서 사라지고 없었다.

"허참. 도대체 그분은 어떻게 저런 괴물을 길러냈는지. 아니지. 그놈 스스로가 괴물이 된 건가?"

그렇게 중얼거린 천마가 자리를 떴고, 남궁도백도 곧이어 자리를 벗어났다.

금영령만이 좀 더 남아 보이지도 않는 무호성을 두 눈으로 쫓고 있을 뿐이었다.

산 전체에 설치되어 있는 진법을 유유히 뚫고 내려온 무호성은 형산 근처에서 얼쩡거리고 있는 사람들의 시선을 느낄 수 있었다.

필시 그들이 심어놓은 사람들이 분명했다.

'훗.'

쉭!

속으로 한 번 비웃어준 뒤 무호성의 신형이 섬전보다 빠르게 사라졌다. 그들은 무호성이 형산에서 내려왔다는 사실조차도 알아차리지 못했을 것이 분명했다.

물론 모습이 많이 바뀌었기 때문에 형산에서 나온 사람이 무호성이라는 것을 짐작하기는 어려웠겠지만 그곳에서 사람이 나왔다는 사실만으로도 충분히 이목을 끌 수 있었다.

하지만 그들은 무호성을 보지 못했다.

그것이 그들에게 있어서 치명적인 실수였다.

그들의 앞에 무호성이라는 거대한 지옥이 펼쳐질 것이라는 사실을 그때는 알지 못했다.

                    *   *   *

무호성이 형산을 떠나고 닷새째 되던 날, 천마가 금영령을 하나의 동혈로 데려갔다.

무호성이 사용했던 천마환영진이 설치된 동혈과는 또 다른 곳이었다.

"동혈 안으로 들어가라!"

금영령은 그 동혈이 무호성이 수련했던 천마환영진과 비슷한 진법이 설치되어 있다는 것을 알아차렸다.

그녀의 몸속에서 천마환영진을 처음 보았을 때처럼 마기가 요동치고 있었기 때문이다.

"이 안에 설치된 진법은 대혼마진(大魂魔陣)이다. 철저하게 천마신공과 천마검결, 그리고 천마환류보를 수련하기 위한 목적으로 만들어놓은 진이지. 지금에 와서 그냥 수련을 하려면 네가 쭈그렁 할망구가 되어야 무공을 대성하겠지만 이 진법 안에 들어가면 족히 일 년이면 충분할 것이다."

천마의 말에 그녀가 고개를 끄덕였다.

"안에서 뒈지든 말든 이제 난 상관 안 하겠다! 그건 어디까지나 네 몫이고, 난 그놈과 약조한 것을 지켰으니 그놈도 불만 없겠지. 준비해라!"

금영령이 크게 심호흡을 한 뒤 천마를 바라보았다. 그에 천마가 진법을 발동시켰다.

우우우우웅!

웅혼한 울림과 함께 금영령이 어둠 속에 휩싸였다. 이제 일 년 후면 그녀는 무호성에 버금가는 고수로 재탄생되어 나타날 것이다.

"세상이여! 경천동지할 준비가 되었는가? 후후."

천마의 낮은 목소리가 동혈 안에 묵직하게 울려 퍼졌다.

대혼마진을 발동시키고 돌아오는 천마를 본 남궁도백이 그에게 물었다.

"다 된 건가?"

"그래, 다 됐다."

천마의 말에 그가 고개를 끄덕였다. 이제 자신은 이곳에 있을 필요가 없었다.

"일 년이라고 했나?"

"그래, 일 년이다. 일 년 후 오늘, 천마신교의 후예가 다시 세상에 등장하게 된다. 후후후."

천마는 흥분한 듯했다. 몇 년 만인가, 천마신교에서 자신 이후에 천하를 호령할 고수가 탄생하는 것이?

"잘하는 짓인지 모르겠군."

"지랄. 늙으면 쓸데없는 걱정만 많아지지. 이래서 늙으면 죽어야 된다니까! 으이구!"

천마의 말에 남궁도백이 한숨을 쉬며 고개를 저었다.

"세가로 갈 거냐?!"

그에 남궁도백이 고개를 저었다.

"무림맹에 가볼 생각이네. 맹주를 만나봐야겠어."

*   *   *

어둠 속에 몇 줄기 빛이 새어들어 오는 곳이었다.

바라보기만 해도 칙칙하고 불쾌해지는 것 같은 곳에 한 사람이 앉아 있었다.

대전에 앉아 있는 그의 얼굴은 굉장히 흉측했다.

화상이라도 입은 듯 흉측하게 일그러진 그의 두 눈에서 붉은 안광이 뿜어져 나오고 있었다.

기운만으로 그 자리에 있는 사람들을 압도하고도 남았다.

"남궁도백 홀로 형산에서 나왔다고?"

"예. 같이 들어간 두 연놈은 나오지 않았습니다."

"무슨 꿍꿍이속인지 모르겠군. 행선지는?"

"무림맹으로 가는 모양입니다. 호북성으로 방향을 잡았습니다."

"훗. 맹주를 만나러 가는 모양이군."

"십중팔구 그럴 것으로 생각됩니다."

"천마비동의 열쇠는 아직 그가 가지고 있을까?"

"천마가 가지고 있을 가능성이 큽니다."

"음."

붉은 안광을 한 사내의 얼굴이 살짝 찌푸려졌다. 그 탓에 그의 얼굴이 더욱 흉측하게 일그러졌다.

"형산을 쓸어버리는 수밖에 없는 건가?"

"일단은 남궁도백의 행보에 주목할 필요가 있습니다. 그 정도의 영향력이라면 저희들의 존재에 대해서 저들이 알아차릴 가능성이 큽니다."

"그렇겠지. 그럼 맹주는 만나게 해서는 안 되겠군."

"처리할까요?"

"아니, 납치해. 그리고 뇌옥에 가둬라. 평생 지옥을 맛보게 해줘야지."

"알겠습니다."

"십삼혈령을 모두 동원해야 할 거야. 아, 이제 십이혈령이군. 새로운 혈령팔호는 준비됐나?"

"일단은 팔호 밑의 혈령들을 한 단계씩 격상시킬 생각입니다. 그리고 십삼호를 새로 뽑을까 합니다."

"서둘러 준비하도록. 이번에는 좋은 놈으로 뽑아야 할 거야."

"알겠습니다. 그리하겠습니다."

"다들 물러가라. 혼자 있고 싶구나."

대전 안에 들어와 있던 사람들이 모두 물러가자 사내의 얼굴이 더욱 흉측하게 일그러지기 시작했다.

어디가 아픈 듯 고통에 찬 모습이었다.

"크으! 빌어먹을! 천마비동을 열어야 한다, 천마비동을!"

사내의 입에서 다급한 목소리가 흘러나왔다, 짙은 살기와 함께.

『신권무쌍』 2권으로 계속…

가면의 레온

눈매 퓨전 판타지 소설

the Mask of Leon

**중원을 공포로 떨게 만든 희대의 악마, 혈마존.
그의 영혼이 기억을 잃은 채 차원 이동을 한다.**

한 소년과 몸이 바뀐 후 깨어난 혈마존.
기억은 지워지고 싸가지없는 본성만 남았다!
욱할 때마다 튀어나오는 살벌한 말투와 그의 독자 무공.

'아, 나는 왜 이렇게 성격이 더러운가?
어째서 이리도 잔인한 기술을 알고 있는 것인가? 착하게 살고 싶다.'

살인광이었던 그가 전혀 어울리지 않는 대신관이 되기로 결심한다.
하지만 그 본성이 어디 가나…….

"이런 빌어 처먹을 놈들, 신전에서 봉사 활동 안 할래?"

유행이 아닌 자유추구 ~
WWW.chungeoram.com
Book Publishing CHUNGEORAM

임준욱 장편 소설

무적자
WITHOUT MERCY

그의 이름은 임화평(林和平)이다.
이름처럼 살기를 소망했고 그렇게 살아왔다.
그를 건드리지 말았어야 했다.
조용히 살게 놔두었어야 했다.

"너희들 실수한 거야.
내 세상의 중심,
내 평안의 근거를 깨뜨린 거다.
세상 전부와도 바꿀 수 없는……
알게 해주마, 너희들이 누구를 건드린 건지."

그의 고독한 여정이 시작되었다.

―오, 바라타족의 아들이여. 언제든지 정의가 무너지고 정의가 아닌 것이
판을 치는 때가 되면 나는 곧 나 자신을 나타내느니라.
올바른 자를 보호하기 위하여, 악한 자를 멸하기 위하여, 그리하여 정의를
다시 세우기 위하여, 나는 시대에서 시대로 태어난다.

〈바가바드기타 중에서〉

유행이 아닌 자유추구―
WWW.chungeoram.com
Book Publishing CHUNGEORAM

팔선문

八門仙

정봉준 新무협 판타지 소설

『철산전기』의 작가 정봉준!!!
팔선문을 통해 또 다른 유쾌함을 선사한다!!

뛰어난 자질을 갖춘 팔선문의 대제자 유검호,
그의 치명적인 단점은 게으름과 의지박약!

천하제일마두의 기행에 재수없이 동참하게 된 의지박약아.
갖은 고생 끝에 가까스로 고향으로 돌아오다.

"무림? 그딴 건 개나 주라 그래. 나만 안 건드리면 돼!"

시간을 가르는 그의 행보에 무림이 뒤집어진다!!!

유행이 아닌 자유추구 -
WWW.chungeoram.com
Book Publishing CHUNGEORAM

War Mage

워메이지

김재한 퓨전 판타지 소설

사람들이 인식하는 상식의 세계 이면,
짙은 어둠이 드리워진 그곳에 사는 괴물들이 있다.

문명이 드리운 그림자 속에서, 전투기계들과
인간의 사념으로부터 태어난 마물들이 격돌한다.
마법과 주술이 난무하는 초현실적인 전장,
소년은 그곳에 서는 대가로 인생을 잃었다.
운명의 노예가 되어 가족과 인성을 잃어버린 소년, 진유현.

총염(銃炎)과 검광(劍光)이 뒤얽히는
어둠의 거리에서, 운명의 족쇄를 끊고 나온
소년의 눈이 살의를 발한다.

유행이 아닌 자유추구 -
WWW.chungeoram.com
Book Publishing CHUNGEORAM